ISAAC ASIMOV

ASIMOV III

BRUGUERA

Título original:
THE EARLY ASIMOV
Traducción: *Baldomero Porta Gou*

1.ª edición: febrero, 1976
2.ª edición: agosto, 1976
3.ª edición: abril, 1980

Diseño cubierta: Mario Eskenazi

Printed in Spain
ISBN 84-02-04629-0 (obra completa) / ISBN 84-02-04628-2 (tomo III)
Depósito legal: B. 8.547 - 1980
Impreso en los Talleres Gráficos de Editorial Bruguera, S. A.
Carretera Nacional 152, km 21,650. Parets del Vallès (Barcelona) - 1980

Asimov y la SF posatómica

Con este tercer tomo finaliza la antología de relatos «juveniles» de Asimov, escritos en la década de los 40.

Tras la Segunda Guerra Mundial, y en función, sobre todo, del monstruoso genocidio de Hiroshima, el mundo, quizá por primera vez a escala masiva, toma conciencia del inmenso poder de la ciencia y la tecnología avanzada... y también del terrible peligro que encierran. Y, poco después, con la llamada «guerra fría», el espectro nuclear conjurado en Hiroshima, lejos de desvanecerse como una horrible y vergonzosa pesadilla, se concreta en una apocalíptica espada de Damocles suspendida sobre la cabeza de la Humanidad Son los años de la escalada de armamentos (sólo aparentemente sublimada en la carrera espacial), los años neuróticos en que el estadounidense medio incluye entre sus aspiraciones inmediatas la de construirse un refugio antiatómico en el sótano de su casa.

De esta situación demencial sólo iban a beneficiarse los fabricantes de armas... y la ciencia ficción. La preocupación por el poder insospechado de la ciencia y la psicosis nuclear, parcialmente exorcizadas luego por la euforia de los primeros pasos por el espacio, constituyeron un óptimo caldo de cultivo para la proliferación de los relatos de SF.

Y Asimov pertenece precisamente —tal vez sea su máximo exponente— a esa afortunada generación de escritores de SF que se formaron durante los años 40 y alcanzaron su plenitud literaria en los 50, el período de mayor auge del género (lo que se ha llamado su «Edad de Oro»).

Si en los relatos de los dos tomos anteriores de esta antología —especialmente en el primero— asistíamos a los vacilantes tanteos iniciales de un autor joven en un terreno literario igualmente joven, en esta tercera selección ya se perfilan claramente los elementos temáticos y conceptuales que darán pie a varias de las más logradas obras de Asimov, así como algunas de las ideas que —a fuerza de ser abordadas una y otra vez y desde los más variados ángulos por diversos autores— acabarían convirtiéndose en «tópicos» (en un sentido no necesariamente peyorativo de la palabra) del género.

Así, en *Sentencia de muerte* nos encontramos ya con el concepto de «psicohistoria», ciencia hipotética que serviría de armazón al ciclo de las «Fundaciones», a la vez que expone una de las ideas que con el tiempo se convertiría en «clásica» dentro de la SF: la inquietante posibilidad de que el hombre sea poco más que un conejillo de indias en manos de una raza superior.

En *Callejón sin salida* nos encontramos no ya con la temática pero sí con el escenario de las «Fundaciones»: un Imperio Galáctico regido por una burocracia necesariamente desmesurada, donde la interpretación y empleo de los «cauces legales» se ha convertido en un arte complejísimo y a menudo desconcertante.

Por su parte, *Madre Tierra* (uno de los relatos más sutiles de la antología, aunque también el más irritante ideológicamente) constituye un claro antecedente de las novelas *El sol desnudo* y *Las cuevas de acero,* esta última considerada como un clásico de la SF policíaca.

Y al margen de las temáticas asimovianas habituales, *No hay relación* nos traslada a un futuro remotísimo en el que el hombre ha desaparecido de la faz del planeta, mientras que en *La carrera de la Reina Roja* tenemos la paradoja temporal en su forma más clásica, un tema espectacular aunque de rápido agotamiento, que en los años 50 sería explotado hasta la saciedad.

De este modo, con un avance de los temas y enfoques más característicos tanto de la producción asimoviana madura como de la SF de los 50 en general, termina esta triple antología, destinada principalmente a ofrecer un panorama de la evolución del género a través de una selección cronológica de relatos y comentarios de uno de sus principales exponentes, en una etapa decisiva tanto para el autor como para la SF.

CARLO FRABETTI

En memoria de John Wood Campbell, Jr. (1910-71), por razones que esta obra revelará ampliamente.

El 17 de noviembre de 1941, el día que presenté y vendí Bridle and Sadle, Campbell me habló de su proyecto de iniciar una nueva sección en Astounding, titulada «Probabilidad Cero». Sería una sección de relatos cortos, pero cortos de verdad, de quinientas a mil palabras, que habrían de ser unas mentiras plausibles y entretenidas al estilo de las famosas fanfarronadas del barón de Münchhausen. Campbell pensaba que, además del valor como entretenimiento que tuvieran dichos trabajos, la sección ofrecería una puerta de entrada a los principiantes, los cuales podrían empezar a introducirse en el mercado sin tener que competir tan duramente con los autores acreditados. Sería como una escalera para ascender a la categoría de profesionales.

En teoría, la idea era buena, y hasta dio cierto fruto. Ray Bradbury, que más tarde sería uno de los escritores más conocidos y apreciados de ciencia ficción, entró en el género con un trabajito para «Probabilidad Cero», en el número de julio de 1942 de Astounding. Hal Clement y George O. Smith también publicaron cosas en «Probabilidad Cero» casi en los mismos comienzos de sus respectivas carreras.

Por desgracia, no dio bastante resultado. Campbell tuvo que poner la sección en marcha con profesionales, en la confianza de que los aficionados la llevarían adelante en cuanto vieran qué quería él. Sin embargo, nunca hubo bastantes aficionados que alcanzasen el nivel que Campbell exigía, ni siquiera para narraciones ultracortas poco complicadas, y después de aparecer una docena de veces a lo largo de dos años y medio, la sección «Probabilidad Cero» se suprimió. Campbell abandonó el empeño.

El mismo 17 de noviembre quiso que yo le escribiera un «Probabilidad Cero». A mí me encantó que me considerase ya en tal grado de virtuosismo como para poder encargarme que hiciera lo que él quería, a la medida. Me senté en seguida a la máquina y le escribí una narra-

ción ultracorta titulada El gran juego. *El 24 de noviembre de 1941 se la enseñé. Él le echó un vistazo, y con viva sorpresa por mi parte, me la devolvió. No era lo que necesitaba.*

Me gustaría recordar de qué trataba este relato, porque yo lo tenía en suficiente estima como para presentarlo a la revista Collier's *(revista de gran tirada que infundía mucho respeto) en 1944... y, por supuesto, lo rechazaron. Sin embargo, el título no me trae nada a la memoria, y el relato ya no existe.*

Lo intenté por segunda vez y produje un relato «robot positrónico» humorístico titulado Primera ley. *Se lo enseñé a Campbell el 1 de diciembre, y tampoco le gustó. No obstante, esta vez guardé el trabajito. Gracias a Dios, había acabado aprendiendo que hay que guardar cuidadosamente para la eternidad las obras literarias, por muchas veces que te las rechacen.* El gran juego *fue el decimoprimero de los cuentos míos desaparecidos, y fue también el* último.

En el caso de Primera ley, *vino un tiempo en que una revista que en 1941 no existía me pidió un trabajo. La revista en cuestión era* Fantastic Universe, *cuyo director, Hans Stefan Santesson, me pidió un relato a un precio que habría estado bien en 1941, pero que a mitad de los años cincuenta no me sentía inclinado a aceptar. Sin embargo, me acordé de* Primera ley *y se lo mandé. Él lo aceptó y lo publicó en el número de octubre de 1956 de* Fantastic Universe, *y, más tarde, yo lo incluí en* El resto de los Robots.

Pero volvamos a «Probabilidad Cero»...

Probé por tercera vez con un cuento corto titulado Cronogato, *que escribí la mañana del domingo 7 de diciembre de 1941, terminándolo momentos antes de que la radio enloqueciera con las noticias de Pearl Harbour. Se lo llevé a Campbell al día siguiente (¡la vida sigue!) y esta vez lo aceptó, aunque «no demasiado entusiásticamente», según mi diario.*

1

CRONOGATO

Esto me lo contó hace mucho tiempo el viejo Mac, que vivía en una choza en lo alto de la ladera opuesta, en la montaña vecina a mi antigua casa. Había sido prospector minero en los Asteroides durante la fiebre (de prospecciones) del 1937, y ahora se pasaba la mayor parte del tiempo alimentando a sus siete gatos

—¿De dónde le viene su amor a los gatos, señor Mac? —le pregunté un día.

El viejo minero me miró y se rascó la barbilla.

—Mire usted —respondió— me recuerdan a los animalitos que tenía en Palas. *Eran* muy parecidos a los gatos —el mismo tipo de cabeza, digamos— y no he visto en mi vida otros tan inteligentes. ¡Todos murieron!

Sentí pena, y así lo dije. Mac exhaló un profundo suspiro.

—No he visto otros tan inteligentes —repitió—. Eran mininos cuatridimensionales.

—¿Cuatridimensionales, señor Mac? Pero... la cuarta dimensión es el tiempo.

Esto lo había aprendido yo el año anterior, en tercer curso.

—De modo que tiene algunos estudios, ¿eh? —Sacó la pipa y la llenó pausadamente—. Claro, la cuarta dimensión es el tiempo. Aquellos mininos tenían unos treinta centímetros de largo, quince de alto y diez de ancho, y se extendían hasta la mitad, más o menos, de la semana próxima. Esto son cuatro dimensiones, ¿verdad? Si les acariciabas la cabeza, ellos quizá no moviesen la cola hasta el día siguiente. Algunos de los mayores no empezaban a moverla hasta dos días después. ¡De veras!

Yo tenía una expresión dubitativa, pero no dije nada. Mac continuó:

—Además, eran los mejores perros guardianes de toda la creación. Tenían que serlo. Si descubrían a un ladrón o a un tipo peligroso, aullaban como condenados. Y si uno veía a un ladrón hoy, empezaba a chillar ayer, de manera que siempre estábamos advertidos con veinticuatro horas de anticipación.

La boca se me abrió sola.

—¿De verdad?

—¡Se lo juro! ¿Sabe cómo solíamos alimentarlos? Esperábamos que se durmieran, y sabíamos que entonces estaban ocupados en digerir la comida. Aquellos gatitos transtemporales, digerían la comida tres horas, invariablemente, antes de haberla ingerido, dado que sus estómagos retrocedían este lapso en el tiempo. De modo que cuando se dormían, nosotros mirábamos la hora, les preparábamos el alimento y se lo dábamos tres horas después, exactamente.

Había encendido ya la pipa, y chupaba a placer. Movió la cabeza tristemente.

—Con todo, una vez me equivoqué. Pobre Cronogatito. Se llamaba «Joe» y era precisamente mi preferido. Una mañana se durmió a las nueve y, no sé por qué, yo me hice la idea de que eran las ocho. Naturalmente, le llevé la comida a las once. Lo busqué por todas partes, pero no lo encontré.

—¿Qué había pasado, señor Mac?

—Pues que no se podía esperar que las entrañas de ningún Cronogatito resistieran el desayuno sólo *dos* horas después de haberlo digerido. Habría sido pedir demasiado. Por fin lo encontré bajo la caja de las herramientas, en el cobertizo exterior Se había arrastrado allá y había perecido de indigestión una hora antes. ¡Pobrecito! En lo sucesivo, siempre me ponía el despertador; así no volví a cometer aquella equivocación.

Tras estas palabras hubo un silencio breve, triste. Luego dije, en un respetuoso susurro:

—Antes, usted ha dicho que murieron todos. ¿Perecieron todos de esta misma manera?

Mac movió la cabeza solemnemente.

—¡No! Solían contagiarse nuestros resfriados y morían algo así como entre una semana y diez días antes de haberse contagiado. Para empezar, ya no había muchos gatitos de aquéllos; un año después de haber llegado los mineros a Palas no quedaban sino unos diez, y todavía éstos bastante débiles y enfermizos. Lo malo era, compañero, que cuando morían se hacían cisco; se corrompían muy aprisa. Especialmente el transformador que tenían en el cerebro y que era lo que los hacía portarse de aquella manera. El caso nos costó millones de dólares.

—¿Cómo fue, señor Mac?

—Vea usted, unos científicos de la Tierra tuvieron noticia de nuestros gatitos y de que probablemente morirían todos antes de que ellos pudieran llegar allá, en el próximo empalme. De modo que nos ofrecieron un millón de dólares por cada gatito que les conserváramos.

—¿Y los conservaron?

—Pues, lo intentamos, pero los animalitos no aguantaron. Una vez muertos, ya no nos servían para nada, y teníamos que enterrarlos. Intentamos conservarlos en hielo; pero así lo único que no se estropeaba era el exterior. Por dentro, se formaba una fea mezcla, y era el interior precisamente lo que querían los científicos.

»Como es lógico, si cada minino muerto representaba para nosotros un millón de dólares perdidos, no queríamos que perecieran. Uno de nosotros imaginó que si pusiéramos a un gatito de aquéllos dentro de agua caliente, cuando estuviera a punto de morir, el agua le penetraría dentro. Luego, después de fallecido, helaríamos el agua, de manera que todo formara un sólido pedazo de hielo, y de este modo el gatito se conservaría.

Pregunté automáticamente.

—¿Resultó?

—Lo intentamos varias veces, hijo, pero no lográbamos helar el agua bastante aprisa. Para cuando la teníamos helada, el transformador cuatridimensional del cerebro del minino se había corrompido ya. Helamos el agua más y más aprisa pero, nada. Al final no nos quedaba más que un solo minino, y también se disponía a perecer. Estábamos desesperados... cuando he ahí que a uno de los compañeros se le ocurrió una idea. Concibió un aparato complicado que helaría el agua así, ¡zas!, en una fracción de segundo.

»Cogimos al último animalito, lo pusimos en el agua caliente y conectamos la máquina. El minino nos dirigió una última mirada, soltó un gemidito curioso y murió. Apretamos el botón y convertimos gato y agua en un sólido bloque de hielo en un cuarto de segundo —Mac exhaló un suspiro que debía pesar una tonelada—. Pero fue inútil. El Cronogatito se estropeó antes de los quince minutos, y perdimos el último millón de dólares.

Yo contenía el aliento.

—Pero, señor Mac, acaba usted de decir que helaban al Cronogatito en un cuarto de segundo. ¡No tenía *tiempo* de estropearse!

—Ahí está la cosa, amiguito —dijo fatigadamente—. Lo helábamos demasiado aprisa, maldita sea. ¡El gatito no se conservaba porque helábamos aquel agua caliente tan endiabladamente aprisa que *el hielo quedaba tibio todavía!*

Lo más inusitado de este pequeño trabajo es que no se publicó bajo mi propio nombre. Campbell quería que en aquella primera «Probabilidad Cero» hubiese un cuentecito que pareciera de un no profesional, precisamente para estimular a los recién venidos que confiaba querrían introducirse. Para aquella primera sección tenía tres trabajos; los otros dos eran obra de L. Sprague de Camp y Malcolm Jameson. Ambos llevaban más tiempo en el oficio y eran más conocidos que yo (a pesar de Cae la noche*). Siendo el más insignificante de todos, a mí me correspondió utilizar un seudónimo y fingirme un recién llegado.*

Comprendí el punto de vista de Campbell y, sólo un poquitín remolón, di mi conformidad. Utilicé el nombre de George E. Dale. Es la única vez que he utilizado seudónimo en las revistas. Años después utilicé el de Paul French en una serie de seis novelas de ciencia ficción para adolescentes, y ello por motivos que no vienen a cuento aquí. Era un caso especial. Por lo demás, en 1971 y 1972 las seis novelas aparecieron en rústica bajo mi propio nombre. Ahora Cronogato *aparece aquí bajo mi propio nombre, con lo cual la cuenta queda, por fin, completamente saldada.*

Siguió entonces un período de dos meses durante el cual no escribí nada.

Hubo varias causas. En primer lugar, Pearl Harbour hizo entrar a Estados Unidos en la guerra, el mismo día que yo escribía Cronogato, *y aquellos dos primeros que siguieron al desastre fueron demasiado nefastos y acongojadores como para dejar mucho campo libre a la ciencia ficción.*

Y por si esto no hubiera bastado, había llegado el tiempo de someterme, otra vez, a los exámenes de aptitud que me darían, o me negarían, el permiso para realizar investigaciones. Un segundo fracaso significaría probablemente mi final definitivo en Columbia. Por consiguiente, durante las horas que no trabajaba en la pastelería de mi padre o no estaba pendiente de la radio, tenía que estudiar. No había tiempo para nada más, en absoluto.

Cubriendo la apuesta casi a la desesperada, me matriculé para trabajar de graduado en la Universidad de Nueva York, sólo por si me suspendían nuevamente en la otra. Después de los exámenes, a finales de febrero de 1942, asistí realmente a unas clases en dicho centro, mientras esperaba que publicaran las notas... Pero no quiero tenerles a ustedes intrigados. El viernes día trece salieron las dichosas notas. Y esta vez había aprobado.

En el tiempo que medió entre los exámenes y la publicación de los resultados, conseguí escribir Victoria involuntaria. *Era éste un relato del tipo «robot positrónico» continuación de* ¡No definitivo! *que* no *pertenece a dicha clase. Evidentemente, yo trataba de cultivar el concepto de serie cuanto pudiera, con la esperanza de colocar mejor mis obras.*

Lo presenté a Campbell el 9 de febrero de 1942, y si

creía que se sentiría incapaz de rechazar un relato de una serie, quedé bonitamente desengañado. Crepúsculo y la serie Fundación no le habían impresionado tanto como para que se sintiera incapaz de dar a su negativa un tono altamente severo.

El 13 de febrero, el mismo día que entraba en la sagrada lista de aquellos a quienes se permite realizar investigaciones para conseguir el título de doctor, mi ánimo quedó un poco malparado al recibir Victoria involuntaria devuelta con una crítica negativa, que consistía en lo siguiente, $CH_3C_2CH_2CH_2SH$. Campbell sabía muy bien que ésta era la fórmula del «butil-mercaptano», que da a la mofeta su mal olor; yo lo sabía muy bien, y Campbell sabía muy bien que yo lo sabía.

¡Ah, bueno!, conseguí venderlo, a pesar de todo, a Super Science Stories, cuyo director había sucedido a Pohl, el 16 de marzo de 1942, y apareció en el número de agosto del mismo año. Aunque no lo incluí en Yo, Robot, sí lo hice, por necesidad, en El resto de los Robots.

Con todo, después de eso vino otro período seco, el más largo que tendría que sufrir en mi vida. Terminado Victoria involuntaria, transcurrirían catorce meses (!) sin que me acercara a la máquina de escribir. No se trataba de la convencional «obstrucción del escritor», naturalmente, porque no me ha afectado nunca. Más bien se trataba del advenimiento de un amplio y triple cambio en mi vida.

El primer cambio consistía en que estaba empezando mis investigaciones químicas en serio bajo la dirección del profesor Charles R. Dawson. La investigación es una tarea que requiere todas las horas del día, y yo tenía que combinarla aún con el trabajo en la tienda de mi padre, de modo que, inevitablemente, me quedaba muy poco tiempo para escribir.

Además, como si no bastaro con eso, se produjo, simultáneamente un segundo cambio...

En enero de 1942 ingresé en una asociación denominada «The Brooklyn Writers' Club», que me había enviado una tarjeta postal de invitación. Yo interpreté el gesto como un reconocimiento de mi categoría de «escritor»; de modo que no podía rehusar.

La primera reunión a que asistí tuvo lugar el 19 de enero de 1942. Y resultó bastante agradable. Yo agrade-

cía la oportunidad de apartar mi mente de exámenes universitarios y desastres de guerra (aunque recuerdo que pasé parte de aquella primera reunión hablando de la posibilidad de que bombardearan Nueva York).

La mayoría de los componentes del club no ocupaban en la profesión un lugar más elevado que el mío; tampoco ninguno de ellos —aparte de mí, claro— se dedicaba a escribir ciencia ficción. La principal actividad consistía en leer cada uno trozos de sus obras, solicitando las críticas de los demás. Como pronto descubrieron que yo leía «con expresión», pasé a ser el lector principal, y me gustaba este papel. (Habían de transcurrir ocho años todavía, antes de que descubriera que tenía dotes innatas para la tarima del conferenciante.)

El 9 de febrero de 1942 es la fecha de la tercera reunión a que asistí. Estaba presente en ella un joven a quien no conocía: Joseph Goldberger. Tenía un par de años más que yo. Aquel día leí yo como siempre, y Goldberger quedó suficientemente impresionado como para proponer, cuando aplazamos la reunión, que nos citáramos los dos para reunirnos, junto con nuestras respectivas novias, y conocernos mejor. Algo turbado, hube de explicar que no tenía novia. Con gesto expansivo, él contestó que me procuraría una.

Y lo hizo. El 14 de febrero de 1942 (día de San Valentín y habiéndome examinado yo el día anterior) nos reunimos en el Astor Hotel a las ocho y media de la noche. Con él estaba su amiguita, la cual iba acompañada de una amiga suya, Gertrude Blugerman, que era la cita desconocida que me reservaban... Me enamoré, y cuando no pensaba en mis investigaciones, pensaba en ella.

Pero todavía se produjo un tercer cambio, en cierto modo el más drástico...

Con la guerra, la situación laboral cambió súbitamente: por todas partes pedían técnicos de todas clases.

Robert Heinlein, por ejemplo, era un ingeniero instruido en Annapolis. La mala salud le había obligado a retirarse del servicio activo en la Marina, y retirado continuaba, pero sus relaciones con Annapolis le abrieron la posibilidad de trabajar como ingeniero civil en la Estación Experimental Aero-Naval (Naval Air Experimental Station) del U. S. Navy Yard de Filadelfia. Y se puso a buscar otras personas aptas que se dejaran persuadir y se reunieran con él allá. Las buscaba en especial entre sus colegas autores de ciencia ficción.

Logró que L. Sprague de Camp se fuera también a

la NAES, y el 30 de marzo de 1942 recibí yo una carta pidiendo que considerase la posibilidad de irme con ellos.

Soy hombre más bien de ideas fijas y, después de trabajar año y medio por mi título de doctor, normalmente no habría ni admitido la posibilidad de desistir, como no fuera por una fuerza mayor... Pero la fuerza mayor se había presentado. Estaba enamorado y tenía ganas de casarme; más todavía que de conseguir el título. Se me ocurrió, pues, que quizá pudiera interrumpir los trabajos para mi doctorado con pleno consentimiento de la Universidad, debido a la circunstancia bélica, y que hasta quizá me autorizasen plenamente a reanudar los estudios después de la guerra. De este modo, aceptando un empleo y aplazando —aplazando, tan sólo— las investigaciones, podría casarme.

Me fui a Filadelfia el 10 de abril para realizar una entrevista y al parecer cumplía yo las condiciones deseadas. Acepté el empleo y el 14 de mayo, habiendo dejado la pastelería de mi padre por fin y (al menos como obrero) para siempre, me trasladé a Filadelfia. Afortunadamente, esta ciudad estaba sólo a hora y media de Nueva York, en tren. (Por aquellas fechas no sabía conducir un coche, y aunque hubiera sabido, no habría podido procurarme gasolina; estaba racionada.) De modo que todos los fines de semana regresaba a Nueva York.

El 24 de dicho mes, había logrado ya convencer a Gertrudis de que me aceptase como marido, y el 26 de julio nos casábamos.

Durante aquellos meses me tenía sin cuidado el hecho de no escribir nada. Tenía muchas cosas en que pensar: primera, la guerra; segunda, mi empleo; tercera, la boda.

Por otra parte, hasta principios de 1942 nunca pensé en mis escritos sino como una ayuda para cubrir los gastos de mis estudios. Escribir era divertido, me entusiasmaba, y los éxitos conquistados me satisfacían muchísimo... pero lo había hecho con una finalidad concreta, y la había conseguido. No sospechaba siquiera que la de escritor pudiera ser mi profesión, que tuviera la menor posibilidad de hacer de ello una carrera.

Mi carrera era la de químico. Mientras escribía y vendía cuentos, estudiaba de firme en Columbia. Tenía el propósito de ganarme la vida —una vez conseguido el doctorado— realizando investigaciones para una indus-

tria importante, con un sueldo magnífico... cien dólares semanales, por ejemplo. (Siendo hijo del dueño de una pastelería, criado durante la depresión, sufría ataques de vértigo si intentaba imaginar más de cien dólares semanales que señalaban el límite de mis ambiciones.)

Claro, mi sueldo en Filadelfia era sólo de cincuenta dólares semanales; pero por aquellos días una pareja joven tenía bastante. Los impuestos eran bajos, el apartamento nos costaba 42'5 dólares al mes y la comida para dos en un restaurante ascendía a dos dólares (incluida la propina).

No era la cumbre de mis sueños; pero, al fin y al cabo, se trataba únicamente de un empleo temporal. Terminada la guerra, volvería a mis investigaciones, conquistaría el título y encontraría un empleo mejor. Mientras tanto, hasta un salario de 2.600 dólares anuales parecía eliminar la necesidad de escribir nada. El día de la boda llevaba escritos cuarenta y dos relatos, de los cuales había vendido veintiocho (y todavía vendería tres más). En un período de cuatro años de soltero había cobrado, por los veintiocho cuentos, 1.788'5 dólares. Lo cual representaba unos ingresos medios de algo menos de 8'6 dólares semanales, o 64 dólares por relato.

Entonces nunca soñé que pudiera salir mucho mejor librado. No tenía el propósito de escribir jamás otra cosa que ciencia ficción o fantasías para revistas baratas, que pagaban a centavo la palabra cuando más... o a centavo y cuarto si daban gratificación.

Para llegar a los pobres cincuenta dólares semanales de mi empleo habría tenido que escribir y vender unos cuarenta cuentos al año, y en aquellos tiempos me parecía inconcebible poder hacerlo.

Había sido buena idea darle a la máquina para pagarme los gastos del colegio cuando no tenía otra fuente de ingresos; pero ahora, ¿para qué habría tenido que escribir? Además, con seis días de trabajo, o sea, cuarenta y cuatro horas semanales, y el apasionamiento de un matrimonio reciente, ¿quién habría tenido tiempo?

Parecía desvanecerse hasta el hecho de que existiera la ciencia ficción. Me había dejado la colección de revistas en Nueva York; ya no veía periódicamente a Campbell, ni a Pohl, ni a ninguno de mis camaradas del género. Apenas leía siquiera las revistas más conocidas cuando salían.

Pude haber dejado morir por completo mi ciencia ficción, y con ella mi carrera de escritor, si no hubiera sido por los momentos del mundo externo y unos ligeros cosquilleos en mi interior, que indicaban (aunque por aquel entonces yo no lo supiera) que escribir significaba para mí muchísimo más que un simple recurso para ganar un poco de dinero.

Por ejemplo, apenas había empezado a trabajar en la NAES cuando salió el número de junio de 1942 de Astounding, que publicaba mi relato Bridle and Saddle. Y le concedían el honor de la cubierta.

Yo era completamente incapaz de resistir la tentación de llevarme un ejemplar al trabajo y enseñarlo. No podía menos que sentirme orgulloso de la categoría conquistada como «escritor». Más tarde, en el verano y el otoño de aquel mismo año, se publicaron tres relatos más: Victoria unintencional e Imaginario en el Super Science Stories de Pohl, y La novatada en Thrilling Wonder Stories. Cada uno de ellos reavivó en mí la ciencia ficción.

Y aunque mi tertulia de editores, escritores y lectores de ciencia ficción de Nueva York estaba lejos, no había quedado completamente abandonado.

Conmigo, en la NAES, trabajaban Robert Heinlein y L. Sprague de Camp, y mantenía con ambos una estrecha relación social. Naturalmente, habían dejado de escribir en aquel período, pero ambos eran mucho más famosos que yo, y yo los adoraba como a grandes héroes. Por añadidura, John D. Clark, que era un ardiente aficionado a la ciencia ficción y había escrito y publicado un par de narraciones en 1937, vivía entonces en Filadelfia y nos veíamos a menudo. Los tres conservaron a mi entorno la atmósfera de la ciencia ficción.

Sin embargo, el verdadero empujón vino el 5 de enero de 1943. Aquel día recibí una carta de Fred Pohl comunicándome que se proponía refundir Ritos legales para intentar venderlo otra vez. Muy interesante. Lo cierto es que no lograría vender aquel trabajo hasta seis años después; pero, naturalmente, yo no podía adivinar que había de suceder así. A mí me parecía que la venta estaba al caer y que yo era un escritor «todavía en activo».

Además, Ritos legales era una fantasía, y hasta la fecha yo no había podido satisfacer mi antiguo y constante deseo de escribir una fantasía y venderla a Unknown.

Cinco veces lo había intentado, y siempre había fracasado.

El 13 de enero, de modo repentino, una semana después de recibida aquella carta y catorce meses después de haber escrito mi último relato, el ansia de escribir me dominó. Me senté a la máquina y escribí una fantasía titulada ¡Autor! ¡Autor!

Pronto descubrí que faltaba algo. Era la primera vez que intentaba escribir algo para Campbell sin conferenciar previamente con él. Echaba de menos la inspiración que nacía, indefectiblemente, de conversar con él; echaba de menos su estímulo. En verdad, no estaba seguro de si sería capaz de escribir nada sin él. Así pues, la narración salía renqueando y había días que me quedaba seco. No terminé el primer borrador hasta el 5 de marzo, y la versión definitiva no estuvo lista para ser llevada al correo hasta el 4 de abril de 1943.

Había necesitado cerca de tres meses para escribir un relato. Tenía doce mil palabras; pero Bridle and Saddle, *que tenía la mitad más, lo había escrito en sólo tres semanas.*

Quizá si me hubiesen rechazado ¡Autor! ¡Autor!, *hubiese transcurrido mucho tiempo sin que tuviera valor para probar otra vez. Afortunadamente, no pasé por esta experiencia. Envié el original a Campbell por correo (era la primera vez que le enviaba algo por* correo *en lugar de entregárselo personalmente) el 6 de abril de 1943 y el día 12 recibí el cheque. Ni siquiera me pidió que lo revisara y, lo que es más, Campbell me concedió una gratificación, por primera vez desde* Crepúsculo. *Cobré centavo y cuarto por palabra, o sea 150 dólares en total. El sexto intento en* Unknown *había triunfado.*

Era el equivalente de tres semanas de sueldo en la NAES por un trabajo que me había costado —ahora lo dejo, ahora lo emprendo— tres meses. Sin embargo, el trabajo de aquellos tres meses en ¡Autor! ¡Autor! *había sido de naturaleza totalmente distinta al de tres semanas en la NAES, y recibir un cheque de 150 dólares en este caso me alborozaba mucho más que otro similar, o incluso mayor, ganado en un empleo en el que a la entrada y la salida tienes que marcar tu tarjeta en el reloj. (Sí, ciertamente, en la NAES tenía que hacerlo.)*

Sucedió, no obstante, que la gozosa excitación con que celebré la venta resultó prematura. Había escalado las alturas de Unknown *demasiado tarde, y aunque tenía el dinero, no tuve la revista. Robert Heinlein me trajo la triste noticia el 2 de agosto, menos de cuatro meses después de haberles enviado el relato.*

Unknown *había vivido una etapa difícil. No se vendía bastante y, después de los dos primeros años de su publicación, hubo de dejar de salir cada mes y reducirse a un número cada dos meses. Con la guerra, el papel escaseaba y* Street and Smith Publications *habían decidido ahorrar el que les suministrasen para* Astounding, *que tenía más éxito, y abandonar* Unknown.

Después de la fecha en que aceptaron mi relato, sólo saldrían otros tres números de la revista, y en ninguno quedaba espacio para ¡Autor! ¡Autor! *El cuento permaneció en los sótanos de* Street & Smith *indefinidamente; vendido, pero no publicado, y en consecuencia el cheque de 150 dólares perdió gran parte del encanto que había tenido.*

Sin embargo, el final ha sido feliz. Veinte años después, Don Bensen, de Pyramid Publications, *publicaba una antología en rústica de cuentos de* Unknown *y me pidió un prólogo. Con alegre nostalgia, acepté el encargo, y escribí dicho prólogo el 15 de enero de 1963, casi a los veinte años del día que empecé a redactar el único cuento que había vendido a la revista. En el curso del prólogo hice alusión a la triste historia de mis intentos de escribir para* Unknown.

Los años sesenta no eran como los cuarenta. En 1963, el solo enunciado de que existiera un cuento de Asimov inédito despertaba interés, y Bensen me escribió antes de los tres días, pidiéndomelo. Yo saqué el original (ya ven, ahora los conservaba, incluso durante veinte años) y se lo envié.

El me pidió permiso para incluirlo en una segunda antología de cuentos de Unknown *(haciendo observar que la revista lo había aceptado). Yo le expliqué que, además, necesitaría el permiso de Campbell y del editor. Ambos tuvieron la gentileza de dárselo, y en enero de 1964, veintiún años después de haber sido escrito.* ¡Autor! ¡Autor! *se publicó por fin, y yo alcancé —en cierto modo y de soslayo— las páginas de* Unknown.

2

¡AUTOR! ¡AUTOR!

Graham Dorn, pensó y no por primera vez, además, que es muy comprometido jurar que desafiarás agua y fuego por una chica, por más que la quieras. A veces ella te coge por tu desdichada palabra.

Esta es una manera de decir que su novia le había sacado de su camino, secuestrado e intimidado para que hablase en la sociedad literaria de una tía solterona. ¡No se rían! No es nada divertido visto desde la tribuna del orador. ¡No les digo nada de algunas caras que tienes que mirar!

Pasando por alto los detalles, a Graham Dorn lo habían echado sobre la tribuna y obligado a ponerse en pie. El leyó un discurso sobre «El lugar de la novela de misterio en la literatura americana», con voz asustada. Ni siquiera el hecho de que lo hubiera escrito su preciosa June (he ahí parte del soborno para conseguir que lo leyera, en primer lugar) disimulaba el hecho de que aquello era una birria.

Y luego, mientras se encenagaba —hablando en sentido figurado— en su propio charco de sangre mental, las arpías se abalanzaron sobre él; porque, ¡ay!, había llegado el momento de la discusión informal y el variado parloteo femenino.

—Oh, señor Dorn, ¿trabaja usted siguiendo una inspiración? Quiero decir, ¿se sienta y se le ocurre, inmediatamente, una idea? ¿Y tiene que pasarse la noche en vela, bebiendo café, hasta que la ha plasmado?

—Ah, sí. Ciertamente —(Sólo trabajaba de dos a cuatro de la tarde, día sí, día no, y bebía leche.)

—Oh, señor Dorn, usted tiene que entregarse a las pesquisas más extraordinarias para reunir tantos asesinatos extraños. ¿Cuánto tiempo necesita antes de poder escribir un cuento?

—Unos seis meses, en general —(Los únicos libros de referencia que utilizó jamás eran una enciclopedia en seis volúmenes y un almanaque mundial de dos años atrás.)

—Oh, míster Dorn, ¿elaboró su Reginald de Meister según un personaje real? Hubo de hacerlo. Es, ¡oh!, tan convincente hasta en los últimos detalles...

—Lo moldeé según un querido compañero de mi infancia —(Dorn no había conocido en su vida a nadie parecido a De Meister. Vivía en el constante temor de topar con alguien que se le pareciera. Hasta poseía un anillo construido con gran arte que contenía un sutil veneno oriental, para utilizarlo precisamente en caso de que topara con un hombre así. Digámoslo en honor de De Meister.)

Allá, fuera del conglomerado de mujeres, June Billings permanecía en su asiento, sonriendo con asqueroso orgullo de dueña y señora.

Graham se pasó un dedo por el cuello y representó, lo más discretamente que pudo, la pantomima de morir asfixiado. June sonrió, movió la cabeza afirmativamente, le envió un beso, y no hizo nada.

Graham decidió en ese momento vivir una vida austera, solitaria, sin mujeres y no poner, nunca más, en sus narraciones sino personajes femeninos malvados.

Contestaba con monosílabos, alternando los «síes» con los «noes». Sí, alguna vez tomaba cocaína. Estimulaba el impulso creador. No, no creía que pudiera consentir que Hollywood se adueñara de De Meister. Opinaba que los filmes no son auténticas expresiones del verdadero arte. Por otra parte, no eran sino un capricho pasajero. Sí, leería los originales de la señorita Crum, si se los traía. Con muchísimo gusto, además. Leer trabajos de aficionados era divertidísimo; pero los editores son, en verdad tan brutos...

Cuando anunciaron los refrigerios, se produjo el vacío en un santiamén. La cabeza de Graham sólo necesitó una fracción de segundo para serenarse. La masa de femineidad se había condensado en un solo ejemplar, que medía cerca de metro y medio y pesaba unos cuarenta kilos. Graham poseía metro ochenta y ocho y unos noventa y un kilos de materia humana. Probablemente, habría podido pasarle cuentas sin ninguna dificultad, en particular dándose la circunstancia de que ella tenía los brazos ocupados sosteniendo un paquidermo, o una bolsa. No obstante, le daba cierto reparo, por no decir asco, tumbarla de un puñetazo. No parecía un gesto demasiado recomendable.

La joven se le acercaba con un clarísimo y desagradable brillo de admiración y fervor en los ojos, y Graham sentía, detrás, la pared. En ninguno de los dos lados había puerta alguna al alcance de la mano.

—Oh, señor De Meister... por favor, por favor, permítame llamarle así. Su personaje es tan real para mí que no puedo pensar en usted como Graham Dorn, simplemente. ¿Verdad que no le molesta?

—No, no, claro que no —gargarizó Graham lo mejor que pudo por entre treinta y dos piezas dentales dispuestas todas a la vez al ataque—. En mis momentos más frívolos, a veces yo mismo creo ser Reginald.

—Gracias. No puede figurarse, *querido* señor De Meister, cómo esperaba el *momento* de conocerle. He leído *todas* sus obras, y opino que son maravillosas

—Me alegra que lo piense así —automáticamente se puso a interpretar el cuento de la modestia— En realidad no es nada, ya sabe. ¡Ja, ja, ja! Me gusta agradar a los lectores, pero todavía debería mejorar muchísimo. ¡Ja, ja, ja!

—Pero es verdad, ¿sabe? —lo decía con gran vehemencia—. Quiero decir bueno, *realmente* bueno. Me parece maravilloso ser un escritor como usted. Ha de parecer casi como si uno fuera Dios.

—A los editores no se lo parece, hermanita —murmuró Graham con mirada ausente.

La hermanita no captó el murmullo. Y prosiguió:

—Ser capaz de crear personajes vivientes sacados de la nada; abrir almas para todo el mundo; expresar los pensamientos con palabras; dibujar cuadros y crear mundos... He pensado muchas veces que un escritor era la persona de toda la creación adornada de más excelsas dotes. Es mejor ser un escritor inspirado pasando hambre en una buhardilla, que un rey en su trono. ¿No lo cree usted?

—Indiscutiblemente —mintio Graham.

—¿Qué son los groseros bienes materiales del mundo comparados con la maravilla de urdir emociones y gestas en un pequeño mundo propio, independiente?

—Eso, eso, ¿qué son en verdad?

—Y la posteridad, ¡piense en la posteridad!

—Sí, sí. Pienso a menudo.

Ella le cogió la mano.

—Sólo quería pedirle un pequeño favor. Usted podría... —la muchacha se sonrojó levemente—. Usted podría darle al pobre Reginald (si permite, al menos por una vez, que le llame así) la oportunidad de casarse con Letitia Reynolds. Crea usted una Letitia un poquitín demasiado cruel con Reginald. Esta crueldad me hace llorar, a veces, horas seguidas. Pero es que él es demasiado, demasiado real para mí.

Y de algún lugar emergieron los encajes de un volante de pañuelo y subieron hacia los ojos de la muchacha. Esta apartó después el pañuelo, sonrió con vehemencia y se escabulló. Graham Dorn inspiró profundamente, cerró los ojos y se abandonó en brazos de June.

Después los abrió con una sacudida.

—Puedes considerar nuestro compromiso deteriorado hasta el punto de ruptura —dijo muy severo—. Sólo la consideración que me merecen tus pobrecitos padres, tan ancianos, evita que en lo sucesivo seas la ex novia de Graham Dorn.

—¡Qué noble eres, cariño! —le dio masaje en la manga con la mejilla—. Ven, te llevaré a casa y lavaré tus pobres heridas.

—De acuerdo, pero tendrás que transportarme tú. ¿No tiene acaso un hacha tu deliciosa y adorable tía?

—¿Por qué?

—En primer lugar, ha tenido la desfachatez de presentarme como el cerebro padre, ¡Dios me ayude!, del famoso Reginald de Meister.

—¿Y no lo eres?

—Salgamos de este inmundo lugar Y métete esto en la cabeza: yo no soy pariente, ni siquiera mentalmente, de ese personaje. Lo repudio. Lo arrojo a las tinieblas. Le escupo. Lo declaro hijo ilegítimo, sucio degenerado, vástago de un perro de presa, y que me cuelguen si vuelve a meter jamás su cochina nariz patricia en mi máquina de escribir.

Estaban en el taxi. June le arregló la corbata.

—De acuerdo, hijito, déjame leer la carta.

—¿Qué carta?

La muchacha tendió la mano.

—La de los editores.

Graham enseñó los dientes y sacó la carta del bolsillo del chaleco.

—Se me ocurría la idea de invitarme yo mismo a tomar el té en su casa, en casa de aquel maldito corazón de pedernal. Tiene cita con un buen pellizco de estricnina.

—Ya despotricarás después. ¿Qué te dice? Hummm —eehmmm— «no alcanza la calidad esperada..., da la sensación de que De Meister no está en su forma habitual... una pequeña revisión quizá en este sentido... estoy seguro de que se puede readaptar la novela..., se la devuelvo en paquete separado...» —La joven dejó la carta a un lado—. Ya te dije que no debías matar a Sancha Rodríguez. Era lo que necesitabas precisamente. Te estás volviendo tacaño en el capítulo amoroso.

—¡Escríbelo *tú*! Yo he terminado con De Meister. Se está haciendo tan popular que las mujeres me llaman señor De Meister, y los periódicos publican mi retrato con el encabezamiento: De Meister. Ya no tengo personalidad. Nadie ha oído hablar nunca a Graham Dorn. Soy, invariablemente: «Dorn, Dorn, ya sabes, el tío que escribe aquello de De Meister, *ya* sabes.»

June soltó un gritito.

—¡Tonto! Tienes celos de tu propio detective.

—No tengo celos de mi personaje. ¡Mira! Aborrezco las historias de detectives. No he leído una desde que supe pronunciar palabras de dos sílabas. Escribí la primera como una sátira aguda, tajante, mordaz; para que volase toda esa falsa escuela de escritores de misterio. Por eso inventé a De Meister. Era el detective que había de acabar con todos los detectives. El Asno Completo, de Graham Dorn.

»Y resulta que el público se llena el corazón de esta porquería, junto con serpientes, víboras e hijos desagradecidos. Yo escribí una novela de intriga tras otra, intentando convertir al público... —Graham Dorn dejó caer un poco los hombros, ante lo fútil que resultaba todo—. ¡Ea, bueno! —sonrió levemente, y su gran alma se elevó por encima de la adversidad—. ¿No comprendes? Yo tengo que escribir otras cosas. No puedo malgastar mi vida. Pero ¿quién leerá una novela seria de Graham Dorn, ahora que estoy tan absolutamente identificado con De Meister?

—Puedes utilizar un seudónimo.

—No quiero. Estoy orgulloso de mi nombre.

—Pero no puedes dejar a De Meister. No pierdas la cabeza, querido.

—Una prometida normal —se quejó amargamente Graham— querría que su futuro marido escribiera cosas realmente buenas y llegara a tener un nombre importante en la literatura.

—Si yo quiero que lo hagas, Graham. Pero ¡sólo un poquito de De Meister de vez en cuando para pagar las facturas que se acumulan...!

—¡Ah! —Graham se bajó el sombrero hasta los ojos de un puñetazo para esconder los sufrimientos de un espíritu fuerte atormentado—. Ahora me estás diciendo que no puedo llegar a la cima si no prostituyo mi arte de una manera inenarrable. Ya estamos en tu casa. Baja. Yo me voy a la mía, a escribir una carta picante, sobre asbesto, a nuestro senil MacDunlap.

—Haz lo que quieras, ni más ni menos, ricura —le apaciguó June—. Y mañana, cuando te sientas mejor, irás a verme y llorarás sobre mi hombro y planearemos juntos una revisión de *Muerte en la tercera cubierta*, ¿no es cierto?

—Nuestro noviazgo está roto —afirmó Graham en tono altanero.

—Sí, cariño. Estaré en casa mañana a las ocho.

—Lo cual no puede interesarme ni pizca. ¡Adiós!

Directores y editores son intocables, por supuesto. A ellos les corresponde en herencia la mano tendida y la sonrisa enseñando los dientes en buena forma, el cabezazo de consenso y la palmadita en la espalda.

Pero quizá en alguna parte, en el secreto de las madrigueras donde se refugian los escritores cuando la noche desciende, se tomen una venganza particular... Allí quizá se pronuncien frases que nadie puede oír y se escriban cartas que no necesitan ser echadas al buzón, y hasta es posible que se entronice el retrato de un director, que sonríe pensativo, sobre la máquina de escribir para que sirva de blanco en un ocasional juego de dardos.

Un retrato así de MacDunlap, utilizado para tal fin, alegraba el cuarto de Graham Dorn. Y Graham Dorn en persona, llevando la vestimenta que solía usar para escribir (traje de calle y máquina) miraba ceñudo la quinta hoja de papel que había metido en la máquina. Las otras cuatro colgaban del canto de la papelera, condenadas por su diluida y lechosa suavidad.

Graham empezó: «Distinguido Sr., —y añadió con mala uva—: o Sra., según sea el caso.»

Y como le vino la inspiración, tecleaba furiosamente, sin hacer caso de la leve espiral de humo que se elevaba de las recalentadas teclas:

«Usted dice que el De Meister de esta narración no le merece mucho aprecio. Bien, yo tampoco tengo gran opinión de De Meister. Punto. Puede esposar el viscoso corpachón de usted con el suyo y tirarse por el puente de Brooklyn. Y deseo que hayan drenado bien el río East antes de que ustedes salten.

»En adelante, mis obras apuntarán a una meta más alta que la vil prensa de usted. Y llegará el día en que pueda volver la mirada hacia este período de mi carrera con el aborrecimiento que me...»

Alguien estaba dando golpecitos en el hombro de Graham mientras éste escribía el último párrafo, y Graham lo movía, enojada e inútilmente, a intervalos. Ahora se detuvo, se volvió y se dirigió muy cortésmente al desconocido que había entrado en la habitación:

—¡Por los recondenados infiernos! ¿Quién es usted? Ah, y puede irse sin tomarse la molestia de contestar. No le consideraré grosero.

El recién llegado sonrió gentilmente. El movimiento de cabeza que hizo envió hacia Graham el aroma de una brillantina fina. La delgada y apretada mandíbula destacaba enérgicamente, y su voz sonó bien modulada cuando dijo:

—De Meister es mi nombre. Reginald de Meister.

Graham descendió disparado hasta sus cimientos mentales y notó que se resquebrajaban.

—¡*Glub!* —exclamó.

—¿Decía usted...?

Graham se rehízo.

—He dicho «glub», palabra clave que significa, ¿qué De Meister?

—*El* De Meister —explicó afablemente De Meister.

—¿Mi personaje? ¿Mi detective?

De Meister se acomodó en una silla y sus rasgos, finamente cincelados, asumieron aquel aire de aburrimiento bien educado tan admirado en los mejores círculos. Encendió un cigarrillo turco, cuya marca reconoció Graham al momento como la favorita de su detective, golpeándolo primero lenta y cuidadosamente contra el dorso de la mano, gesto también típico en él.

—Se lo digo, viejo —empezó De Meister—. Esto es en verdad extremadamente chocante. Supongo que soy su personaje, ya sabe; pero no sentemos nuestro trato sobre tal base. Sería terriblemente enojoso.

—*Glub* —dijo otra vez Graham, a guisa de respuesta. Al mismo tiempo su mente iba examinando febrilmente alternativas: ya no bebía, por el momento, y era una lástima; por lo tanto, no estaba borracho. Tenía un estómago de acero inoxidable, y la habitación no estaba demasiado caldeada, de manera que no se trataba de una alucinación. No soñaba jamás, y —como convenía a un artículo que le daba dinero— tenía la imaginación bajo control estricto. Además, dado que, como a todos los escritores le consideraban bastante loco, la demencia quedaba fuera de cuestión.

Con lo cual De Meister era, simplemente, algo imposible. Y Graham se sintió aliviado. Es en verdad un triste escritor el que no ha aprendido el arte de pasar por alto los imposibles cuando escribe un libro. De modo que, muy suavemente, dijo:

—Aquí tengo un volumen de mi última obra. ¿Le importaría mencionar la página que le corresponde y volver a meterse en ella? Estoy muy ocupado, y Dios sabe que de usted me basta y me sobra con la basura que escribo.

—Eh, yo he venido por cuestión de negocios, compañero. Primero tengo que llegar a un arreglo amistoso con usted. La situación actual se me hace endiabladamente incómoda.

—Oiga, ¿no sabe que me está molestando? No tengo la costumbre de hablar con personajes míticos. Por regla general, no ando por ahí en su compañía. Por lo demás, ya es hora de que su madre le explique que usted no existe realmente.

—Mi querido compañero, yo he existido siempre. La existencia es una cosa tan subjetiva... Si una mente piensa que eso o aquello existe, pues existe de verdad. Por ejemplo, yo he existido en la mente de usted desde la primera vez que me imaginó.

Graham se estremeció.

—Oiga, la cuestión es ¿qué hace usted *fuera* de mi mente? ¿Se le antojaba demasiado estrecha? ¿Quería más espacio para moverse?

—De ningún modo. Es una mente bastante satisfactoria, a su manera, pero yo he conseguido una existencia más concreta, desde esta tarde, y por eso aprovecho la oportunidad de comprometerle a usted cara a cara en la conversación sobre negocios que le mencioné antes. Vea usted, aquella damita delgada, sentimental, de su sociedad...

—¿Qué sociedad? —interrogó Graham con voz hueca. Ahora todo se le aparecía tremendamente claro.

—Aquella a la que usted ha soltado un discurso sobre la novela de detectives... —De Meister se estremeció a su vez—. Ella creía en mi existencia; de modo que, naturalmente, existo.

Terminó el cigarrillo y lo arrojó lejos con un negligente movimiento de la muñeca.

—Una lógica —declaró Graham— irrebatible. Veamos, ¿qué quiere usted? Y la respuesta es «no».

—¿No se da cuenta, viejo, de que si deja de escribir las aventuras de De Meister me condena a la existencia fantasmal, aburrida, de los detectives de ficción jubilados? Tendría que vagar por las grises nieblas del limbo con Holmes, Lecocq y Dupin.

—Una idea fascinante, pienso. Un destino muy adecuado.

Los ojos de Reginald de Meister adquirieron un brillo glacial, y Graham recordó súbitamente el párrafo de la página 123 de *El caso del cenicero roto:*

Sus ojos, hasta ese momento perezosos y distraídos, se endurecieron en dos charcos gemelos de hielo azul y traspasaron al mayordomo, que retrocedió tambaleándose, con un grito ahogado en los labios.

Evidentemente, De Meister no perdía ninguna de las características que tenía en las novelas que adornaba con su presencia.

Graham retrocedió tambaleándose, con un grito apagado en los labios.

De Meister dijo con aire amenazador:

—Será mejor para usted que las novelas de intriga con De Meister continúen. ¿Me comprende?

Graham se repuso y echó mano de una débil indignación.

—Espere un poco. Usted se está saliendo de madre. Recuérdelo: en cierto modo, yo soy su padre. Es cierto. Su padre cerebral. Usted no me puede presentar ningún ultimátum ni venirme con amenazas. No es de buen hijo. Es una falta de amor y de respeto.

—Y otra cosa —continuó el otro, impasible—. Hemos de solucionar el asunto de Letitia Reynolds. Se está poniendo endiabladamente molesto, ya sabe.

—Y usted ahora se está poniendo tonto. Mis escenas de amor han sido ampliamente citadas como milagros de ternura y sentimiento que no se encuentran ni en una de cada mil novelas de intriga y asesinato... Espere y le traeré unos juicios críticos. No me importan demasiado sus intentos de imponerme lo que debo hacer; pero que me cuelguen si permito que censure mi estilo.

—Olvide las críticas. Ternura y todas esas monsergas es precisamente lo que no quiero. Ando a la deriva en pos de la hermosa dama por espacio de cinco volúmenes ya, portándome como el asno más insufrible. Eso ha de terminar.

—¿De qué modo?

—En la novela que está escribiendo ahora, he de casarme con ella. O esto, o hacer de ella mi querida; una querida buena y respetable. Y tendrá usted que dejar de crearme tan condenadamente victoriano y caballeresco con las señoras. Soy un ser humano y nada más, viejo.

—¡Imposible! —objetó Graham—. Y en la imposibilidad va incluida esta última pretensión.

De Meister se puso serio.

—Realmente, viejo amigo, para ser escritor, manifiesta usted la más espantosa falta de interés por el bienestar de un personaje que le ha sustentado muchísimos años.

Graham sintió un elocuente nudo en la garganta.

—¿Que me ha sustentado? En otras palabras, usted cree que no podría vender verdaderas novelas, ¿eh? Bien, se lo demostraré. No escribiría otra sobre De Meister ni por un millón de dólares. Ni siquiera por un cincuenta por ciento de los derechos de autor y todos los derechos de la televisión. ¿Qué le parece?

De Meister arrugó el ceño y pronunció esas palabras que han sido el trueno de la condenación para tantos delincuentes:

—Veremos, pero usted y yo no hemos terminado todavía.

Y, sacando un mentón enérgico, desapareció.

La contraída faz de Graham se distendió y, lenta, muy lentamente, se llevó las manos a la cabeza y se palpó el cráneo con cuidado.

Por primera vez en una larga y razonablemente picaresca vida mental, sentía que sus enemigos tenían razón y que un buen lavado en seco no perjudicaría en nada a su mente.

¡La de *cosas* que tenía en ella!

Graham Dorn apretó el timbre con el codo por segunda vez. Recordaba claramente que June le había dicho que estaría en casa a las ocho. La mirilla se abrió.

—¡Hola!

—¡Hola!

¡Silencio!

Graham dijo, plañidero:

—Fuera llueve. ¿Puedo entrar a secarme?

—No sé. ¿Estamos prometidos, señor Dorn?

—Si no lo estoy —respondió él muy tieso—, resulta que estuve rechazando las ansiosas insinuaciones de un centenar de muchachas apasionadas (y todas muy guapas) sin ningún motivo evidente.

—Ayer decías...

—¡Ah!, pero ¿quién hace caso de lo que digo? Tengo esa clase de extravagancias. Mira, te he traído un ramillete —pasó unas rosas por delante de la mirilla.

June abrió la puerta.

—¡Rosas! ¡Cuán plebeyo! Entra, ricura, y ensucia el sofá. Eh, eh, antes de que des otro paso, ¿qué traes bajo el otro brazo? ¿No será el original de *Muerte en la tercera cubierta*?

—Exacto. Aunque no aquella excrecencia de manuscrito. Esto es cosa muy distinta.

La voz de June se hizo glacial:

—¿No será eso tu preciosa novela? ¿Verdad que no?

Graham levantó la cara con energía.

—¿Cómo lo sabías?

—Me baboseaste toda contándome el argumento en la fiesta de cumpleaños de MacDunlap.

—No te lo conté. No es posible que lo hiciera, a menos que estuviese borracho.

—Pero es que lo estabas. Como una sopa. Y por un par de cócteles de más.

—Pues, si estaba borracho, no podía contarte el verdadero argumento.

—¿No discurre la acción en un distrito minero?

—Ehhh..., sí...

June movió la cabeza, rememorando.

—Lo recuerdo bien. Primero te emborrachaste y te mareaste. Luego mejoraste y me contaste los primeros capítulos. Entonces me mareé yo. —La muchacha se acercó al enfurecido escritor—. Graham —arrulló dulcemente, apoyando la rubia cabeza en su hombro—, ¿por qué no sigues con las aventuras de De Meister? Te dan por ellas unos chequecitos tan hermosos...

Graham se revolvió para deshacerse del abrazo.

—Eres una desdichada mercenaria, incapaz de comprender el alma de un escritor. Puedes considerar roto nuestro compromiso. —Se sentó con gesto enérgico en el sofá, cruzó los brazos y añadió—: A menos que consientas en leer el borrador de la novela y hagas el análisis de la narración como de costumbre.

—¿Puedo hacerte el análisis de *Muerte en la tercera cubierta* primero?

—No.

—¡Bien! En primer lugar, tu interés por el amor empieza a dar náuseas.

—No es verdad —Graham levantaba un índice indignado—. Mi estilo amoroso respira una fragancia dulce y sentimental, como de los viejos tiempos. Aquí traigo la revista que lo dice —rebuscó por la cartera.

—Bah, patrañas. ¿Vas a citar al fulano ese del *Clarion de Pillsboro*, Oklahoma? Será primo segundo tuyo, probablemente. Ya sabes que tus dos últimas novelas se quedaron muy por debajo de la media en derechos de autor. Y *Tercera cubierta* ni siquiera te la aceptarán nunca.

—Tanto mejor... ¡Huy! —Graham se frotó el cráneo con fuerza—. ¿Por qué has hecho eso?

—Porque el único punto donde podía pegar tan fuerte como quería, sin dejarte inválido, era en la cabeza. ¡Escucha! La gente está cansada de tu endurecida Letitia Reynolds. ¿Por qué no dejas que se empape la «lustrosa corona de cabello rubio» de petróleo y conozca la proximidad de una cerilla?

—Pero, June, ese personaje lo saqué de la vida real. ¡Eres tú!

—¡Graham Dorn! Yo no estoy aquí para escuchar insultos. El mercado de la novela de intriga se inclina hoy por la acción y el amor auténtico y pasional, y tú sigues atascado en las dulces viscosidades sentimentales de hace cinco años.

—Pero ése es el carácter de Reginald de Meister.

—Pues cámbiale el carácter. ¡Oye! Has introducido a Sancha Rodríguez. Muy bien. Yo la apruebo. Es mexicana, fogosa, apasionada, quita el aliento y está enamorada de él. ¿Y qué haces tú? Primero él se porta como un caballero impecable y luego la matas a ella a mitad del relato.

—Humm, ya veo... Tú crees, de veras, que la cosa mejoraría haciendo que De Meister saliera de su torre de marfil. Un par de besos, o...

June apretó los preciosos dientes y los maravillosos puños.

—¡Oh, cariño, y cómo me alegra que el amor sea ciego! Si alguna vez vislumbrara, aunque sólo fuese un poquitín, yo no lo resistiría. Oye, gomoso remilgado y escurridizo, vas a encargarte de que De Meister y Rodríguez se enamoren. Van a vivir una aventura amorosa que abarcará todo el libro, y puedes poner a tu horrible Letitia en un convento de monjas. Tal como la pintas, allá será mucho más feliz, probablemente.

—Eso es todo lo que *tú* sabes del asunto, amor mío. Pero se da la casualidad de que De Meister está enamorado de Letitia Reynolds y la *quiere;* no a esa tal Rodríguez.

—¿Por qué lo crees?

—Porque me lo ha dicho él

—¿Quién te lo ha dicho?

—Reginald de Meister.

—¿Qué Reginald de Meister?

—El *mío*.

—¿Qué significa eso de tu Reginald de Meister?

—Mi *personaje*, Reginald de Meister.

June se levantó, se permitió unas cuantas inspiraciones profundas y luego dijo, con voz sosegada:

—Volvamos a empezar desde el principio —desapareció un momento, y luego regresó con una aspirina—. ¿Tu Reginald de Meister, el de tus libros, te ha dicho, en persona, que está enamorado de Letitia Reynolds?

—Exacto.

June engulló la aspirina.

—Mira, June, te lo explicaré exactamente igual como él me lo explicó a mí. Todos los personajes existen de verdad..., al menos en las mentes de sus autores. Y cuando la gente empieza a creer en ellos, empiezan a existir en la realidad, porque la realidad es lo que cree la gente (en lo que a ellos respecta), y ¿qué es la existencia al fin y al cabo?

A June le temblaban los labios.

—Oh, Gramie, no, por favor. Si te encerrasen en un asilo, mamá no permitiría que me casara contigo.

—¡June, no me llames Gramie, por amor de Dios! Te digo que vino a verme y quiso decirme qué había de escribir y cómo tenía que hacerlo. Fue casi tan malo como tú. ¡Oh, vamos, nena, no llores!

—No puedo evitarlo. ¡Siempre creí que eras un loco, pero nunca pensé que *estuvieras loco!*

—Muy bien, ¿y dónde está la diferencia? No lo discutamos más. Ya no volveré a escribir ninguna novela de intriga en mi vida. Después de todo... —y se permitió su poquito de indignación—, cuando las cosas se ponen de tal manera que mi propio personaje (*¡mi propio personaje!*) quiere decirme qué debo hacer, es que, en verdad, hemos llegado demasiado lejos.

June miró por encima del pañuelo.

—¿Y cómo sabes que era realmente De Meister?

—Oh, diablos. Tan pronto como se golpeó el cigarrillo en el dorso de la mano y empezó a soltar «ges» como copos de nieve en una tormenta, comprendí que había llegado lo peor.

Sonó el teléfono. June se levantó de un salto.

—No respondas, Graham. Es del manicomio, probablemente. Les diré que no estás aquí... Diga, diga. ¡Oh, señor MacDunlap! —June exhaló un suspiro de alivio, pero en seguida cubrió el micrófono y susurró con voz alterada—: Podría ser una trampa... ¡Diga, diga, señor MacDunlap!... No, no está aquí... Sí, creo que podré comunicarme con él... En el Martin's mañana al mediodía... Se lo diré... ¿Con quién...? ¿¿¿Con quién??? —y colgó repentinamente.

—Graham, mañana tienes que almorzar con MacDunlap.

—¡Pagando él! ¡Solamente si paga él!

Los grandes ojos azules de June aumentaron de tamaño y se hicieron más azules.

—Y Reginald de Meister comerá contigo.

—¿Qué Reginald de Meister?

—El tuyo.

—¿*Mi* Reg...?

—Oh, Gramie, *no;* por favor —los ojos se le humedecían—. ¿No lo ves, Gramie? Ahora nos encerrarán a los dos en un asilo para dementes... y también a MacDunlap. Y probablemente nos metan a los tres en la misma celda acolchada. ¡Oh, Gramie, hay una multitud tan espantosa!

Y la faz se le deshizo en llanto.

Grew S. MacDunlap (lo de que la S. quiera decir «Some» —«un tal»— es una vil falsedad propalada por sus enemigos) estaba solo en la mesa cuando entró Graham Dorn. Graham libó de ahí unas gotitas de satisfacción.

Lo que le complacía no era tanto la presencia de MacDunlap como la ausencia de De Meister, ya lo comprenden.

MacDunlap le miró por encima de las gafas y se

tragó una píldora para el hígado. Eran su dulce favorito.

—¡Ajá! Ya está aquí. ¿Que significa esta broma pesada que me está gastando? Usted no tenía derecho a mezclarme con una persona como De Meister sin avisarme que era un ser real. Quizá hubiese tomado precauciones. Habría podido contratar un guardaespaldas. Habría podido comprarme un revólver.

—*No* es real. ¡Maldita sea! La mitad del personaje fue idea *de usted.*

—Eso es una calumnia —replicó MacDunlap acaloradamente—. ¿Y qué quiere decir al asegurar que no es real? Cuando hizo la presentación de sí mismo me tomé, de golpe, tres píldoras para el hígado, y no desapareció. ¿Sabe qué son tres píldoras? Tres píldoras de la clase que yo las uso (el médico debería caerse muerto, nada más) harían desaparecer a un elefante..., si no fuese real. Lo *sé.*

Graham insistió en tono fatigado:

—No importa; sólo existe en mi mente.

—Ya lo sé que existe en su mente. Su mente debería ser objeto de una investigación por parte de los inspectores de la pureza de alimentos y medicamentos.

Las diversas y muy corteses réplicas que se le ocurrieron simultáneamente a Graham fueron desechadas al momento por contener una proporción excesiva de enérgicos tacos anglosajones. Al fin y al cabo (¡ja, ja!) un editor es un editor, por muy anglosajón que sea. Graham dijo, pues:

—Entonces, la cuestión que se plantea es ¿cómo podemos librarnos de De Meister?

—¿Librarnos de De Meister? —Del brusco sobresalto que tuvo, a MacDunlap le salieron disparadas las gafas fuera de la nariz, y las cogió al vuelo con una mano. La voz se le cargaba de emoción—. ¿Quién quiere librarse de él?

—¿Lo quiere usted merodeando a su alrededor?

—Dios no lo quiera —exclamó MacDunlap entre escalofríos—. Comparado con él, mi cuñado es un ángel.

—No tiene nada que hacer fuera de mis libros.

—Por mi parte, tampoco tiene nada que hacer dentro. Desde que empecé a leer sus originales, el doctor añadió al número de específicos que ya tomaba unas píldoras para los riñones y un jarabe para la tos —miró el reloj y se tomó una píldora para los riñones—. Quisiera que mi peor enemigo tuviera que publicar libros un año, nada más.

—Entonces, ¿por qué —preguntó Graham pacientemente— no quiere desembarazarse de De Meister?

—Porque nos hace publicidad.

Graham le miraba, inexpresivo.

—¡Oiga! ¿Qué otro escritor tiene un verdadero detective? —prosiguió MacDunlap—. Todos los demás son de ficción. Todo el mundo lo sabe. Pero el suyo... el *suyo* es real. Podemos dejarle resolver casos y que los periódicos le llenen de elogios. A su lado, el Departamento de Policía parecerá una miseria. Llegará a...

—Esa —interrumpió categóricamente Graham— es en todos los sentidos la proposición más descarada con que me han ensuciado los oídos en toda mi vida.

—Produciría mucho dinero.

—El dinero no lo es todo.

—Nombre una cosa que no consiga el dinero... ¡Ssstt! —faltó poco para que fracturase de un puntapié el tobillo izquierdo de Graham, y se levantó con sonrisa convulsiva—. ¡Señor De Meister!

—Lo siento, querido amigo —respondió una voz letárgica—. No he podido acudir antes, ya sabe. Montones de compromisos. Se habrá aburrido mucho.

A Graham Dorn las orejas le temblaban espasmódicamente. Miró por encima del hombro y se tumbó para atrás todo lo que pudo estando sentado. Reginald de Meister había criado monóculo desde la visita anterior, y su mirada monocular estaba calculada para helar la sangre. Pero saludó con naturalidad:

—¡Mi querido Watson! ¡Cuánto me alegra verle! Me alegra endiabladamente.

—¿Por qué no se va al diablo? —preguntó Graham con curiosidad.

—Mi querido amigo. Oh, mi querido amigo.

—Eso es lo que me gusta —cacareó MacDunlap—. ¡Bromas! ¡Guasa! Luego todo se empieza más a gusto. Y ahora, ¿pasamos a hablar de negocios?

—Ciertamente. La comida estará en marcha ya, ¿no? Entonces me limitaré a pedir una botella de vino. El de siempre, Henry.

El camarero cesó de aguardar por allí, se fue a toda prisa y regresó con una botella. La abrió, haciendo gorgotear el caldo en un vaso.

De Meister sorbió delicadamente.

—Es usted muy amable, viejo compañero, al hacerme, en sus novelas, un parroquiano de este establecimiento. Hasta ahora es lo indicado, y resulta de lo más agradable. Todos los camareros me conocen. Señor MacDunlap, doy por entendido que ha convencido usted al señor Dorn de la necesidad de continuar las aventuras de De Meister.

—Sí —respondió MacDunlap.

—No —dijo Graham.

—No le haga caso —replicó MacDunlap—. Es temperamental. Ya conoce usted a los escritores.

—No le haga caso a él —interpuso Graham—. Es microcéfalo. Ya conoce a los editores.

—Oiga, viejo amigo. Me figuro que MacDunlap le habrá señalado ya el lado desagradable de ponerse terco.

—¿Cuál, por ejemplo, viejo pelma?

—Pues el de que le persiga un fantasma.

—Sí, que se me ponga detrás y grite: «¡Uhhh!»

—Mi querido amigo, soy mucho más sutil. Puedo fastidiarle a uno, de veras, con métodos más modernos, más al día. Por ejemplo, ¿ha tenido sumergida alguna vez su individualidad? —soltó una risita malévola.

Una risita cuyo sonido resultaba familiar. Graham recordó súbitamente. Estaba en la página 103 de *La muerte galopa por el campo:*

Sus perezosos párpados aletearon. Se rió con risa ligera y melodiosa, y aunque no dijo palabra, Hank Marslowe se acobardó. Aquella ligera risa sonaba preñada de amenazas, y, a pesar de todo, el fornido ranchero no se atrevió a llevar las manos a las pistolas.

A Graham seguía pareciéndole una risita aborrecible, pero se acobardó, y no se atrevió a coger sus armas.

MacDunlap se lanzó por el agujero de momentáneo silencio que se había creado:

—Ya lo ve, Graham. ¿Para qué andar jugando con fantasmas? No son entes razonables. ¡No son *humanos!* Si quiere más derechos de autor...

Graham se enfureció:

—¿Quiere dejar de mencionar el dinero? Desde hoy en adelante, sólo escribiré novelas con desgarradoras emociones humanas.

La sonrojada faz de MacDunlap cambió súbitamente.

—No —dijo.

—La verdad, cambiando de tema por un momento —y el acento de Graham se volvió extremadamente dulce, pues las palabras le salían untadas de jarabe de maple...—, es que tengo aquí un manuscrito para que usted lo mire. —Graham cogió firmemente por la solapa al sudoroso MacDunlap—. Es una novela que representa el trabajo de cinco años. Una novela que se apoderará de usted por su fuerza; le estremecerá hasta lo más íntimo de su ser y abrirá un nuevo mundo. Una novela que...

—No —dijo MacDunlap.

—Una novela que acabará con la falsedad de este mundo, descubriendo las entrañas de la verdad. Una novela...

MacDunlap, como no podía levantar el brazo más arriba, cogió el manuscrito.

—No —repitió.

—¿Por qué condenados infiernos no la lee? —inquirió Graham.

—¿Ahora?

—Empiece.

—Oiga, ¿y si la empezara mañana, o pasado? Ahora tengo que tomar el jarabe para la tos.

—Desde que yo estoy aquí, no ha tosido.

—Le avisaré inmediatamente...

—Esta —dijo Graham— es la primera página. ¿Por qué no empieza? Le subyugará inmediatamente.

MacDunlap leyó dos párrafos y dijo:

—¿Se desarrolla el argumento en una población minera?

—Sí.

—Entonces, no puedo leerlo. Soy alérgico al polvo del carbón.

—Pero ese polvo de carbón no es de verdad, MacIdiota.

—Eso —hizo notar MacDunlap— también lo decía usted de De Meister.

Reginald de Meister golpeó cuidadosamente la punta de un cigarrillo contra el revés de la mano con un aire sutil que Graham reconoció inmediatamente como señal de que estaba tomando una decisión repentina.

—Esto es de un aburrimiento devastador, ya saben. No se centran en el verdadero asunto, podríamos decir. Adelante, MacDunlap, no es momento para medias tintas.

MacDunlap se fajó el lomo espiritual y dijo:

—Muy bien, señor Dorn, con usted no se puede ser complaciente. En lugar de darme De Meister, me ofrece polvo de carbón. En vez de la mejor publicidad en cincuenta años, me da significación social. De acuerdo, señor Tiolisto Dorn, si en el término de una semana no llega a una avenencia conmigo, en *buenas* condiciones, entrará en la lista negra de todas las casas editoras de prestigio de los Estados Unidos y del extranjero. —Blandiendo el índice, añadió a grito pelado—: Incluida Escandinavia.

Graham rió despreocupadamente.

—¡Bah, tonterías! —replicó—. Se da el caso de que ocupo un puesto en la Sociedad de Autores, y si usted intenta fastidiarme, seré yo quien haga inscribir *su nombre* en la lista negra. ¿Qué le parece?

—Me parece muy bien. ¿Y si yo demuestro que usted es un plagiario?

—¿Yo? —articuló boquiabierto Graham, recobrándose apenas de un ataque de alegría—. ¿Yo, el escritor más original de estos dos últimos lustros?

—¿Ah, sí? Y quizá no recuerde que en todos los casos que describe cita los cuadernos de notas de De Meister sobre casos anteriores.

—¿Y qué?

—Que los tiene. Reginald, muchacho, enseñe al señor Dorn su cuaderno de notas del último caso... Vea eso. Eso es *El misterio de las piedras miliarias*, y contiene, detalladamente, hasta el menor incidente de su novela... Además, con un año de anterioridad a la publicación del libro. Perfectamente auténtico.

—¿Y qué?

—¿Acaso tiene usted derecho a copiar las notas del cuaderno de De Meister y llamar a la copia una novela original de intriga y asesinato?

—¡Vaya, señor paciente de parálisis mental, ese cuaderno de notas me lo inventé yo!

—¿Quién lo ha dicho? Es la letra de De Meister, como puede demostrar cualquier experto en caligrafía. ¿Y acaso tiene usted un pedazo de papel, un documento o convenio, ya sabe, que le dé derecho a utilizar los cuadernos de notas de otro?

—¿Cómo podría suscribir un convenio con un personaje de ficción?

—¿Qué personaje de ficción?

—Usted y yo sabemos que De Meister no existe.

—Ah, pero ¿y el jurado? ¿Lo sabe? Cuando yo declare que tomé tres píldoras fuertes para el hígado y él no desapareció, ¿qué docena de hombres dirá que no existe?

—Eso es chantaje.

—En efecto. Le doy una semana. O, en otras palabras, siete días.

Graham Dorn se volvió desesperadamente hacia De Meister:

—Usted también es cómplice. Y en mis libros siempre le atribuyo un finísimo sentido del honor. ¿Es honorable esto?

—Mi querido compañero —respondió De Meister, levantando los hombros—. Todo esto y... perseguirle además —Graham se puso en pie—. ¿Adónde va?

—A casa, a escribirle una carta a usted —las cejas de Graham se juntaban en una expresión de desafío—. Y esta vez la echaré al correo. No cedo. Lucharé hasta la última trinchera. Y además, De Meister, venga a fastidiarme una sola vez, y yo le arrancaré la cabeza y derramaré la sangre por todo el traje nuevo de MacDunlap.

El escritor salió con paso firme. Mientras desaparecía por la puerta, De Meister desapareció en la nada.

MacDunlap emitió un ladrido blando; después engulló una píldora para el hígado, otra para los riñones y una cucharada sopera de jarabe para la tos, en rápida sucesión.

Graham Dorn estaba sentado en el recibidor de casa de June, y como había terminado con las uñas hacía rato, empezaba a roerse los primeros nudillos.

En aquel instante, June no estaba allí, y a Graham se le antojaba que así era mejor. Una muchacha entrañable, sí; en realidad era una muchacha dulce y entrañable. Pero no pensaba en ella.

Estaba ocupado en una serie de miasmáticos saltos hacia atrás a lo largo de los seis días precedentes:

«—Oye, Graham, ayer en el club conocí a tu compinche. Ya sabes, a De Meister. Me quedé atónito. Siempre había tenido la idea de que era una especie de Sherlock Holmes que no existía. Me has marcado un tanto, chico. No sabía... ¡Eh!, ¿adónde vas?»

«—Eh, Dorn, me han dicho que tu jefe, De Meister, ha regresado a la ciudad. Sin duda pronto tendrás material para otras novelas. ¡Qué suerte, chico, tener quien te dé los argumentos cortados y cosidos! ¿Eh? Bueno, adiós.»

«—Caramba, Graham, ¿dónde estarías anoche? La aventura de Ann no llegaba a *ninguna parte* sin ti; o al menos no habría llegado si no hubiese sido por De Meister. El preguntó por ti; me imagino que se sentía desamparado sin su Watson. Ha de ser maravilloso servirle de Watson a un tal... ¡*Señor* Dorn! ¡Lo mismo le digo a usted, señor!»

«—Me la has jugado buena Yo pensaba que aquellas locas aventuras te las inventabas. Bien, bien, la verdad es más estrambótica que la ficción. ¡Ja, ja, ja!»

«—Los agentes de policía niegan que el famoso criminólogo aficionado Reginald de Meister se haya interesado por este caso. Nuestros reporteros no se han podido poner en contacto con De Meister en persona para pedirle un comentario. De Meister es más conocido por el público a través de sus brillantes soluciones de una docena de crímenes narradas en forma de ficción por su llamado "Watson", Grayle Doone.»

Graham se estremecía y los brazos le temblaban en una espantosa sed de sangre. De Meister le estaba atormentando... pero que muy bien. Estaba perdiendo su personalidad, tal como le había amenazado De Meister.

Poco a poco, Graham fue tomando conciencia de que el ruido monótono de timbre que percibía hacía rato no procedía de su cabeza sino, al contrario, de la puerta de la vivienda.

Tal pareció ser también la opinión de June Billings, cuyo penetrante grito bajó disparado por las escaleras propinando un fuerte «uppercut» a los tímpanos de Graham.

—Eh, tú, drogado, mira quién llama a la puerta antes de que la vibración eche la casa al suelo. Yo bajaré dentro de media hora.

—¡Sí, querida!

Graham arrastró los pies hasta la puerta y abrió.

—Ah, vaya. Saludos —dijo De Meister, pasando adentro.

Los apagados ojos de Graham miraron asombrados; luego despidieron llamas, al mismo tiempo que de sus labios salía una especie de gruñido animal. El escritor adoptó esa postura de gorila tan reconfortante para machos americanos de sangre caliente en momentos como aquél, y se puso a saltar alrededor del detective, que parecía un tanto confundido.

—Mi querido amigo, ¿está enfermo?

—No estoy enfermo —explicó Graham—, pero usted pronto dejará de interesarse por mi estado, porque voy a lavarme las manos con la sangre más roja de su corazón.

—Pero, digo yo, después tendrá que limpiárselas. Sería una huella demasiado evidente, ¿verdad que sí?

—Ya basta de alegre chunga. ¿Tiene alguna última palabra que pronunciar?

—Pues, no en especial.

—Mejor así. Sus últimas palabras no me interesan.

Y entró en acción como el rayo, lanzándose sobre el infortunado De Meister como un elefante macho. El detective le esquivó por la izquierda, lanzó un brazo y un pie, y Graham describió un arco parabólico que terminó con la destrucción total de una mesilla, un jarrón de flores, una pecera y un metro y medio de pared.

Graham parpadeó y se apartó de la ceja izquierda una carpa dorada curiosa.

—Mi querido amigo —murmuró De Meister—, oh, mi querido amigo.

Graham recordó, demasiado tarde, aquel párrafo de *Desfile de pistolas:*

Los brazos de De Meister eran dos trallas veloces como el rayo mientras con seguros y rápidos golpes dejaba indefensos a los dos bandidos. No por la fuerza bruta, sino por su profundo conocimiento del judo, los derrotó fácilmente, sin que se le alterase la respiración. Los maleantes gemían de dolor.

Graham gemía de dolor.

Levantó el muslo derecho un par de centímetros para que la cabeza del fémur pudiera resbalar hacia el puesto que le correspondía.

—¿No sería mejor que se levantara, viejo camarada?

—Me quedaré aquí —respondió muy dignamente Graham— y contemplaré el suelo en vista de perfil hasta que me plazca o hasta que me vea capaz de mover un músculo. No me importa cuál. Y ahora, antes de que pase a tomar otras medidas con usted, ¿qué diablos quiere?

Reginald de Meister se ajustó el monóculo con la mayor pulcritud.

—¿Sabe?, creo que el ultimátum de MacDunlap expira mañana.

—Y usted y él también, confío.

—¿No quiere reconsiderar la cuestión?

—¡Ja!

—En verdad —suspiró De Meister—, eso no nos lleva

a ninguna parte. Usted me ha procurado una situación muy agradable en este mundo. Al fin y al cabo, en sus libros me ha hecho muy conocido de todos los clubs y los mejores restaurantes; amigo íntimo, ya sabe, del alcalde y el comisario de policía, propietario de un sobreático en Park Avenue y de una magnífica colección de arte. Y todo persiste, viejo amigo. Realmente enternecedor.

—Es notable —murmuró Graham— la atención con que no estoy escuchando y la claridad con que no oigo ni una de las palabras que me dice.

—No obstante —dijo De Meister—, no se puede negar que mi mundo de ficción me conviene más. Es bastante más fascinador, está más libre de la obtusa lógica, más apartado de las necesidades del mundo material. En resumen, debo volver allá, a una participación activa. ¡Tiene tiempo hasta mañana!

Graham canturreó una tonadilla alegre con unas notas desafinadas.

—¿Es una nueva amenaza, De Meister?

—Es la vieja, intensificada. Voy a despojarle hasta del último vestigio de su personalidad. Y con el tiempo, la opinión pública le obligará a escribir como (para parafrasearle a usted mismo) el Comparsa Total de De Meister. ¿No vio la etiqueta que los chicos de la prensa le colocaron el otro día, viejo?

—Sí, señor Cochino de Meister; y ¿no leyó un articulito de media columna en la página diez del mismo periódico? Se lo leeré *yo*: «Famoso criminólogo en 1-A. Entrará pronto en el cuartel, dice la junta de reclutamiento.»

Por un momento, De Meister no hizo ni dijo nada. Luego, una después de otra, hizo las siguientes cosas: se quitó el monóculo pausadamente, se sentó con gesto fatigado, se frotó la barbilla con aire abstraído y encendió un cigarrillo después de un largo y esmerado golpeteo. Cada uno de estos cuatro gestos los reconoció el entrenado ojo de autor de Graham Dorn como representando por sí mismos una profunda conturbación y una gran pena por parte de su personaje.

Y nunca, en ninguno de sus libros, recordaba Graham

que De Meister hubiese hecho aquellas cuatro cosas sucesivamente.

Por fin, el detective habló:

—En verdad, no sé por qué había de meter en su último libro oficinas de reclutamiento. Ese afán de someterse a los tópicos, ese endemoniado deseo de seguir las noticias al minuto es la maldición de la novela de intriga. Una verdadera obra de misterio no tiene época; no habría de tener ninguna relación con los acontecimientos corrientes; debería...

—Sólo hay un camino —interrumpió Graham— de librarse del reclutamiento...

—Al menos hubiera podido mencionar que solicitaba un aplazamiento, con el pretexto que fuese.

—Sólo hay un camino —repitió Graham— para librarse del reclutamiento...

—Negligencia criminal —insistió De Meister.

—¡Oiga! Vuélvase a los libros y no le rellenarán de plomo.

—Escríbalos, y me iré.

—Piense en la guerra.

—Piense en su ego.

Dos hombres fuertes estaban enfrentados cara a cara (o lo habrían estado si Graham no se hubiera encontrado todavía en posición horizontal) y ninguno de los dos cedía en nada.

¡Impase!

Pero la dulce y femenina voz de June Billings interrumpió y quebró la tensión:

—¿Puedo preguntar, Graham Dorn, qué haces en el suelo? Hoy lo he barrido y no significa un cumplido para mí eso de que quieras perfeccionar mi trabajo.

—No estoy barriendo el suelo. Si mirases con atención —replicó amablemente Graham—, verías que tu adorado novio yace aquí convertido en un montón de cardenales y un semillero de dolores y sufrimientos.

—¡Has destrozado mi mesita!

—Me he roto la pierna.

—Y mi mejor lámpara.

—Y dos costillas.

—Y la pecera.

—Y la manzana de Adán.

—Y no me has presentado a tu amigo.

—Y la vértebra cervi... ¿Qué amigo?

—Este.

—¡Amigo! ¡Ja, ja! —los ojos se le humedecieron. June era tan joven, tan frágil para entrar en contacto con las duras y brutales realidades de la vida—. Este —murmuró con voz entrecortada— es Reginald de Meister.

Entonces De Meister partió un cigarrillo en dos, gesto preñado de la más profunda emoción.

June dijo pausadamente:

—Vaya... vaya, usted es diferente de como me lo figuraba.

—¿Cómo me imaginaba? —inquirió De Meister, con una modulación de tonos bajos, estremecedores

—Diferente de como le veo... Era por las aventuras que me habían referido.

—Hasta cierto punto, señorita Billings, usted me recuerda a Letitia Reynolds.

—Lo creo. Graham me dijo que la describía fijándose en mí.

—Una pobre imitación, señorita Billings. Devastadoramente pobre.

Ahora estaban a unos quince centímetros uno del otro, fijos los ojos por una admiración mutua, y Graham soltó un grito penetrante Se puso en pie de un salto mientras la memoria le golpeaba la frente.

Recordaba un párrafo de *El caso del chanclo enlodado.* E igualmente otro de *Los asesinos floridos.* Y también algunos pasajes de *La tragedia de Hartley Manor, Muerte de un cazador, Escorpión blanco* y, para decirlo con muy breves palabras, de cada una de las demás obras.

El párrafo decía:

De Meister poseía cierto hechizo que atraía irresistiblemente a las mujeres.

Y June Billings era —como se le había ocurrido pensar con frecuencia a Graham en sus momentos de ocio— una mujer.

Simplemente, la fascinación le manaba, pegajosa, de los oídos hasta cubrir el suelo de una capa de quince centímetros de grosor.

—Sal de esta habitación, June —le ordenó.

—No quiero.

—Tengo que discutir una cosa con De Meister, de hombre a hombre. Exijo que salgas de esta habitación.

—Váyase, por favor, señorita Billings —dijo De Meister.

June titubeó, y con vocecita débil respondió:

—Muy bien.

—Quédate —gritó Graham—. No permitas que te dé órdenes. Exijo que te quedes.

June cerraba la puerta muy dulcemente detrás de sí. Los dos hombres se enfrentaron. Tanto en los ojos del uno como del otro había ese brillo indicador de que un hombre fuerte ha llegado al límite de su tolerancia. Un brillo de enemistad terca, imperecedera; sin tregua ni cuartel. Era exactamente la clase de situación que Graham Dorn regalaba, de modo invariable, a sus lectores cuando dos hombres fuertes luchaban por una misma mano, un mismo corazón, una misma muchacha.

Los dos exclamaron al unísono:

—¡Hagamos un trato!

Graham dijo:

—Me has convencido, Reggie. Nuestro público nos necesita. Mañana empezaré otra aventura de De Meister. Démonos las manos y olvidemos el pasado.

De Meister tuvo que vencer la emoción que le embargaba. Apoyó la mano en la solapa de Graham.

—Mi querido amigo, soy yo el convencido por tu lógica. No puedo permitir que te sacrifiques por mí. Hay en ti grandes cosas que han de salir al exterior. Escribe tus novelas sobre minas de carbón. Son más importantes que yo.

—No podría, compañero. Después de todo lo que has hecho por mí, no. Mañana empezamos de nuevo.

—Graham, pa... padre mental mío, no puedo permitirlo. ¿Piensas que no tengo sentimientos, sentimientos *filiales*... así, en un sentido espiritual?

—Pero ¿y la guerra? Piensa en la guerra. Miembros mutilados. Sangre. Todo eso.

—Debo quedarme. La patria me necesita.

—Pero si yo dejo de escribir, con el tiempo tú dejarás de existir. No puedo permitirlo.

—¡Bah, eso! —De Meister se rió con despreocupada elegancia—. Las cosas han cambiado últimamente. Ahora es tanta la gente que cree que existo, que estoy demasiado asido a la existencia real para que se me pueda separar de ella. Ya no tengo que pensar más en el limbo.

—¡Ah! —Graham apretó los dientes y se expresó en tono sibilante—: Esas son sus ideas, ¡so víbora! ¿Supone que no veo que está colado por June?

—Oiga, viejo amigo —replico De Meister en tono altanero—. No puedo consentirle que hable a la ligera de un amor fiel y sincero. Yo quiero a June, y ella me quiere a mí; lo sé. Y si se quiere poner pesado y victoriano por esta realidad, puede tragarse una ración de nitroglicerina y luego ponerse espita con un martillo.

—¡La nitroglicerina se la daré yo a usted! Esta misma noche me voy a casa y empiezo otra aventura de De Meister. Usted formará parte de ella, y quedará metido en ella otra vez. ¿Qué le parece?

—Nada, porque usted no puede escribir otra novela sobre De Meister. Ahora soy demasiado real, y no puede dominarme así, a su *antojo*. Dígame, ¿qué le parece esto a usted?

Graham Dorn necesitó una semana entera para decidir qué le parecía aquello. Y lo que le pareció resultó absolutamente impublicable.

Lo cierto era que no podía escribir.

O sea, se le ocurrían ideas asombrosas para grandes novelas, dramas emotivos, poemas épicos, brillantes ensayos... pero no podía escribir nada sobre Reginald de Meister.

Muy sencillo, la máquina de escribir se había quedado, poco ha, sin «R» mayúscula.

Graham lloraba, maldecía, se mesaba el cabello, y se untaba las yemas de los dedos con linimento. Probó con máquina de escribir, pluma, lápiz, tiza, carbón y sangre.

No podía escribir.

Sonó el timbre, y Graham abrió la puerta de un tirón.

MacDunlap entró tambaleándose y se derrumbó sobre las primeras dunas de papel desgarrado con la idea de ir a refugiarse derechamente en los brazos de Graham.

Graham le dejó caer.

—¡Ah! —exclamó con dignidad glacial.

—¡Mi corazón! —se lamentó MacDunlap, hurgándose los bolsillos en busca de las píldoras para el hígado.

—No fallezca aquí —sugirió con delicadeza Graham—. La gerencia no me permitiría arrojar carne humana al incinerador.

—Graham, hijo mío —dijo emotivamente MacDunlap—, no habrá más ultimátums. ¡Se acabaron las amenazas! Vengo a llamar a la puerta de sus sentimientos más delicados, Graham... —hizo un interludio como por falta de aire—, yo le quiero como a un hijo. Esa mofeta de De Meister debe desaparecer. Por mi bien, debe usted escribir nuevas aventuras de De Meister. Graham..., quiero decirle una cosa, en secreto. Mi esposa está enamorada de ese detective. Me dice que yo no soy romántico. ¡Yo! ¡No romántico! ¿Puede comprenderlo?

—Sí, puedo —fue la trágica respuesta—. Hechiza a todas las mujeres.

—¿Con aquella cara? ¿Con aquel monóculo?

—Así lo dicen todos mis libros.

MacDunlap se puso rígido.

—¡Ah, ja! ¡Siempre usted! ¡Drogado! Si al menos una vez se hubiera detenido el tiempo necesario para dejar que su mente se enterase de lo que la máquina de escribir iba diciendo...

—Usted insistió. Comercio femenino —a Graham ya no le importaba nada. ¡Mujeres! Y soltó una risita amarga. Ninguna padecía ningún mal que un cartucho de dinamita no pudiera remediar.

MacDunlap se perdía entre «hems» y «hums».

—Bueno, comercio femenino. Muy necesario... Pero, Graham, ¿qué haré yo? No es solamente mi esposa, sino que, además, ella tiene cincuenta acciones de MacDunlap Inc. a su nombre. Si me abandona, pierdo el control de la compañía. Piénselo, Graham. Una catástrofe para el mundo editorial.

—Grew, viejo camarada —Graham exhaló un suspiro tan profundo que las uñas de los pies le vibraron por contagio emocional—. Tanto daría que yo se lo dijera también. June, ya sabe, mi prometida, está enamorada de ese gusano. Y él la quiere a ella porque June es el prototipo de Letitia Reynolds.

—¿El qué de Letitia? —preguntó MacDunlap, sospechando vagamente que se trataba de un insulto.

—No importa. Han arruinado mi vida —Graham sonrió valerosamente y reprimió las poco viriles lágrimas, después que las dos primeras hubieron rodado por sus mejillas.

—¡Pobre muchacho!

Los dos hombres se estrecharon las manos convulsivamente.

—Cogido en una prensa por ese monstruo asqueroso —dijo Graham.

—Exacto —asintió MacDunlap. Y apretaba la mano de Graham como si estuviera ordeñando una vaca—. Tiene que escribir novelas sobre De Meister y llevarle allá, junto al infierno, que es el sitio que le corresponde. ¿De acuerdo?

—¡De acuerdo! Pero hay un pequeño inconveniente.

—¿Cuál?

—No puedo escribir. Ahora es tan real que *no puedo* meterlo en un libro.

MacDunlap comprendió qué significaban las gruesas oleadas de papel que cubrían el suelo. Se llevó las manos a la cabeza y gimió:

—¡Mi compañía! ¡Mi esposa!

—Siempre queda el Ejército —dijo Graham.

MacDunlap levantó la vista.

—¿Y *Muerte en la tercera cubierta,* la novela que rechacé hace tres semanas?

—Esa ya no cuenta. Es agua pasada. Ya le ha afectado.

—¿Incluso sin publicarla?

—Claro. En esa obra es donde mencioné que tendría que entrar en filas. En ella le ponía en 1-A.

—A mí se me ocurrirían sitios mejores donde ponerle.

—¡MacDunlap! —Graham Dorn se levantó de un salto y agarró la solapa de MacDunlap—. Quizá podríamos revisarla.

MacDunlap tosió con tos seca y reprimió un gruñido apagado.

—Podemos poner en ella todo lo que queramos.

MacDunlap se asfixiaba un poquito.

—Podemos resolver la situación.

La faz de MacDunlap había adquirido un tono morado.

Graham sacudió la solapa, y todo el cuerpo de MacDunlap se balanceó.

—Diga algo, ¿quiere?

MacDunlap se apartó de un tirón y tomó una cucharada de jarabe para la tos; se llevó una mano al corazón y le dio unas palmaditas: movió la cabeza y enarcó las cejas.

Graham se encogió de hombros.

—Bueno, si le da por ponerse murrio, allá usted. La revisaré sin su ayuda.

Localizó el original y hundio animadamente los dedos en el teclado. Funcionaban bien, prácticamente sin chirrido alguno en las articulaciones. Adquirió velocidad, y más velocidad, y luego emprendió su carrera habitual. La máquina galopaba alegremente bajo el acostumbrado chorro de vapor.

—Va bien —gritó Graham—. No puedo escribir relatos nuevos, pero sí revisar los antiguos, todavía inéditos

MacDunlap miraba por encima del hombro del otro. Respiraba solamente de tarde en tarde.

—Más rápido —decía MacDunlap—, ¡más rápido!

—¿A más de treinta y cinco? —preguntó severamente Graham—. ¿Olvida que la gasolina está racionada? Cinco minutos más.

—¿Y él estará allí?

—Está siempre. Esta semana ha estado todas las tardes en casa de June —Graham escupió el fino polvo de marfil a que había reducido los últimos milímetros de sus incisivos—. Pero, que Dios le ayude a usted si su secretaria no cumple como debe.

—Hijo mío, puede usted fiarse de mi secretaria.

—A las nueve ha de leer esta revisión.

—A menos que caiga muerta.

—Con la suerte que tengo, caerá. ¿Creerá lo que he escrito?

—Al pie de la letra. Ha visto a De Meister. *Sabe* que existe.

Los frenos chirriaron y el alma de Graham descendió, por simpatía, hasta cada una de las moléculas arrancadas de las cubiertas por el roce.

Subió las escaleras a saltos, mientras MacDunlap iba renqueando detrás.

Tocó el timbre y entró en tromba. Reginald de Meister, de pie en el interior, recibió el pleno impacto de un índice que le señalaba, y sólo la presteza con que echó la cabeza atrás le salvó de convertirse en un personaje mítico tuerto.

June Billings estaba de pie a un lado, silenciosa e incómoda.

—Reginald de Meister —gruñó Graham con acento siniestro—, prepárese para cumplir la pena.

—¡Ah, chico —dijo MacDunlap—, y que no se librará!

—¿Y a qué debo —preguntó De Meister— su dramática pero poco ilustradora declaración? Esto me resulta confuso, ¿saben? —encendió un cigarrillo con delicado gesto y sonrió.

—Hola, Gramie —dijo June, llorosa.

—¡Lárgate, mujer perversa!

June se estremeció. Se sentía como la heroína de un libro, desgarrada por sus propios sentimientos. Naturalmente, estaba en la mismísima gloria. De modo que dejó que las lágrimas le corrieran por la cara y adquirió un aire abandonado.

—Volviendo al tema, ¿a qué viene todo esto? —preguntó De Meister con acento fatigado.

—He transformado *Muerte en la tercera cubierta.*

—¿Y qué?

—La revisión —continuó Graham— está en estos momentos en manos de la secretaria de MacDunlap, una chica por el estilo de June Billings, mi ex novia. Es decir, se trata de una muchacha aspirante a estúpida irremediable, pero que no ha llegado todavía a tal estado. Dará fe a todo lo que lea.

—¿Y qué?

La voz de Graham adquirió un acento ominoso.

—¿Se acuerda, quizá, de Sancha Rodríguez?

Por primera vez, Reginald de Meister se estremeció. Tuvo que apretar el cigarrillo, porque se le caía.

—Murió, asesinada por Sam Blake, en el capítulo sexto. Estaba enamorada de mí. Vaya, compañero, ¡en qué enredos me está usted metiendo!

—No llegan ni a la mitad de' lío en que se encuentra ya, viejo amigo. En la nueva versión Sancha Rodríguez *no* muere.

—¡Morir! —clamó una voz femenina, tajante pero muy clara—. Yo le informaré de si he muerto o no. ¿Dónde estuviste este mes pasado, so embaucador?

Esta vez De Meister no pudo coger el cigarrillo Ni lo intentó siquiera. Había reconocido a la aparecida. Esta le habría parecido a un observador sin prejuicios, pura y simplemente, una esbelta muchacha latina dotada de unos ojos oscuros, que lanzaban destellos, y unas uñas largas, relucientes... Pero para Reginald de Meister era Sancha Rodríguez, ¡que regresaba *de ultratumba!*

La secretaria de MacDunlap había leído y había creído.

—Señorita Rodríguez —dijo De Meister con una voz que sonaba como un latido subyugador—, ¡qué fascinante resulta verla!

—Señora de Meister, tu esposa, so timador, so embustero, escoria del suelo, escorpión de la hierba. ¿Y quién es esa mujer?

June se había retirado, con mucha dignidad, detrás de la silla más próxima.

—¿Señora De Meister? —suplicó Reginald, volviéndose luego, desamparado, hacia Graham Dorn.

—Ah, te habías olvidado, ¿verdad que sí? So lengua de víbora, so perro rastrero... Yo te enseñaré qué representa engañar a una débil mujer. Con estas uñas, voy a hacerte picadillo.

De Meister retrocedía furiosamente.

—Pero, cariño...

—No me vengas con melindres. ¿Qué estás haciendo con esta mujer?

—Pero, cariño...

—No me des ninguna excusa. ¿Qué estás haciendo con esta mujer?

—Pero, cariño...

—¡Cállate! ¿Qué estás haciendo con esta mujer?

Reginald de Meister estaba de pie en un rincón, y su señora esposa blandía los puños ante su rostro.

—¡Contéstame!

De Meister desapareció.

La señora De Meister desapareció tras él inmediatamente.

June Billings se deshizo en lágrimas sinceras.

Graham Dorn cruzó los brazos y la miró severamente.

MacDunlap se frotaba las manos, y tomó una píldora para los riñones.

—No fue culpa mía, Gramie —dijo June—. En tus libros explicabas que hechizaba a las mujeres, sin excepción, de modo que no pude evitarlo. En lo más íntimo, le aborrecía. Me crees, ¿verdad?

—¡Vaya cuento inverosímil! —exclamó Graham, sentándose a su lado en el sofá—. Vaya cuento inverosímil. Pero quizá te perdone.

MacDunlap dijo con voz trémula:

—Hijo mío, has salvado mis acciones. Y también me has devuelto a mi mujer, claro. Y, recuérdalo, me prometiste una novela de De Meister cada año.

Graham rechinó los dientes.

—Una nada más, y haré que la señora De Meister le atormente hasta la muerte, y siempre tendré a mano una novela inédita, sólo por si acaso. Y usted publicará mi gran novela, ¿verdad que sí, Grew, viejo camarada?

—*Glug* —exclamó MacDunlap.

—¿Verdad que sí?

—Sí, Graham. Por supuesto, Graham. No cabe duda, Graham. Es cosa segura, Graham.

—Entonces, déjenos solos ahora; tengo que discutir asuntos de gran importancia con mi prometida.

MacDunlap sonrió y cruzó la puerta de puntillas.

«Oh, amor, amor», musitaba, mientras tomaba una píldora para el hígado, seguida de un sorbo de jarabe contra la tos.

Dos puntos debo resaltar acerca de ¡Autor! ¡Autor! *Creo que en esta narración se me dieron mejor las escenas amorosas que en todas las anteriores. Acaso se deba al hecho de que era la primera que escribía de casado.*

En segundo lugar, hay alusiones, muy de época, al racionamiento y otros fenómenos sociales muy presentes en la mente de todo el que haya vivido la Segunda Guerra Mundial. Había advertido a Bensen de la existencia de dichas alusiones y de la imposibilidad de eliminarlas de la narración, puesto que formaban parte integrante del argumento. No obstante, Bensen les quitó toda importancia con un simple levantamiento de hombros, y en la breve introducción que dedicó al cuento decía a los lectores: «Y no se inquieten por las alusiones a los organismos de racionamiento y de reclutamiento militar... considérenlas parte del marco histórico, del mismo modo que considerarían un rascamoño o un falbalá en una narración de tiempos más antiguos.»

Y yo suscribo su declaración.

Si me hubiese dormido en la rosada nube de satisfacción que me envolvió ante la venta de ¡Autor! ¡Autor! *por unos meses, la desaparición de* Unknown *quizá me habría descorazonado. Acaso hubiera parecido demostrar que no estaba destinado a poner nuevamente en marcha mi carrera, a fin de cuentas, y quizá —otra vez— todo hubiera seguido un curso distinto.*

Sin embargo, a las tres semanas de la venta, volvía a darle a la máquina. El nuevo relato era Sentencia de muerte *y pertenecía a la ciencia ficción. Escribir continuaba siendo una tarea lenta; siete semanas para ultimar un cuento de siete mil doscientas palabras. Se lo envié a Campbell, y el 8 de julio lo aceptó; centavo y cuarto por palabra otra vez.*

Esto significaba que la noticia de la defunción de Unknown *quedó amortiguada por el hecho de que había escrito y vendido ya otra narración.*

3

SENTENCIA DE MUERTE

Brand Gorla sonrió incómodo.

—Estos bichos exageran, ya sabe.

—¡No, no, no! —Los ojos albino-rosados del hombrecillo se abrieron súbitamente—. Dorlis era grande cuando todavía no había entrado en el Sistema Vegano ningún hombre. Era la capital de una Confederación Galáctica mayor que la nuestra.

—Bien, entonces digamos que era una capital antigua. Lo admitiré y dejaré el resto para un arqueólogo.

—Los arqueólogos no sirven Lo que yo he descubierto requiere un especialista en su propio campo. Y usted forma parte de la Junta.

Brand Gorla parecía dubitativo. Se acordaba de Theor Realo en su último año de estudiante... un pequeño ser humano mal formado que acechaba por alguna parte en el trasfondo de sus recuerdos. Hacía muchísimo tiempo, pero el albino había sido un tipo raro. *Eso* se recordaba sin ninguna dificultad. Y seguía siéndolo.

—Intentaré ayudar —dijo Brand—, si me dice usted qué quiere.

Theor le miraba vivamente.

—Quiero que exponga ciertos hechos ante la Junta. ¿Me promete hacerlo?

Brand se escabullía.

—Aunque le ayude, Theor, tendré que recordarle que

soy un miembro joven de la Junta Psicológica. No tengo mucha influencia.

—Debe hacer cuanto pueda. Los hechos hablarán por sí mismos. —Al albino le temblaban las manos.

—Adelante. —Brand se resignó. Se trataba de un antiguo condiscípulo. No se podía ser demasiado tajante en ciertas cosas.

Brand Gorla recostó la espalda en el asiento y se relajó. La luz de Arturo brillaba a través de las ventanas, que tocaban al techo, difundida y suavizada por el cristal polarizador. Pero hasta esa versión diluida de la luz solar resultaba excesiva para los rosados ojos del otro, que se hacía pantalla con la mano mientras hablaba.

—He vivido veinticinco años en Dorlis, Brand —dijo—. He penetrado en lugares que nadie sabía que existieran, y he descubierto cosas. Dorlis fue la capital cultural y científica de una civilización mayor que la nuestra. Sí, lo fue, y particularmente en psicología.

—Las cosas pretéritas siempre parecen mayores —Brand se dignó sonreír—. Existe un teorema en este sentido, que encontrará usted en cualquier texto elemental. Los estudiantes de primer año lo llaman, invariablemente, el teorema de «GOD» (ya sabe, de Dios, en inglés). Es por las iniciales de la expresión inglesa de *Good-Old-Days* (o sea, «Los buenos tiempos antiguos»), ya sabe. Pero continúe.

Theor frunció el ceño ante aquella digresión y procuró disimular los inicios de una mueca sarcástica.

—Siempre se puede echar por la borda un hecho desagradable pegándole una etiqueta. Pero contésteme a esto: ¿Qué sabe usted de ingeniería psicológica?

—No existe tal cosa —replicó Brand encogiéndose de hombros—. Al menos en el sentido matemático estricto. Toda la propaganda y todo lo que se anuncia no es sino una tosca forma de ingeniería psicológica de «si no la yerro la acierto»... muy eficaz en ocasiones. Acaso usted quiera decir esto mismo.

—De ningún modo. Quiero decir experimentos auténticos, con grandes masas de gente, bajo condiciones controladas y por un período de años.

—Se habló mucho de esas cosas; pero no son factibles en la práctica. Nuestra estructura social no soportaría gran cantidad de tales experimentos, y no sabemos bastante todavía para montar controles efectivos.

Theor dominaba su excitación.

—Pues los antiguos *sí sabían* bastante. Y *montaron* controles.

Brand reflexionó flemáticamente.

—Asombroso e interesante, pero ¿cómo lo sabe?

—Porque encontré los documentos relativos al caso. —Hizo una pausa; le faltaba el aliento—. Un planeta entero, Brand. Un mundo completo elegido convenientemente, poblado de seres sometidos a un control estricto desde todos los ángulos. Estudiados, clasificados, y sujetos a experimentación. ¿No se imagina el cuadro?

Brand no notaba ninguno de los signos habituales de trastorno mental. Una investigación más a fondo, quizá... Respondió, inalterable:

—Debe haber sufrido un error de interpretación. Es totalmente imposible. No se puede controlar así a los seres humanos. Demasiadas variables.

—He ahí la cuestión, Brand. No eran humanos.

—¿Qué?

—Eran robots positrónicos. Todo un mundo de robots, Brand, sin otra cosa que hacer que vivir y reaccionar y ser observados por un equipo de psicólogos *de verdad.*

—¡Es una locura!

—Tengo pruebas... porque el mundo de los robots sigue existiendo. La Primera Confederación cayó en pedazos, pero aquel mundo de robots continuó en marcha. Todavía existe.

—¿Cómo lo sabe?

Theor Realo se puso en pie.

—¡Porque he vivido allí estos últimos veinticinco años!

El director de la Junta se quitó la bata de ribetes encarnados y se metió la mano en el bolsillo para sacar un cigarro largo, nudoso y decididamente no oficial.

—Absurdo —refunfuñó— y demente por completo.

—Eso es —asintió Brand—, y no puedo soltárselo a la Junta así por las buenas. No me escucharían. Primero tengo que exponérselo a usted, y luego, si usted puede respaldarlo con su autoridad..

—¡Oh, qué locura! Jamás me habían contado nada tan... ¿Quién es el sujeto?

—Un chiflado, lo reconozco —suspiró Brand—. Estaba en mi clase, en Arturo U., y ya entonces era un albino medio loco. Inadaptado como el diablo, loco por la historia antigua; la clase de sujeto que cuando se le mete una idea en la cabeza la lleva hasta el fin a base de darle y darle, terca, calladamente. Dice haber andado husmeando por Dorlis veinticinco años seguidos. Consiguió una información completa sobre toda una civilización, prácticamente.

El director de la Junta chupaba el cigarro con furia.

—Sí, lo sé. En los seriales del telestato, el aficionado brillante es siempre el que descubre las grandes cosas. El francotirador. El lobo solitario. ¡Tonterías! ¿Ha consultado usted al Departamento de Arqueología?

—Sí. Y obtuve un resultado interesante A nadie le importa Dorlis. Vea usted, ya no se trata de historia antigua siquiera, sino de quince mil años atrás. De un mito, prácticamente. Los arqueólogos que se precian no pierden demasiado tiempo en ello. Es precisamente el descubrimiento que un lego, borracho de libros y con la mente dirigida en una sola dirección, *había de* realizar. Después, por supuesto, si la cuestión sale bien, Dorlis se convertirá en el paraíso de los arqueólogos

El jefe de la Junta torció el vulgar semblante en una mueca espantosa.

—Esto no halaga mucho nuestro amor propio. Si hay algo de verdad en lo que me dice, la llamada Primera Confederación debió tener un conocimiento de la psicología tan superior al nuestro que nosotros, en comparación, no somos sino unos pobres imbéciles delirantes. Además, debieron construir unos robots positrónicos setenta y cinco veces superiores a todo lo que nosotros hemos proyectado siquiera. ¡La Galaxia! ¡Piense en las matemáticas que se requiere!

—Mire, señor, he consultado a casi todo el mundo. No

le explicaría a usted el asunto si no estuviera seguro de haber comprobado todos los extremos. Lo primero que hice fue acudir a Blak, que es matemático consejero de la Unidad de robots. Y él dice que eso no tiene límite. Con el tiempo, el dinero y el *progreso en psicología* suficientes (no olvide este punto) se podrían construir robots así ahora mismo.

—¿Qué pruebas tiene?

—¿Quién? ¿Blak?

—¡No, no! El amigo de usted. El albino. Usted ha dicho que tenía documentos.

—Los tiene. Los traigo aquí. Tiene documentos... y no se puede negar su antigüedad. Desde el domingo pasado estuve haciéndola comprobar de todas las formas posibles. Yo no sé leerlos, naturalmente. No sé si hay alguien que sepa, excepto Theor Realo

—Lo cual equivale a tener que guardar las armas en el almacén, ¿verdad? Tenemos que aceptar la palabra del albino.

—Sí, en cierto modo. Aunque no pretende saber descifrar más que algunos fragmentos. Dice que eso está emparentado con el centauriano antiguo, y yo he ordenado a unos lingüistas que se pongan a estudiarlo. Se podrá descifrar el texto, y si la traducción de mi amigo no es fiel, lo sabremos.

—Muy bien. Veámoslo.

Brand Gorla sacó los documentos montados en plástico. El jefe de la Junta los apartó y cogió la traducción. Mientras leía iban elevándose unas columnas de humo.

—Hummm —comentó—. Supongo que los demás datos estarán en Dorlis.

—Theor sostiene que hay de cien a doscientas toneladas de planos y modelos, en total, nada más que sobre el cerebro de los robots positrónicos. Siguen guardados allá, en el sótano de origen. Pero esto es lo que menos importa. El ha estado personalmente en el mundo de los robots. Se procuró foto-moldes, grabaciones teletipo, toda clase de detalles. No están acoplados; son, evidentemente, el trabajo de un lego que casi no sabe nada de psicología. Pero aun así, ha conseguido reunir datos suficientes para demostrar de un modo bastante concluyente que el mundo en que se encontraba no era..., no era... pues... natural.

—Y eso, ¿lo trae aquí también?

—Todo. La mayor parte está en microfilm, pero he traído el proyector. Aquí tiene los oculares.

Una hora después, el jefe de la Junta decía:

—Mañana convocaré una reunión y presentaré el caso.

Brand Gorla sonrió tensamente.

—¿Enviaremos una comisión a Dorlis?

—Eso será —contestó secamente el otro— cuando consigamos (si la conseguimos) una adjudicación de la Universidad para este asunto Mientras, confíeme este material, por favor. Quiero estudiarlo un poco más.

Teóricamente, el Departamento Gubernamental de Ciencia y Tecnología ejerce el control administrativo de todas las investigaciones científicas. Sin embargo, en la realidad, los grupos de investigación pura de las grandes universidades son cuerpos perfectamente autónomos y, por regla general, el Gobierno no se preocupa de discutirles esa autonomía. Pero una regla general no es una regla universal.

De modo que, si bien el jefe de la Junta arrugó el ceño, se enfureció y juró, no pudo negar una entrevista a Wynne Murry. Para dar a este último el título que le corresponde, diremos que era subsecretario encargado de psicología, psicopatía y tecnología mental. Además, era, por derecho propio, un psicólogo de categoría.

Así pues, el jefe de la Junta podía contemplarle con mirada furiosa, pero nada más

El secretario Murry pasó por alto, alegremente, aquella mirada de fuego. Se frotó el mentón contra la ropa y dijo:

—Viene a resultar un caso de información insuficiente. ¿Lo expresaremos así?

El jefe de la Junta replicó con frialdad:

—No veo qué información quiere. La opinión del Gobierno en materia de adjudicaciones universitarias vale únicamente como consejo, y, en este caso, podría decir yo, el consejo no es acogido con gusto.

Murry alzó los hombros.
—No tengo nada que decir contra la adjudicación. Pero ustedes no abandonarán el planeta sin el permiso del Gobierno. Y ahí es donde entra en juego la insuficiencia de la información.
—No hay otra información que la que le hemos dado.
—Pero las noticias se han filtrado al exterior. ¡Con tanto secreto infantil e innecesario!
El viejo psicólogo se sonrojó.
—¡Secreto! Si no conoce el estilo de vida académico, yo no puedo remediarlo. No se pueden poner en conocimiento del público las investigaciones, y en especial las más importantes, hasta que se han logrado progresos concretos. Cuando regresemos, le enviaremos copias de todos los documentos que publiquemos.
Murry movió la cabeza.
—Hum..., hum... No basta. Irá usted también a Dorlis, ¿verdad?
—Hemos informado al Departamento de Ciencia en este sentido.
—¿Por qué?
—¿Por qué quiere saberlo?
—Porque ha de tratarse de algo muy importante; de no ser así, no iría personalmente el jefe de la Junta. ¿Qué es eso de una civilización más antigua y un mundo de robots?
—Bien, pues ya está enterado.
—Sólo de vagas nociones que hemos logrado recoger por ahí. Quiero los detalles.
—Ahora no los tenemos. No los sabremos hasta que estemos en Dorlis.
—Entonces, iré con ustedes.
—¿Qué?
—Ya ve, yo también quiero conocer los detalles.
—¿Por qué?
—Ah —Murry estiró las piernas y se levantó—, ahora es *usted* quien pregunta. Inútilmente, vamos. Sé que a las universidades no les entusiasma mucho la supervisión del Gobierno; y sé que no puedo esperar ninguna ayuda voluntaria de *ninguna* fuente académica. Pero, ¡por Arturo!, esta vez tendré una colaboración, y no me im-

porta que luchen poco o mucho. La expedición de ustedes no irá a ninguna parte, si no me integro yo en ella... como representante del Gobierno.

Como mundo, Dorlis impresiona poco. Su importancia en la economía galáctica es nula; está alejado de las grandes rutas comerciales; sus indígenas son atrasados e incultos; su historia, oscura. Y sin embargo, en los montones de derribos que cubren una antigua civilización, hay oscuras pruebas de un advenimiento de llamas y destrucción que arruinaron el Dorlis de tiempos anteriores... la mayor capital de una Federación mayor.

En algunos lugares de aquellas ruinas, unos hombres de un mundo nuevo hurgaban, tanteaban y trataban de comprender.

El jefe de la Junta movió la cabeza y se echó hacia atrás el canoso cabello. Hacía una semana que no se afeitaba.

—Lo malo es —dijo— que no tenemos puntos de referencia. El idioma lograremos descifrarlo, supongo, pero nada se puede hacer con la numeración.

—Yo creo que ya se ha logrado mucho.

—¡Palos de ciego! Juegos de adivinanzas fundados en las traducciones de su amigo el albino. No cimentaría ninguna esperanza en tales terrenos.

—¡Tonterías! —replicó Brand—. Usted invirtió dos años en la Anomalía Nimia, y hasta el momento sólo ha invertido dos meses en esto, que requiere un trabajo mil veces mayor. No es eso lo que le fastidia —Brand hizo una mueca malhumorada—. No se necesita ser psicólogo para ver que lleva pegada a su persona la condición de miembro del Gobierno.

El jefe de la Junta mordió la punta de un cigarro y la escupió a metro y medio. Luego dijo pausadamente:

—Tres son las cosas que más me irritan de ese idiota obstinado. Primera, no me gusta que el Gobierno interfiera. Segunda, no me gusta tener a un extraño husmeando por ahí cuando nos hallamos en la cumbre de lo más grande que se ha dado en la historia de la psicología. Tercera, ¿qué requetestrellas quiere? *¿Qué objetivo persigue?*

—No lo sé.

—¿Qué *habría* de perseguir? ¿Ha pensado usted en ello siquiera?

—No. Francamente, no me importa. Si yo fuera usted, le ignoraría.

—¡Usted sí! —respondió en tono violento el jefe de la Junta—. Usted piensa que basta tan sólo con ignorar la participación del Gobierno en este asunto. Le supongo informado de que Murry se da el título de psicólogo...

—Lo estoy.

—E imagino que sabe que demuestra un interés devorador por todo lo que hemos hecho.

—Cosa muy natural, diría yo.

—¡Ah! Y sabe además... —bajó la voz tan instantáneamente que a Brand le sorprendió—. Muy bien, Murry está en la puerta. Tómelo con calma.

Wynne Murry saludó con una sonrisa, pero el jefe de la Junta movió la cabeza sin sonreír.

—Bueno, señor —dijo Murry en tono fanfarrón—, ¿sabe que llevo cuarenta y ocho horas de pie? Ustedes *tienen* algo aquí. Algo gordo.

—Gracias.

—No, no. Hablo en serio. El mundo de los robots existe.

—¿Se figuraba que no?

El secretario levantó los hombros con aire amistoso.

—Uno posee cierto escepticismo innato. ¿Qué planes tienen para el futuro?

—¿Por qué lo pregunta? —El jefe de la Junta escupía las palabras como si se las arrancasen una a una.

—Para ver si coinciden con los míos.

—¿Y cuáles tiene usted?

—No, no —objetó el secretario, siempre risueño—. Usted primero. ¿Cuánto tiempo piensa estar aquí?

—Todo el que se necesite para empezar un estudio a fondo de los documentos del caso.

—Eso no significa nada. ¿Qué entiende por empezar un estudio a fondo?

—No tengo la menor idea. Puede requerir años enteros.

—¡Ah, maldición!

El jefe de la Junta enarcó las cejas y no dijo nada. El secretario se miraba las uñas.

—Doy por supuesto que usted sabe dónde está situado ese mundo de robots.

—Naturalmente. Theor Realo estuvo allí. Hasta el momento, los informes que nos dio han resultado muy exactos.

—Es cierto. ¡El albino! Bien, ¿por qué no vamos allá?

—¡Ir allá! ¡Imposible!

—¿Puedo preguntar por qué?

—Mire —respondió el jefe de la Junta con reprimida impaciencia—, usted no está aquí por invitación nuestra, y tampoco le pedimos que nos diga lo que debemos hacer; pero sólo para demostrarle que no busco pelea, voy a obsequiarle con un pequeño tratamiento metafórico de la cuestión. Suponga que nos regalan una máquina enorme y complicada, compuesta de materiales y principios de los que casi no sabemos nada. Es tan grande que ni siquiera podemos distinguir la relación entre sus diversas partes, por no hablar ya de la finalidad de toda ella. Pues bien, ¿me aconsejaría usted que atacase las misteriosas y delicadas partes móviles de la máquina con un rayo fulminante antes de saber cómo se maneja todo aquello?

—Comprendo su postura, naturalmente, pero se está convirtiendo en un místico. La metáfora es bastante forzada.

—En modo alguno. Esos robots positrónicos fueron construidos según principios que, por el momento, nosotros desconocemos en absoluto y los hicieron para lograr objetivos que no podemos imaginar. Lo único que sabemos, más o menos, es que los pusieron aparte, completamente aislados, para que se labraran su destino por sí mismos. Destruir tal aislamiento sería destruir el propio experimento. Si vamos alla en grupo, introduciendo factores nuevos, imprevistos, provocando reacciones no apetecidas, lo arruinaremos todo. El menor trastorno...

—¡Cuentos! Theor Realo estuvo allá.

El jefe de la Junta perdió la paciencia de repente.

—¿Cree que no lo sé? ¿Se imagina qué habría sucedido si ese maldito albino no hubiera sido un fanático ignorante, desprovisto de las más elementales nociones de psicología? ¡La Galaxia sabrá qué daños ha causado el idiota ese!

Hubo un silencio. El secretario se golpeaba los dientes con una uña pensativa.

—No sé... No sé. Pero tengo que descubrirlo. Y no puedo esperar años enteros.

Murry se fue, y el jefe de la Junta se volvió, echando chispas, hacia Brand.

—¿Y cómo vamos a impedirle que se traslade al mundo de los robots, si le viene en gana?

—No sé cómo podrá ir si nosotros no se lo permitimos. *El* no es el jefe de la expedición.

—Ah, ¿no lo es? *Eso* es lo que iba a decirle a usted momentos antes de que entrase él. Desde que llegamos, han aterrizado en Dorlis tres naves de la flota.

—*¿Qué?*

—Lo que oye.

—Pero ¿para qué?

—Eso, hijo mío, es lo que yo tampoco entiendo.

—¿Le importa que pase? —preguntó en tono campechano Wynne Murry, y Theor Realo levantó repentinamente unos ojos ansiosos de los papeles, irremediablemente desordenados, que tenía sobre la mesa.

—Entre. Le dejaré un asiento libre.

El albino, con los nervios en tensión, despejó una silla.

Murry se sentó, haciendo cabalgar, una sobre otra, sus largas piernas.

—¿Le han dado un trabajo aquí también? —con el mentón indicaba la mesa escritorio.

Theor movió la cabeza y sonrió débilmente. Con gesto casi automático, amontonó los papeles y los volvió boca abajo.

En los meses transcurridos desde que había regresado a Dorlis con un centenar de psicólogos, más o menos famosos y renombrados, se había sentido relegado, cada vez más, del centro de los acontecimientos. Ya no quedaba sitio para él. Salvo cuando contestaba las preguntas que le hacían sobre la verdadera situación del mundo de los robots, que sólo él —y nadie más— había visitado, no representaba ningún papel. Y aun ahí descubría, o creía descubrir, una cólera reprimida de que hubiera sido *él* quien lo visitara, y no un científico competente.

Era irritante. Sí, en cierto modo siempre había sido igual.

—Usted dispense... —había dejado sin respuesta la última observación de Murry.

—Digo que es muy raro que no le hayan asignado una misión. ¿Verdad que fue usted quien descubrió ese mundo?

—Sí —el albino se animaba—. Pero se me escapó de las manos. Salió fuera de mi alcance.

—Sin embargo, usted estuvo en el mundo de los robots.

—Pero me dicen que fue un error, que hubiera podido arruinarlo todo.

—Lo que les revienta —contestó el otro, con una mueca—, creo yo, es que usted posee un montón de datos de primera mano que ellos no tienen. No se deje engañar por los caprichosos títulos que se dan y no se considere una insignificancia. Vale más un lego con sentido común que un especialista ciego. Usted y yo (que también soy lego en la materia, ya sabe) hemos de defender nuestros derechos. Ea, coja un cigarrillo.

—No fumo... Cogeré uno, gracias.

El albino sentía una gran corriente de simpatía por aquel hombre tan alto que tenía delante. Puso los papeles boca arriba otra vez y encendió el cigarrillo con mano valiente, aunque insegura.

—Veinticinco años —Theor hablaba con precaución, sorteando los imperiosos deseos de toser.

—¿Contestaría a unas cuantas preguntas sobre ese mundo?

—Supongo que sí. Es para lo único que me utilizan ahora. Pero ¿no sería mejor que se las hiciera a *ellos?* A estas horas ya lo tendrán todo descifrado, probablemente —Theor lanzaba el humo tan lejos de sí como podía.

—Con franqueza —replicó Murry—, no han empezado todavía, y yo quiero los datos sin el riesgo de una traducción psicológica incorrecta. En primer lugar, ¿qué clase de personas (o cosas) son esos robots? No tiene ninguna fotoimpresión de ellos, ¿verdad que no?

—Pues, no. No me gustaba tomarlas. Pero no son cosas. ¡Son *personas!*

—¡No! ¿Tienen figura de... de personas?

—Sí... en gran parte. Exteriormente, por lo menos. Yo me traje unos estudios microscópicos que pude conseguir sobre la estructura celular. Los tiene el jefe de la Junta. Por dentro son distintos, ya sabe, muy simplificados. Pero usted no se daría cuenta. Son interesantes... y simpáticos.

—¿Son más sencillos que la vida del planeta donde viven?

—¡Oh, no! Es un planeta muy primitivo. Y... y... —le interrumpió un acceso de tos y apagó el cigarrillo, aplastándolo lo más disimuladamente que pudo—. Poseen una base protoplásmica, ya sabe. No creo que tengan la menor idea de que son robots.

—No. No imaginaba que fueran a tenerla. Y en ciencia, ¿cómo están?

—No lo sé. Nunca tuve ocasión de verlo. Y todo es tan diferente... Creo que se necesitaría ser un experto para comprenderlo.

—¿Tenían máquinas?

El albino parecía sorprendido.

—Pues claro. Muchísimas, y de todas clases.

—¿Grandes ciudades?

—¡Sí!

En los ojos del secretario asomaba una mirada pensativa.

—Y usted los aprecia. ¿Por qué?

Theor Realo se animó de repente.

—No lo sé. Simplemente, eran amables. Nos llevábamos bien. No me molestaban para nada. No sabría señalar una causa concreta. Quizá se deba a que me cuesta tanto seguir adelante, de regreso a mi país, y a que no era tan difícil tratar con ellos como con personas de verdad.

—¿Eran más acogedores?

—No... No puedo afirmarlo. Nunca me aceptaron del todo. Yo era extranjero, al principio no conocía su idioma... y todas esas cosas. Pero —el albino levantó los ojos con repentina animación— yo los comprendía mejor. Adivinaba mejor lo que pensaban. Yo... pero no sé el porqué.

—Hmm... hmm... hmm. Bueno..., ¿otro cigarrillo? ¿No? Tengo que darle una paliza a la almohada. Se hace tarde. ¿Qué le parece una partida de golf conmigo mañana? He preparado un pequeño campo. Servirá. Venga. El ejercicio le renovará el aire de los pulmones.

Sonrió y se fue. Y murmuró una frase para su coleto: «Parece una sentencia de muerte.» Y silbando pensativamente se encaminó hacia sus aposentos.

Se repetía la frase al día siguiente cuando se encontraba delante del jefe de la Junta, con la cintura ceñida por el fajín del cargo. No se sentó.

—¿Otra vez? —exclamó el jefe de la Junta con aire de fatiga.

—¡Otra vez! —asintió el secretario—. Pero ésta para ir al grano de verdad. Es posible que tenga que tomar la dirección de su grupo.

—¿Qué? ¡Imposible, señor! No prestaré oídos a semejante proposición.

—Tengo el nombramiento —Wynne Murry sacó el cilindro de metaloide que se abría con sólo una presión del pulgar—. Tengo plenos poderes y los puedo utilizar según mi propio criterio. Firma, como observará usted, el presidente del Congreso de la Federación.

—Ya... Pero ¿por qué? —el jefe de la Junta, haciendo un gran esfuerzo, respiraba normalmente—. Aparte de un despotismo arbitrario, ¿hay algún otro motivo?

—Y muy poderoso, señor. En todo momento, ustedes

y nosotros hemos considerado esta expedición desde ángulos muy distintos. El Departamento de Ciencia y Tecnología no contempla el mundo de los robots desde el punto de vista de una curiosidad científica, sino desde el de su posible interferencia con la paz de la Federación. No creo que usted se haya detenido nunca a considerar el peligro que encierra ese mundo de robots.

—No veo ninguno. Está perfectamente aislado y es del todo inofensivo.

—¿Cómo puede saberlo?

—Por la naturaleza misma del experimento —gritó enojado el jefe de la Junta—. Los primeros que lo proyectaron querían un sistema lo más completamente cerrado posible. Y aquí los tiene en un lugar que no podría hallarse más alejado de las rutas comerciales, en una región del espacio muy escasamente poblada. El objetivo fundamental era que los robots se desenvolvieran libres de interferencias.

Murry sonrió.

—No estoy de acuerdo sobre este punto. Mire, lo malo de usted es que es un teórico. Usted mira las cosas tal como deberían ser, y yo, que soy un hombre práctico, las miro tal como son. No se puede montar ningún experimento para dejar que siga indefinidamente por su propio impulso. Se da por descontado que en alguna parte hay un observador, por lo menos, que vigila y *modifica* la situación según indican las circunstancias.

—¿Y entonces? —preguntó estólidamente el jefe de la Junta.

—Entonces, los observadores de este experimento, los antiguos psicólogos de Dorlis, desaparecieron con la Primera Confederación, y el experimento ha seguido, por su propio impulso, durante quince mil años. Se acumularon pequeños errores, convirtiéndose así en errores grandes, que introdujeron factores extraños que provocaron nuevos errores. Es una progresión geométrica. Y no ha habido nadie que la interrumpiera.

—Pura hipótesis.

—Quizá. Pero a usted sólo le interesa el mundo de los robots, y yo tengo que pensar en toda la Federación.

—¿Y qué peligro, exactamente, puede representar el mundo de los robots para la Federación? Por Arturo, que no sé adónde quiere ir a parar, señor mío.

Murry suspiró.

—Lo diré llanamente, pero no me critique si le parezco melodramático. La Federación no ha librado una guerra interna durante siglos. ¿Qué ocurrirá si entramos en contacto con esos robots?

—¿Teme a un solo mundo?

—Es posible. ¿Qué sabemos de su ciencia? Los robots son capaces de comportamientos raros, a veces.

—¿Qué ciencia pueden poseer? No son superhombres electrometálicos. Son débiles criaturas protoplásmicas, pobre imitación de la verdadera humanidad, construidas alrededor de un cerebro positrónico adaptado a una serie de leyes psicológicas humanas simplificadas Si lo que le asusta es la palabra «robot»...

—No, no me asusta la palabra; pero he hablado con Theor Realo. Es el único que los ha visto, ya sabe.

El jefe de la Junta soltaba, a chorro, una serie de maldiciones calladas. El fallo estaba en haber dejado que un engendro de lego retrasado mental se metiera entre piernas y se situara en un lugar donde poder charlar y hacer daño.

—Tenemos el relato completo de Realo —contestó—, y lo hemos evaluado total y expertamente. Se lo aseguro, no encierra ningún peligro. El experimento tiene un carácter tan exclusivamente académico que no le dedicaría ni dos días si no fuese por el tremendo alcance que ofrece la cuestión. Por lo que nosotros vemos, el objetivo en sí consistía en construir un cerebro positrónico que contuviera modificaciones de un par de axiomas fundamentales. No hemos examinado bien los detalles, pero han de ser de segundo orden, pues se trataba del primer experimento de esta naturaleza jamás puesto en marcha, y hasta los grandes psicólogos míticos de aquellos días habían de avanzar paso a paso. Esos robots, se lo digo, no son ni superhombres ni bestias. Se lo aseguro... como psicólogo.

—Lo siento. Yo también lo soy. Un poco más a ras de suelo, me temo. Eso es todo. ¡Pero hasta pequeñas modificaciones...! Piense en el espíritu general de combatividad. Este no es el término científico; pero no estoy de humor para tecnicismos. Ya sabe qué quiero decir. Nosotros, los humanos, solíamos ser combativos. Al fin hemos eliminado aquella pasión. Un sistema político y económico estable no alienta el derroche de energías en combates. No se trata de un factor de supervivencia. Pero suponga que los robots sí lo sean. Suponga que, como resultado de una evolución equivocada durante los milenios que no los ha vigilado nadie, se hayan vuelto mucho más combativos de como los hicieron sus primeros creadores. Serían entonces unos vecinos muy incómodos.

—Y suponga que todas las estrellas de la Galaxia se convirtiesen en novas. No nos angustiemos por cosas imaginarias.

—Queda otro punto —Murry pasó por alto el vivo sarcasmo de su interlocutor— A Theor Realo le gustaban esos robots. Los quería más que a la gente de verdad. Se sentía en su sitio allí, y todos sabemos que ha sido un inadaptado total en su propio mundo.

—¿Qué significa eso? —preguntó el jefe de la Junta.

—¿No lo ve? —Wynne Murry enarcó las cejas—. A Theor Realo le gustan los robots porque es *como* ellos, evidentemente. Le garantizo desde este mismo instante que un análisis psíquico completo de Theor Realo pondría de manifiesto la modificación de varios axiomas fundamentales, y los mismos, precisamente, que los de los robots.

»Y fíjese usted en que —el secretario continuaba sin interrumpirse— Theor Realo trabajó un cuarto de siglo para demostrar un hecho determinado, cuando toda la ciencia se habría reído de él hasta dejarlo sin aliento, si lo hubiera sabido. Hay un fanatismo tremendo en eso; una genuina y sincera perseverancia *inhumana*. *¡Esos robots son así, probablemente!*

—No me brinda ninguna lógica. Arguye usted como un maníaco, como un idiota lunático.

—No necesito pruebas matemáticas estrictas. Tengo que proteger la Federación. Me basta con una duda razonable, y ésta existe, usted lo sabe. Los psicólogos de Dorlis no eran tan superiores. Habían de progresar paso a paso, como usted mismo ha observado. Sus humanoides (no los llamemos robots) eran simples imitaciones de seres humanos, pero no podían ser muy buenas. Los humanos poseemos ciertos sistemas de reacción muy complejos, complicadísimos..., elementos tales como conciencia social, una tendencia a establecer sistemas éticos, y cosas más corrientes, como la caballerosidad, la generosidad, la honradez, etc., etc., que, sencillamente, no se pueden copiar. No creo que esos humanoides puedan poseer tales sistemas. Pero sí *han de tener* perseverancia, que implica en la práctica tenacidad y combatividad, si no me hice una idea falsa de Realo. Pues bien, si han conquistado un atisbo de ciencia al menos, no los quiero corriendo sueltos por la Galaxia, aunque nosotros los superemos mil o un millón de veces en número. ¡No pienso permitírselo!

El semblante del jefe de la Junta había adquirido una expresión de inquietud.

—¿Qué se propone hacer?

—Todavía no lo he decidido. Pero creo que voy a organizar un desembarco en pequeña escala en el planeta.

—Eh, espere. —El viejo psicólogo se había puesto en pie y rodeaba la mesa. Ahora cogía al secretario por el codo—. ¿Está seguro de lo que hace? Las posibilidades de ese experimento masivo quedan fuera de todo posible cálculo previo que hagamos usted o yo. No puede saber qué destruirá.

—Lo sé. ¿Cree que me divierte lo que estoy haciendo? Este no es un trabajo de héroe. Soy bastante psicólogo para saber qué clase de investigación está en marcha; pero me han enviado aquí para proteger a la Federación, y me propongo hacerlo lo mejor que sepa y pueda... Cierto que se trata de una tarea cochina, pero no puedo remediarlo.

—No es posible que lo haya meditado a fondo. ¿Qué

puede saber de la visión que nos proporcionaría sobre las ideas fundamentales de la psicología? Esto equivaldría a la fusión de dos sistemas galácticos, que podría elevarnos hasta cimas que importarán en conocimiento y poder un millón de veces más que todo el daño que pudieran causar los robots, aunque *fuesen* superhombres electrometálicos.

El secretario se encogió de hombros.

—Ahora es usted el que juega con posibilidades vagas.

—Oiga, le haré un trato. Bloquéelos. Aíslelos con sus naves. Monte guardias. Pero no los toque. Denos más tiempo. Denos una oportunidad. ¡Debe hacerlo!

—Lo había pensado. Pero tendría que conseguir el consentimiento del Congreso. Sería muy caro, ya sabe.

El jefe de la Junta se dejo caer en el sillón con furiosa impaciencia.

—¿De qué clase de gastos está hablando? ¿Se da cuenta de la importancia y la cuantía de los beneficios, si tenemos éxito?

Murry reflexionó; luego, con una media sonrisa, dijo:

—¿Y si progresan hasta poder realizar vuelos interestelares?

El jefe de la Junta se apresuró a prometer:

—Entonces, retiraré mis objeciones.

—Tendré que entendérmelas con el Congreso. —El secretario se levantó.

El semblante de Brand Gorla permanecía cuidadosamente impasible mientras contemplaba la curvada espalda del jefe de la Junta. Las alegres y entusiasmadas charlas dirigidas a los miembros de la expedición que estuvieran libres carecían de sustancia. Brand Gorla las escuchaba irritado.

—¿Qué haremos ahora? —preguntó.

El jefe de la Junta encogió los hombros, pero no se volvió.

—He mandado llamar a Theor Realo. El locuelo salió para el continente Oriental la semana pasada...

—¿Por qué?

La interrupción encendió en ira al viejo.

—¿Cómo puedo entender lo que haga aquel engendro? ¿No ve que Murry tiene razón? Psíquicamente, Theor es anormal. No deberíamos dejarle suelto, sin vigilancia. Si se me hubiera ocurrido algún día mirarle dos veces seguidas, no le habría dejado. De todos modos, ahora regresará y se quedará aquí —bajó la voz hasta un leve murmullo—. Debía haber llegado hace dos horas.

—Es una situación imposible, señor —dijo llanamente Brand.

—¿Lo cree?

—¿Cree usted que el Congreso aceptará que se patrulle indefinidamente el mundo de los robots? Cuesta mucho dinero, y el ciudadano medio de la Galaxia no considerará que ello justifique el aumento de los impuestos. Las ecuaciones psicológicas degeneran en axiomas de sentido común. En realidad no entiendo cómo Murry se avino a consultar al Congreso.

—¿No? —El jefe de la Junta acabó por ponerse frente a su subordinado—. Mire, el muy tonto se considera psicólogo, ¡la Galaxia nos ayude!, y éste es su punto débil. Se adula a sí mismo diciéndose que en el fondo de su corazón no querría destruir el mundo de los robots, pero que el bien de la Federación lo exige. Por eso aceptará encantado todo pacto razonable. El Congreso no lo soportará indefinidamente; no es preciso que me lo diga —hablaba sosegada, pacientemente—. Pero yo pediré diez años, dos, seis meses..., todo lo que pueda conseguir. Y algo lograré. En ese tiempo, nos enteraremos de cosas nuevas sobre dicho mundo. Sea como fuere, reforzaremos nuestra posición y renovaremos el acuerdo, cuando expire. Todavía salvaremos la empresa.

Hubo un corto silencio, y el jefe de la Junta suspiró:

—Bueno, aquí está. Muy bien, Gorla, siéntese; me pone nervioso. Echémosle un vistazo.

Theor Realo cruzó la puerta como un cometa y se detuvo, jadeando, en el centro de la habitación. Luego miró a ambos con ojos débiles, semientornados.

—¿Cómo ha ocurrido todo esto?

—¿Todo el qué? —inquirió fríamente el jefe de la Junta—. Siéntese. Quiero hacerle unas preguntas.

—No. Contésteme primero usted *a mí.*

—*¡Siéntese!*

Realo se sentó. Los ojos se le llenaron de lágrimas.

—Van a destruir el mundo de los robots.

—No se inquiete.

—Usted mismo dijo que lo harían si los robots descubrían los viajes interestelares. Usted lo dijo. ¡So tonto! ¿No ve...? —se le quebró la voz.

El jefe de la Junta frunció el ceño, desazonado.

—¿Quiere calmarse y hablar con sentido?

El albino rechinó los dientes y emitió las palabras con esfuerzo.

—Es que conocerán los viajes interestelares dentro de muy poco tiempo.

Los dos psicólogos se lanzaron hacia el hombrecillo.

—¡¿Qué?!

—Bueno... bueno, ¿qué se imaginan? —Realo dio un salto con toda la furia de su desesperación—. ¿Creen que aterricé en un desierto o en medio de un océano y exploré un mundo yo solito? ¿Piensan que la vida es un libro de historietas? Ellos me capturaron apenas aterricé y me llevaron a una gran ciudad. Al menos, yo creo que era una gran ciudad. Era diferente de las nuestras. Tenía... Pero no se lo diré.

—No piense en la ciudad —chilló el jefe de la Junta—. Le capturaron. Continúe.

—Y *me* estudiaron. Estudiaron mi máquina. Luego, una noche, me marché para avisar a la Federación. Ellos no sabían que me marchaba. No querían que me marchase —la voz se le quebró—. Y yo me habría quedado de buena gana, pero la Federación debía saberlo.

—¿Les explicó algo de su nave?

—¿Cómo podía explicárselo? No soy mecánico. No conozco la teoría ni la construcción. Pero les enseñé a manejar los mandos y les dejé mirar los motores. Esto es todo.

Brand Gorla dijo en un murmullo:

—Entonces, no hallarán la manera. Con eso no les basta.

La voz del albino se elevó en un grito repentino de triunfo:

—Oh, sí, la hallarán. Los conozco. Son máquinas, ya saben. Trabajarán sobre el problema. Y volverán sobre él. No lo abandonarán nunca. Y lo resolverán. Recogieron de mí datos suficientes. *Apuesto* a que les bastarán.

El jefe de la Junta le dirigió una larga mirada y le volvió la espalda con aire de cansancio.

—¿Por qué no nos lo explicó?

—Porque ustedes me arrebataron mi mundo. Yo lo descubrí; solo; absolutamente solo. Y cuando hube hecho todo el trabajo realmente importante y les invité a participar, me echaron fuera. No supieron obsequiarme sino con lamentaciones porque había aterrizado en ese mundo y acaso lo hubiera estropeado todo por interferir. ¿Por qué habría de contárselo? Descúbranlo por sí mismos, si son tan sabios que pueden darse el gustazo de despacharme a puntapiés.

El jefe de la Junta pensaba con amargura: «¡Mal dotado! ¡Complejo de inferioridad! ¡Manía persecutoria! ¡Estupendo! Todo encaja ahora, cuando nos hemos tomado la molestia de alejar los ojos del horizonte y ver lo que teníamos ante las propias narices. Ahora que todo se ha perdido.»

—Muy bien, Realo —dijo en voz alta—. Todos salimos derrotados. Váyase.

Brand Gorla preguntó, con voz tensa:

—¿Se acabó? ¿Se acabó de verdad?

El jefe de la Junta respondió:

—Se acabó verdaderamente. El experimento primitivo, como tal, ha terminado. Las distorsiones creadas por la visita de Realo serán sobradamente importantes para convertir todo lo que estamos estudiando aquí en un lenguaje muerto. Además... Murry tiene razón. Si llegan a descubrir los viajes interestelares, serán peligrosos.

—Pero ustedes no van a destruirlos —gritaba Realo—. No pueden destruirlos. No han hecho ningún daño a nadie.

No le respondieron, y él siguió delirando:

—Me vuelvo allá. Les avisaré. Estarán preparados. Les avisaré.

Retrocedía hacia la puerta, con el delgado y blanco cabello hirsuto y los ojos, de encarnados bordes, saliéndosele de las órbitas.

El jefe de la Junta no se movió para detenerle cuando salió disparado.

—Déjele que se vaya. Aquello fue *su* vida. Ya no me importa.

Theor Realo se lanzó hacia el mundo de los robots a una velocidad que casi le sofocaba.

Allá lejos, al frente, había la mota de polvo de un mundo aislado lleno de imitaciones artificiales de seres humanos bregando y luchando como partes que eran de un experimento periclitado. Abriéndose paso a ciegas hacia la nueva meta de los viajes interestelares, que habían de ser su sentencia de muerte.

Se dirigía hacia aquel mundo, hacia la misma ciudad donde lo «estudiaron» la primera vez. La recordaba bien. Su nombre estaba formado por las dos primeras palabras que aprendió del idioma de aquella gente:

¡Nueva York!

El 26 de julio de 1943, que era lunes, fue uno de los escasos días libres que pude tomarme durante la guerra. (Al fin y al cabo era el primer aniversario de mi boda.) Aquel día estaba en Nueva York, y visité a Campbell lo mismo que en los buenos viejos tiempos. Hablé con él de otro relato para la serie Fundación *y* también de otro para la de los «robots positrónicos». A partir de entonces, en las escasas ocasiones en que pasé un fin de semana en Nueva York, nunca dejé de visitar a Campbell y, por supuesto. sosteníamos una correspondencia regular.

Definitivamente, había vuelto a la literatura. Mi producción era escasa; no obstante, durante los años que quedaban de guerra escribí dos series «robot positrónicas», Atrapa esa liebre y Paradoxical Escape, que aparecieron en los números de febrero de 1944 y agosto de 1945, respectivamente, de Astounding. En su momento, ambas quedarían incluidas en Yo, Robot. (La segunda aparece bajo el título de Escape —La fuga—. La palabra «Paradoxical» la había añadido Campbell, que algunas veces, muy pocas, cambiaba los títulos, y a mí no me gustaba.)

Durante los citados años también escribí no menos de cuatro relatos de la serie Fundación. Fueron: El grande y el pequeño, La cuña, La mano muerta y El Mulo. Todos aparecieron en Astounding, por supuesto, los tres primeros en los números de agosto de 1944, octubre de 1944 y abril de 1945. respectivamente.

El Mulo batió varios récords para mí. Era la narración más larga que había escrito hasta la fecha: cincuenta mil palabras. Aun así, y a pesar de que había de trabajar en ella en los cortos ratos libres que me dejaban el matrimonio y mi empleo, la terminé en tres meses y medio. La presenté el 21 de mayo de 1945 y la aceptaron el 29. (En verdad, durante la guerra no se me rechazó nunca nada, y tampoco tardaron en aceptar mis trabajos. Que no presenté a nadie más que a Campbell.)

Más todavía, a principios de 1944 Campbell elevó el precio base a centavo y medio por palabra, y unos meses después, a centavo y tres cuartos. El Mulo me supuso un cheque de 875 dólares. Fue, con mucho, el mayor que recibí jamás por un solo relato. La verdad es que a finales de la guerra, escribiendo en mis ratos libres, ganaba la mitad del dinero que cobraba en mi empleo de la NAES, a pesar de que me habían ascendido y a finales de la guerra cobraba sesenta dólares semanales.

Por otra parte, El Mulo era el primer relato que había publicado en forma de serial. Apareció en dos partes en los números de noviembre y diciembre de 1945 de Astounding.

De los cuentos de Fundación de los tiempos de la

guerra, El grande y el pequeño *y* La cuña *están incluidos en* Fundación, *mientras que* La mano muerta *y* El Mulo, *juntos, forman el total de* Fundación e Imperio.

Durante los dos años que van de mediados de 1943 a mediados de 1945, escribí un solo cuento. No pertenecía ni a la serie de Fundación *ni a la de* Robot positrónico; *me lo había inspirado directamente la NAES. Este cuento era* Callejón sin salida, *que escribí durante setiembre y los primeros días de octubre de 1944. Se lo presenté a Campbell el 10 de octubre, y el día 20 fue aceptado.*

4

CALLEJON SIN SALIDA

"Una sola vez en toda la historia galáctica se descubrió una raza de seres inteligentes."

Ligurn Vier, *Ensayos de historia*

I

De: Oficina de Provincias Exteriores.

A: Loodun Antyok, Administrador Público Jefe, A-8.

Tema: Supervisor Civil de Cefeo 18, Situación Administrativa como:

Referencias:

(a) Decreto del Concejo 2.515, del año 971 del Imperio Galáctico, titulado «Nombramiento de Funcionarios del Servicic Administrativo, Métodos para el, Revisión de».

(b) Ordenanza Imperial, Ja 2.374, fechada 243/975 G. E.

1. En virtud de la referencia (a) queda usted nombrado por la presente para el cargo aludido en el tema. La jurisdicción del citado cargo de supervisor civil de Cefeo 18 se extenderá sobre

los vasallos no-humanos del emperador que vivan en el planeta bajo las cláusulas de autonomía expresadas en la referencia (b).

2. Los deberes del cargo del tema abarcarán la supervisión general de todos los asuntos internos no-humanos, la coordinación de los comités investigadores e informadores autorizados por el Gobierno, y la preparación de informes semestrales sobre todas las fases de asuntos no-humanos

C. Morly, jefe de la O. de P. E., 12/977 G. E.

Loodun Antyok había escuchado muy atento, y ahora sacudía blandamente la redonda cabeza.

—Amigo, me gustaría ayudarle; pero ha cogido por los cuernos al toro que no debía coger. Será mejor que lleve este asunto a la Oficina.

Tomor Zammo volvió a derrumbarse sobre el sillón y se frotó furiosamente el picc que tenía por nariz, se pensó mejor lo que iba a decir y, en su lugar, respondió sosegadamente:

—Sería lógico, pero no práctico. Ahora no puedo hacer un viaje a Trántor. Usted es el representante de la Oficina en Cefeo 18. ¿Está completamente inerme?

—Pues, hasta como supervisor civil, tengo que moverme dentro de los límites de la política de la Oficina.

—Bien —gritó Zammo—, entonces dígame qué política sigue la Oficina. Soy jefe de un comité investigador científico, bajo autorización imperial directa y se me supone investido de los poderes más amplios; sin embargo, a cada recodo del camino me veo detenido en seco por las autoridades civiles, que no saben sino soltarme el grito de loro de «política de la Oficina» para justificarse. ¿Qué *es* política de la Oficina? Todavía no me han dado una definición aceptable.

La mirada de Antyok permanecía directa e inalterada.

—Tal como yo lo veo —dijo— (y esto no es oficial, de modo que no me lo puede exigir luego), la política de la Oficina consiste en tratar a los no-humanos lo más decentemente que se pueda.

—Entonces, ¿qué autoridad tienen...?

—*¡Sssttt!* No sirve de nada levantar la voz. La verdad es que Su Majestad Imperial es muy humanitario y discípulo de la filosofía de Aurelion. Puedo decirle por lo bajo que se sabe muy bien que fue el emperador en persona el primero en sugerir que se estableciera este mundo. Puede usted apostar a que la política de la Oficina se sujetará muy estrictamente a las ideas imperiales. Y también puede apostar a que yo no puedo navegar contra *esa* clase de corriente.

—Bien, hijo mío —los carnosos párpados del fisiólogo retemblaron—, si adopta esa actitud, perderá el puesto. No, no mandaré que le echen. No insinuaba tal cosa, ni mucho menos. Simplemente, el puesto se disipará debajo de sus pies, ¡porque aquí no se hará absolutamente nada!

—¿De veras? ¿Por qué? —Antyok era bajo, rosado y regordete, y a su mofletuda cara solía serle difícil mostrar otra expresión que la de una blanda y alegre cortesía... pero ahora estaba muy serio.

—Usted no lleva mucho tiempo aquí. Yo, sí —Zammo frunció el ceño—. ¿Le molestará que fume? —sostenía en la mano un cigarro nudoso y duro, y lo encendió despreocupadamente a fuertes chupadas. Después continuó en tono áspero—: Aquí no caben humanitarismos, gobernador. Usted trata a los no-humanos como si fueran humanos, y esto no le resultará bien. En realidad, no me gusta la palabra «no-humanos». Son animales.

—Son inteligentes —adujo mansamente Antyok.

—Bueno, animales inteligentes, pues. Presumo que los dos términos no se excluyen. Sea como fuere, inteligencias distintas mezcladas en un mismo terreno no pueden dar buenos resultados.

—¿Propone que los matemos a todos?

—¡No, Galaxia! —Hizo un ademán con el cigarro—. Propongo que los miremos como objetos de estudio, y solamente eso. Si se nos permitiera, podríamos aprender muchas cosas de esos animales. Conocimientos (permítaseme señalar) que se podrían aprovechar en beneficio inmediato de la raza humana. *Ahí tiene* usted humanidad. *Ahí tiene* el bien de las masas, si le interesa el culto invertebrado de Aurelion.

—¿A qué se refiere, por ejemplo?

—Para citar lo más obvio... habrá oído hablar de su química, supongo.

—Sí —reconoció Antyok—. He hojeado la mayoría de comunicaciones de los no-humanos publicadas en los diez últimos años. Espero hojear otras.

—Humm. Bueno... Entonces, todo lo que debo decir es que su terapia química es muy completa. Por ejemplo, he sido testigo presencia' de la curación de un hueso fracturado (lo que se entiende por hueso fracturado, entre ellos) empleando una píldora. El hueso quedó entero y sano en quince minutos. Naturalmente, ninguna de sus drogas causaría un beneficio a los humanos. La mayoría nos matarían rápidamente. Pero si descubriésemos cómo actúan en los no-humanos... en los animales...

—Sí, sí. Comprendo la importancia que tendría.

—Ah, ¿lo comprende? Eso me halaga. Un segundo punto es el de que esos animales se comunican de una manera desconocida.

—¡Por telepatía!

Los labios del científico se contorsionaban mientras iba repitiendo:

—¡Telepatía! ¡Telepatía! ¡Telepatía! Lo mismo podría haber dicho mediante una poción de bruja. Nadie sabe nada de la telepatía salvo su nombre. ¿Cuál es el mecanismo de la telepatía? ¿Cuáles son sus elementos fisiológicos y psíquicos? Me gustaría descubrirlo, pero no puedo. Si he de escucharle a usted, la política de la Oficina lo prohíbe.

—Oiga... Perdóneme, doctor, pero no le entiendo bien. ¿Cómo se lo impiden? Seguro que la Administración Civil no ha intentado siquiera obstaculizar la investigación científica sobre esos no-humanos. Por supuesto, no puedo responder enteramente de lo que hiciera mi antecesor; en cuanto a mí...

—No se ha producido ninguna interferencia directa. No aludía a eso. Pero, ¡por la Galaxia, gobernador! Nos ata las manos el espíritu de todo el montaje. Ustedes nos mandan que los tratemos como a seres humanos. Les permiten que tengan su jefe propio y una autonomía interna. Los miman y les conceden lo que la filosofía de Aurelion llamaría «derechos». Yo no puedo tratar con su jefe.

—¿Por qué no?

—Porque se niega a darme carta blanca. No nos permite realizar experimentos con un sujeto, cualquiera que sea, sin el consentimiento de éste. Los dos o tres voluntarios que conseguimos nunca fueron demasiado brillantes. Es una situación imposible.

Antyok levantó los hombros desamparado. Zammo continuó:

—Por añadidura, es absolutamente imposible aprender nada que valga la pena sobre el cerebro, la fisiología y la química de esos animales si no podemos echar mano de disecciones, experimentos dietéticos y drogas. Ya sabe, gobernador, la investigación científica es un juego duro. El humanitarismo no tiene mucha cabida en ella.

Loodun Antyok se daba unos golpecitos en el mentón con índice dubitativo.

—¿Tan difícil ha de ser? Esos no-humanos son criaturas inofensivas. Seguramente la disección... Quizá si usted los abordara de otra manera... Tengo la sospecha de que se gana su enemistad. Quizá adopte una actitud un tanto despótica.

—¡Despótica! Yo no soy uno de esos psicólogos lloriqueantes tan en boga estos días. No creo que se pueda resolver un problema que requiere disecciones enfocándolo con lo que se suele llamar la «actitud personal acertada», según la jerga de la época.

—Lamento que piense así. A todos los administradores de categoría superior a A-4 se les exige una formación sociopsicológica.

Zammo se quitó de la boca el pedazo de cigarro que tenía, y volvió a metérselo después del adecuado intervalo despectivo.

—Entonces, convendrá que emplee un poco de su técnica en la Oficina. Ya sabe, yo *tengo* amigos en la corte imperial.

—Bueno, vamos, no *puedo* ir a plantearles el asunto así por las buenas. La política fundamental no entra en mi jurisdicción, y estas cosas sólo las puede iniciar la Oficina. Pero, ya sabe, podríamos ensayar un método indirecto. —Con una leve sonrisa, añadió—: Estrategia.

—¿De qué clase?

Antyok levantó de pronto un índice, mientras dejaba caer ligeramente la otra mano sobre las hileras de informes encuadernados en gris apilados junto a su sillón.

—Pues mire, los he repasado casi todos. Son aburridos, pero contienen *algunos* hechos. Por ejemplo, ¿cuándo nació el último ser no-humano en Cefeo 18?

Zammo meditó muy poco.

—No lo sé. Y no me importa.

—Pero a la Oficina, sí. En Cefeo 18 no ha nacido *ni un solo* niño no-humano... en los dos años que hace que se ha establecido este mundo. ¿Sabe usted la causa?

El fisiólogo se encogió de hombros.

—Hay demasiados factores involucrados. Habría que estudiarlo.

—De acuerdo, pues. Supongamos que usted redacta un informe...

—¡Informes! He escrito veinte.

—Redacte otro. Haga resaltar los problemas no resueltos. Dígales que tiene que cambiar de métodos. Exponga el problema del promedio de nacimientos. La Oficina no se atreverá a ignorarlo. Si los no-humanos mueren, alguien tendrá que responder ante el emperador. Usted ve que...

Zammo le miró fijamente, con ojos sombríos.

—¿Con eso moveremos el caso?

—Hace veintisiete años que trabajo para la Oficina. Sé cómo funciona.

—Lo pensaré —Zammo se levantó y salió con paso gallardo. La puerta se cerró de golpe detrás de él.

Horas después, Zammo le decía a un colaborador suyo:

—Antes que nada, es un burócrata. Nunca abandonará las ortodoxias del papeleo ni se atreverá a jugarse el pellejo. Hará muy poca cosa por sí mismo; aunque quizá haga algo más si lo utilizamos con conducto.

De: Cuartel General Administrativo, Cefeo 18.

A: O. de P. E.

Tema: Proyecto 2.563 de Provincias Exteriores, Parte II — Investigación Científica de no-humanos en Cefeo 18, Coordinación de la.

Referencias:

(a) Carta de la O. de P. E. Cef-N-CM/jg, 100.132, fechada en 302/975 G. E.

(b) Carta Ad. C. G.-Cef 18. AA-LA/mn, fechada en 140/977 G. E.

Contenido:

1. Grupo Científico 10 División de Física y Bioquímica, informe titulado «Características fisiológicas de los no-humanos de Cefeo 18, Parte XI», fecha 172/977 G. E.

2. El contenido 1, incluido en la presente, lo enviamos para información de la O. de P. E. Conviene observar que la Sección XII, párrafos 1-16 del Cont. 1, se refiere a posibles cambios en la política actual de la O. de P. E. en relación a los no-humanos, en vistas a facilitar investigaciones físicas y químicas en la actualidad, procediendo bajo la autorización de la referencia (a).

3. Se somete a la consideración de la O. de P. E. que la referencia (b) ha discutido ya posibles cambios en los métodos de investigación y que Ad. C. G.-Cef 18 sigue opinando que tales cambios son prematuros todavía. A pesar de todo, sugiere que la cuestión del promedio de nacimientos de no-humanos sea objeto de un proyecto de la O. de P. E. asignado a Ad. C. G.-Cef 18 en vista de la

importancia que el Grupo Científico ha concedido al problema, como se evidencia en la Sección V del Contenido 1.

L. Antyok, Superv. Ad. C. G.-Cef 18, 174/977

De: O. de P. E.

A: Ad. C. G.-Cef 18.

Tema: Proyecto 2.563 Provincia Exterior — Investigaciones Científicas de los no-humanos de Cefeo 18, Coordinación de.

Referencia:

(a) Carta Ad. C. G.-Cef 18. AA-LA/mn, fecha 174/977 G. E.

1. En respuesta a la sugerencia contenida en el párrafo 2 de la referencia (a) se considera que la cuestión del promedio de nacimientos de no-humanos no cae dentro de la jurisdicción de Ad. C. G.-Cefeo 18. En vista del hecho de que el Grupo Científico 10 ha informado de que la pretendida esterilidad puede ser debida probablemente a deficiencias químicas del suministro de alimento, todas las investigaciones a realizar en este campo quedan confiadas al Grupo Científico 10 como propiamente autorizado.

2. Las tareas de investigación de los diversos Grupos Científicos continuarán de acuerdo con las normas actuales sobre la cuestión. No se prevé ningún cambio de política.

C. Morily, jefe de O. de P. E., 186/977 G. E.

II

El periodista, por flaco y desgarbado en los gestos, parecía sombríamente alto. Se llamaba Gustiv Bannerd, y su fama iba acompañada de una auténtica capacidad... dos cosas que no siempre andan juntas, a pesar de las máximas de la moral elemental.

Loodun Antyok le tomó las medidas con recelo y dijo:

—De nada serviría negar que tiene usted razón. Pero el informe del Grupo Científico tenía carácter confidencial. No comprendo cómo...

—Se filtró —concluyó Bannerd, empecinado—. Todo se filtra.

Antyok estaba claramente desconcertado; su rosado semblante se arrugaba levemente.

—Entonces, tendré que tapar el agujero que hay aquí. No puedo dar paso libre a su crónica. Tiene que eliminar primero toda alusión a quejas del Grupo Científico. Usted lo comprende, ¿verdad?

—No —Bannerd estaba sobradamente tranquilo—. Es una cosa importante, y yo tengo mis derechos, según el decreto imperial. Yo creo que el Imperio debería saber lo que pasa.

—Es que no pasa —replicó Antyok, desesperado—. Todo lo que usted alega es falso. La Oficina no cambiará de política. Le he enseñado las cartas.

—¿Cree que puede enfrentarse a Zammo cuando presiona con toda su fuerza? —preguntó burlonamente el periodista.

—Lo haré..., si le creo equivocado.

—¡Sí! —puntualizó Bannerd llanamente. Luego, con súbita vehemencia, dijo—: Antyok, el Imperio tiene una cosa muy importante aquí; una cosa mayor de lo que el Gobierno parece advertir. Y la están destruyendo. Están tratando a esas criaturas como animales.

—En verdad... —empezó Antyok en tono débil.

—No me hable de Cefeo 18. Es un parque zoológico. Es un zoo de primera clase, donde sus anquilosados científicos atormentan a esas pobres criaturas pinchándolas con palos por entre los barrotes. Ustedes les echan comida; pero al mismo tiempo las tienen en jaulas. ¡Lo sé! Hace dos años que son el tema de mis reportajes. Casi estuve viviendo con ellas.

—Zammo dice...

—¡Zammo! —repitió el periodista con desprecio.

—Zammo dice —insistió Antyok con atormentada firmeza— que en realidad los tratamos demasiado como a seres humanos.

Las largas y rectas mejillas del periodista se tensaron.

—Zammo es más bien pariente de los animales, por derecho propio. Es un fanático de la ciencia. Nos pasaríamos con unos cuantos menos como él. ¿Ha leído usted las obras de Aurelion?

Esta última pregunta la espetó de modo súbito.

—Humm. Sí. Comprendo al emperador...

—El emperador se inclina hacia nosotros. Lo cual es bueno... mucho mejor que montar la persecución del último reino.

—No sé adónde se encamina usted.

—Esos extraños pueden enseñarnos muchas cosas. ¿Comprende? Cosas que no les sirven de nada a Zammo y a su Grupo Científico; no son telepatía, no son química. Son una manera de vivir y de pensar. Los extraños no tienen delincuentes, no tienen inadaptados. ¿Qué esfuerzo se está llevando a cabo para estudiar su filosofía? ¿O para aprender de ellos en cuanto a planificación social?

Antyok se puso pensativo; se le alisó la rolliza cara.

—Es una consideración interesante. Sería un problema para psicólogos...

—Ni pensarlo. La mayoría son unos charlatanes. Los psicólogos señalan problemas; pero dan soluciones falaces. Necesitamos hombres de Aurelion. Hombres de la Filosofía...

—Pero oiga, no podemos convertir a Cefeo 18 en... en un estudio metafísico.

—¿Por qué no? Puede hacerse fácilmente.

—¿Cómo?

—Olvídese de la observación de tubos de ensayo. Permita que los extraños organicen una sociedad libre de humanos. Concédales una independencia sin trabas y permita una mezcla de filosofías...

Antyok dejó oír su nerviosa réplica:

—Esto no se puede hacer en un día.

—Pero podemos empezar en un día.

El gobernador dijo pausadamente:

—Bien, yo no puedo impedirle que lo intente —se puso confidencial; sus mansos ojos se volvieron pensativos—. De todos modos, si publica el informe del Grupo Científico 10 y lo denuncia fundándose en motivos humanitarios, usted mismo se segará la hierba bajo los pies. Los científicos son gente poderosa.

—Y nosotros, los de la Filosofía, también.

—Sí, pero hay un camino fácil. No es necesario que despotrique Sencillamente, haga notar que el Grupo Científico no resuelve sus problemas. Hágalo sin sentimentalismos y deje que los lectores mediten el punto de vista de usted por sí mismos. Coja el problema del promedio de nacimientos, por ejemplo. *Ahí* tiene algo interesante. Por todo lo que la ciencia es capaz de hacer los no-humanos pueden extinguirse en una generación. Señale que se necesita un enfoque más filosófico O escoja algún otro punto evidente Utilice su propio buen criterio, ¿eh? —Antyok dirigía una sonrisa conciliadora al periodista, al mismo tiempo que se levantaba— Pero, por amor de la Galaxia, no promueva un asunto feo.

Bannerd estaba rígido y poco asequible.

—Quizá tenga razón.

Más tarde, Bannerd escribía a su amigo, en un mensaje por cápsula: «No es inteligente, en modo alguno. Está desorientado; no tiene una línea que le guíe por la vida. Sin duda, es perfectamente incompetente para su puesto. Pero es maniobrero y hombre de componendas; sortea las dificultades mediante compromisos y prefiere hacer concesiones que adoptar una postura inflexible. En este sentido, puede ser valioso. Tuyo en Aurelion.»

De: Ad. C. G.-Cef 18.

A: O. de P. E.

Tema: Promedio de nacimientos de no-humanos en Cefeo 18, Reportaje sobre el.

Referencias:

(a) Carta Ad. C. G.-Cef 18. AA-LA/mn, fecha 174/977 G. E.

(b) Decreto Imperial, Ja2.374, fechado en 243/975 G. E.

Contenido:

1-G. Reportaje de Bannerd, fechado en Cefeo 18, 201/977 G. E.

2-G. Reportaje de Bannerd, fechado en Cefeo 18, 203/977 G. E.

1. La esterilidad de los no-humanos de Cefeo 18, comunicada a la O de P. E. en la referencia (a) ha sido tema de reportajes periodísticos de la prensa galáctica. Dichos reportajes van incluidos en la presente para información de la O. de P. E. como Contenidos 1 y 2. Aunque los mencionados reportajes se fundan en material considerado confidencial y no abierto al público, el citado reportero defendió su derecho de libre expresión según los términos de la referencia (b).

2. En vista de la publicidad inevitable y de las malas interpretaciones, también ahora inevitables, por parte del público en general, solicitamos que la O. de P. E. indique la política futura sobre el problema de la esterilidad de los no-humanos.

L. Antyok, Superv. Ad. C. G.-Cef 18, 209/977 G. E.

De: O. de P. E.

A: Ad. C. G.-Cef 18.

Tema: Promedio de nacimientos de no-humanos en Cefeo 18, Investigación del.

Referencias:

(a) Carta Ad. C. G.-Cef 18. AA-LA/mn, fecha 209/977 G. E.

(b) Carta Ad. C. G.-Cef 18. AA-LA/mn, fecha 174/977 G. E.

1. Se tiene el propósito de investigar las causas y los medios de evitar el desfavorable fenómeno en el ritmo de nacimientos mencionado en las referencias (a) y (b). Por ello se ha montado un plan titulado «Promedio de nacimientos de no-humanos en Cefeo 18, Investigación del», al cual, en vista de la importancia crucial del asunto, se le ha concedido una prioridad A A.

2. El número asignado al plan en cuestión es el 2.910, y todos los gastos que depare se cargarán a la Asignación número 18/78.

C. Morily, jefe O. de P. E., 223/977 G. E.

III

Si el mal humor de Tomor Zammo disminuyó dentro de los terrenos de la Estación Experimental del Grupo Científico 10, su amabilidad, en cambio, no había mejorado. Antyok se hallaba de pie, en solitario, junto a la ventana de observación del laboratorio principal.

Este laboratorio principal de campo era un espacioso patio dotado con el medio ambiente propio de Cefeo 18 para incomodidad de los experimentadores y conveniencia de los experimentados. Por la ardiente arena y a través del aire, seco y rico en oxígeno, resplandecía el fulgor de los cálidos y blancos rayos solares. Bajo aquel fuego, los no-humanos, unos seres rojo-ladrillo, membrudos y de piel arrugada, se amontonaban posados sobre los cuartos traseros, en postura de descanso, de uno en uno, o de dos en dos.

Zammo salía del laboratorio y se detuvo, sediento,

a beber un poco de agua; luego levantó la vista. El labio superior, mojado, le relumbraba.

—¿Le gustaría entrar ahí dentro?

Antyok movió la cabeza negativamente, muy resuelto.

—No, gracias. ¿A qué temperatura están en este momento?

—A cincuenta y cuatro grados centígrados, si hubiera sombra. Y se quejan de frío. Es la hora de beber. ¿Quiere ver cómo beben?

Del surtidor del centro del patio brotó un chorro de agua y las figurillas de los extraños se pusieron en pie inseguras y arrancaron a correr a saltos, vivamente, a un trote medio muy elástico. Después se arremolinaron junto al agua, empujándose unos a otros. El centro de sus rostros quedó desfigurado de pronto por la proyección de un tubo carnoso largo y flexible, que introducían en el chorro y lo retiraban goteando.

La maniobra se prolongó varios minutos. Los cuerpos se hinchaban; las arrugas desaparecían. Los no-humanos se retiraban poco a poco, caminando hacia atrás, con el tubo aspirador entrando y saliendo de sus rostros, antes de quedar reducido por fin a una masa rosada, arrugada, encima de una boca ancha y sin labios. Entonces fueron a tenderse a dormir en grupos, en los rincones sombreados, redondos y satisfechos.

—¡Animales! —exclamó Zammo con desprecio.

—¿Cuántas veces beben? —preguntó Antyok.

—Cuantas quieren. Pueden aguantar una semana sin beber, si es preciso. Nosotros los abrevamos todos los días. Tienen el depósito de reserva debajo de la piel. Comen al atardecer. Ya sabe, son vegetarianos.

Antyok sonrió satisfecho.

—Es bonito procurarse un poco de información de primera mano de vez en cuando. No puedo pasarme todo el tiempo leyendo informes.

—¿Es bonito? —sin darle importancia añadió—: ¿Qué noticias hay? ¿Qué hay de los muchachos con pantaloncitos de encaje de Trántor?

Antyok alzó los hombros, dubitativo.

—Por desgracia, no conseguimos que la Oficina dé una respuesta clara. Como el emperador simpatiza con los aurelionistas, el humanitarismo está a la orden del día. Ya lo sabe usted.

Hubo una pausa durante la cual el gobernador se mordía el labio, indeciso.

—Además, ahora tenemos este problema del promedio de nacimientos. Ya sabe, al final lo han asignado a Ad. C. G., y con prioridad doble A, encima.

Zammo refunfuñó algo, en voz baja. Antyok dijo:

—Es posible que usted no se dé cuenta, pero ese proyecto tendrá preferencia sobre todos los demás trabajos que se lleven a cabo en Cefeo 18. Es importante. —En seguida se volvió hacia la ventana de observación e inquirió pensativamente, sin el menor asomo de preámbulo—: ¿Cree usted que esas criaturas pueden ser desdichadas?

—¡Desdichadas! —explotó Zammo.

—Bueno, pues —se apresuró a rectificar Antyok— mal ambientadas. ¿Me entiende? Es difícil procurar un medio ambiente propicio a una raza de la que sabemos tan poco.

—Oiga, ¿ha visto alguna vez el mundo de donde las trajimos?

—He leído los informes...

—¡Informes! —dijo con infinito desprecio—. Yo lo he *visto*. A usted, esto de ahí quizá le parezca un desierto; pero para esos diablos es un paraíso rezumante Tienen todo el alimento y toda el agua que pueden engullir. Tienen un mundo para ellos solos, con vegetación y cursos de agua naturales, en lugar de un terrón de sílice y granito metido en cavernas para hacer crecer en él, a la fuerza, unos hongos, y en lugar de obtener agua calcinando yeso. Antes de diez años habrían muerto todos, no habría quedado una sola de esas bestias. Nosotros las hemos salvado. ¿Desdichadas? Pu-a-a-a, si lo son no tienen la mitad de decencia que la mayoría de los animales.

—Bueno, quizá. Sin embargo, se me había ocurrido una idea.

—¿Una idea? ¿Qué idea? —Zammo sacó un cigarro.

—Quizá ustedes podrían sacarle provecho. ¿Por qué no estudiar a esas criaturas de una manera más integrada? ¿Por qué no dejar que desarrollen su propia iniciativa? Al fin y al cabo, tenían una ciencia altamente evolucionada. Los informes la mencionan muy a menudo. Denles problemas que solucionar.

—¿Como, por ejemplo...?

—Oh... oh —Antyok agitaba las manos desamparado—. Los que ustedes crean más provechosos. Por ejemplo, naves espaciales. Métanlas en el cuarto de control y estudien sus reacciones.

—¿Por qué?

—Porque la reacción de sus mentes ante instrumentos y controles adaptados al temperamento humano puede enseñarles muchísimo a ustedes. Además, creo que resultaría un aliciente más efectivo que todos los que han empleado. Conseguirá más voluntarios, entre esos extraños, si piensan que van a realizar un trabajo interesante.

—Ya está saliendo el psicólogo que hay en usted. Humm. De momento, la idea parece mejor de lo que resultará, sin duda, en la realidad. Consultaré con la almohada. ¿Y dónde conseguiría el permiso, en todo caso, para dejarles manejar naves espaciales? No tengo ninguna a *mi* disposición, y seguramente, recorrer toda la cadena burocrática para que nos dieran una, requeriría mucho papeleo.

Antyok meditaba; la frente se le arrugó ligeramente.

—No *han de ser* forzosamente naves espaciales. A pesar de todo... si usted quisiera redactar otro informe y hacer la sugerencia como por propia iniciativa... insistiendo en ella, ¿comprende?... quizá encontrase la manera de enlazarla con mi proyecto sobre la natalidad. Con una prioridad doble A se obtiene prácticamente todo lo que se quiere, ya sabe, no hay preguntas.

Zammo manifestó una falta de interés casi desconsiderada.

—Bueno, quizá. Entretanto, tengo en marcha unas pruebas sobre el metabolismo basal, y se me hace tarde. Lo pensaré. No deja de ser una idea.

De: Ad. C. G.-Cef 18.

A: O. de P. E.

Tema: Provincia Exterior Proyecto 2.910 Parte I —Promedio de nacimientos de no-humanos en Cefeo 18, Investigación del.

Referencia:

(a) Carta O. de P. E. Cef-N-CM/car, 115.097, 223/977 G. E.

Contenido:

1. Grupo Científico 10 informe Físico y Bioquímico, Parte XV, fecha 220/977 G. E.

1. Adjuntamos el contenido 1 para información de la O. de P. E.

2. Dedicamos atención especial a la sección V, párrafo 3 del contenido 1 en el que se pide que se asigne una nave espacial al Grupo Científico 10 para utilizarla en investigaciones aceleradas autorizadas por la O. de P. E. La Ad. C. G.-Cef 18 considera que tales investigaciones pueden servir muy eficazmente para aumentar la efectividad del trabajo emprendido en el proyecto del tema, autorizado por la referencia (a). En vista de que la O. de P. E. ha concedido alta prioridad al proyecto del tema, se sugiere que se tome inmediatamente en consideración lo que solicita el Grupo Científico.

L. Antyok, Superv. Ad. C. G.-Cef 18, 240/977

De: O. de P. E.

A: Ad. C. G.-Cef 18.

Tema: Provincia Exterior, Proyecto 2.910—Promedio de nacimientos de no-humanos en Cefeo 18, Investigación del.

Referencia:

(a) Carta Ad. C. G.-Cef 18. AA-LA/mn, fecha 240/977 G. E.

1. La Nave de Entrenamiento *AN-R-2.055* queda a disposición de Ad. C. G.-Cef 18 para emplearla en la investigación sobre los no-humanos de Cefeo con respecto al tema del proyecto y otros autorizados de P. E., como se pedía en el Contenido 1 para la referencia (a).

2. Se pide urgentemente que se acelere por todos los medios posibles el trabajo en el tema del proyecto.

C. Morily, jefe O. de P. E., 251/977 G. E.

IV

El pequeño y rojizo ser debía de haber soportado más incomodidades de lo que su porte quería admitir. Estaba cuidadosamente inmerso en una temperatura que hacía andar a sus compañeros humanos con la camisa desabrochada y sudando a mares.

Tenía una voz aguda y una expresión cuidada:

—A esta temperatura tan baja, el ambiente me parece húmedo, aunque no hasta un extremo insoportable.

Antyok sonreía.

—Ha sido muy amable viniendo; pero una prueba realizada en la atmósfera que tenían ustedes allá... —la sonrisa se había vuelto triste.

—No importa. Ustedes, los habitantes del otro mundo, han hecho por nosotros más de lo que supimos hacer nunca nosotros mismos Es un favor al que yo sólo correspondo muy imperfectamente al soportar alguna incomodidad —siempre parecía expresarse de una manera indirecta, como si enfocara los pensamientos de costado como si hablar lisa y llanamente fuese contrario a la etiqueta.

Gustiv Bannerd, sentado en un ángulo de la habitación, con una larga pierna cabalgando sobre la otra, movía la pluma ágilmente, y dijo:

—¿Verdad que no les molestará que tome nota?

El cefeidano no-humano dirigió una breve mirada al periodista:

—No tengo inconveniente.

Antyok insistía en dar explicaciones:

—Ahora no se trata de una simple visita de sociedad, señor. No le habría sometido a ninguna molestia para eso solamente. Hay problemas importantes que considerar, y usted es el jefe de su pueblo.

—Estoy convencido de que le animan a usted muy buenas intenciones —respondió el cefeidano, moviendo la cabeza afirmando—. Tenga la bondad de continuar.

El gobernador tenía serias dificultades para traducir sus pensamientos en palabras.

—Es un asunto —dijo— muy delicado y que no abordaría nunca, si no fuese por la grandísima importancia de la... humm... de la cuestión. Yo soy únicamente el portavoz de mi Gobierno...

—Mi pueblo considera que el Gobierno del otro mundo es muy bondadoso.

—Pues, sí, son bondadosos. Por esta razón los acongoja el hecho de que el pueblo de usted ya no se reproduzca.

Antyok hizo una pausa y aguardó con ansiedad una reacción que no se produjo. La cara del cefeidano permanecía inmóvil, a excepción del leve y tembloroso movimiento del arrugado sector correspondiente al deshinchado tubo de aspiración de líquidos. Antyok continuó:

—Es un asunto que no me decidía a plantear debido a sus aspectos extremadamente personales. El principio fundamental de mi Gobierno en estas materias es el de la no interferencia; por ello hemos hecho cuanto hemos podido por estudiar el problema sin molestarles a ustedes. Pero, francamente, hemos...

—¿Han fracasado? —terminó el cefeidano, advirtiendo la pausa del otro.

—Sí. O al menos, no hemos sabido descubrir ninguna deficiencia concreta al reproducir el medio ambiente exacto del mundo de origen de ustedes; por supuesto, con las modificaciones necesarias para hacerlo más habitable todavía. Naturalmente, se piensa que debe existir alguna deficiencia química. Por ello le suplico tenga la buena voluntad de ayudarnos en esta cuestión. Su pueblo de usted está muy adelantado en el estudio de su propia bioquímica. Si usted no quiere, o si prefiere no...

—No, no, puedo ayudarles —el cefeidano parecía muy animado en este sentido. Las lisas superficies de su cráneo, sin pelo y con la piel suelta, se arrugaban reaccionando de una manera singular a una emoción incierta—. No es ésa una cuestión que ninguno de nosotros hubiera pensado que pudiera acongojarles a ustedes, los habitantes del otro mundo. El hecho de que así ocurra no es sino otra prueba más de su benévola amabilidad. Este mundo de aquí nos parece un paraíso en comparación con el que nosotros habitábamos. No falta nada. Las condiciones que se nos brindan aquí sólo las conocíamos por las leyendas de nuestro Siglo de Oro

—Pues...

—Pero hay una cosa; una cosa que quizá usted no entienda. No podemos esperar que inteligencias distintas piensen del mismo modo.

—Intentaré comprender.

La voz del cefeidano se había dulcificado, aumentando en tonos bajos, líquidos:

—En nuestro mundo de origen, nos moríamos; pero luchábamos. Nuestra ciencia, desarrollada a lo largo de una historia más antigua que la de ustedes, perdía el combate; pero aún no lo había perdido del todo. Quizá se debiera a que nuestra ciencia era fundamentalmente biológica, antes que física como la de ustedes. Su pueblo descubrió nuevas formas de energía y alcanzó las estrellas. Nuestro pueblo descubría verdades nuevas en el campo de la psicología y la psiquiatría y edificaba una sociedad laboriosa, libre de enfermedades y delitos

»No es necesario que nos preguntemos cuál de los dos enfoques merece más elogio; pero no cabe ninguna duda acerca de cuál cosechó al final los mayores triunfos. En nuestro mundo agonizante, sin medios de vida ni fuentes de energía, nuestra ciencia biológica no podía hacer otra cosa que dulcificar la muerte.

»Y sin embargo, luchábamos Desde hacía siglos nos abríamos camino, tanteando y volviendo a tantear, hacia la energía atómica, y poco a poco empezaba a brillar la chispa de la esperanza de que conseguiríamos vencer los límites bidimensionales de nuestra superficie planetaria y alcanzaríamos las estrellas. En nuestro sistema no había otros planetas que nos sirvieran de etapas. No teníamos nada hasta la estrella más próxima, que distaba unos veinte años-luz, y no teníamos idea de la posibilidad de que existieran otros sistemas planetarios, sino que más bien nos inclinábamos por creerlo al revés.

»Pero todo tipo de vida tiene tendencia a sobrevivir, aunque sea inútilmente. En los últimos días ya sólo quedábamos cinco mil. Cinco mil, nada más. Y nuestra primera nave estaba lista. Una nave experimental. Seguramente habría fracasado. De todos modos, habíamos deducido ya, acertadamente, todos los principios de propulsión y navegación.

Hubo una larga pausa; los ojillos negros del cefeidano parecían vidriosos al rememorar el pasado.

—¿Y entonces llegamos nosotros? —interpuso el periodista, desde su rincón.

—Y entonces llegaron ustedes —convino sencillamente el cefeidano—. Y todo cambió. Energía la teníamos a pedir de boca. Disponíamos de un mundo nuevo, a nuestra medida, un mundo ideal de verdad. Si los problemas sociales los habíamos solucionado tiempo atrás nosotros mismos, nuestros más difíciles problemas de medio ambiente nos los solucionaron otros, y de un modo no menos completo.

—¿Entonces? —aguijoneó Antyok.

—Entonces... hubo algo que no marchaba bien. Nuestros antepasados habían luchado siglos y siglos por alcanzar las estrellas, y entonces, de pronto, resultó que pertenecían ya a otros. Habíamos luchado por la vida, y nos encontramos con que la vida era un regalo que otros seres nos ponían en las manos. Ya no hay motivo para luchar. Ya no hay nada que conseguir. Todo el universo es propiedad de la raza de ustedes.

—Este mundo les pertenece —dijo afablemente Antyok.

—Por consentimiento. Es un regalo. No nos pertenece por derecho propio.

—A mi entender, ustedes se lo han ganado.

El cefeidano tenía los ojos clavados en el semblante del otro.

—Usted está cargado de buenas intenciones, pero dudo que lo comprenda. No tenemos adónde ir, salvo este mundo que nos han regalado. La función de la vida consiste en luchar, y esta función nos la han arrebatado La vida ya no puede interesarnos. No tenemos descendencia... porque no queremos. Es nuestra manera de apartarnos del camino de ustedes.

Distraídamente, Antyok había sacado el fluoro-globo del asiento de la ventanilla y lo hacía girar sobre la base. Al girar, la chillona superficie reflejaba luz, y su mole, de casi un metro de altura, flotaba en el aire con gracia y ligereza incongruentes. Después Antyok preguntó:

—¿Es la única solución que se les ocurre? ¿La esterilidad?

—Otra sería escapar —susurró el cefeidano— pero ¿en qué lugar de la Galaxia hay sitio para nosotros? Es toda de ustedes.

—Efectivamente, si quieren ser independientes no queda ningún lugar más próximo que las Nubes de Magallanes. Las Nubes de Magallanes...

—Y ustedes no nos dejarían marchar. Lo hacen todo con buena intención, ya lo sé

—Sí, lo hacemos con buena intención... pero no podríamos dejarles marchar.

—Es una bondad equivocada.

—Quizá; pero ¿no podrían consolarse? Poseen un mundo.

—Es un fenómeno que no se puede explicar bien. Ustedes tienen una mente distinta. No podríamos consolarnos. Creo, gobernador, que ha pensado sobre esto en otras ocasiones El concepto de callejón sin salida en el que nos sentimos atrapados no es nuevo para usted.

Antyok levantó la vista, estremecido, y con una mano detuvo el fluoro-globo.

—¿Es que me lee el pensamiento?

—Es sólo una suposición. Y acertada, me parece.

—Sí..., pero *¿puede* leerme el pensamiento? El pensamiento de los seres humanos en general, quiero decir. Es un punto interesante. Los científicos dicen que no, pero a veces me pregunto si no será, sencillamente, que no quieren. ¿Puede contestarme? O quizá le retengo indebidamente.

—No..., no... —pero el pequeño cefeidano se envolvió mejor en el abrigo y escondió el rostro, por un momento, en la esterilla del cuello, calentada eléctricamente—. Ustedes, los del otro mundo, hablan de leer mentes. No, no es eso, en absoluto; pero tampoco sabría explicar en modo alguno qué es

Antyok musitó el antiguo proverbio:

—No se le puede explicar qué es la vista a un ciego de nacimiento.

—Sí, así es, exactamente. Ese sentido al que ustedes llaman muy equivocadamente «leer el pensamiento» no se nos puede aplicar a nosotros No se trata de que no podamos recibir las sensaciones adecuadas; se trata de que ustedes no las transmiten, y nosotros no sabríamos explicarles la manera de hacerlo.

—Humm-mm-mm.

—Naturalmente, hay ocasiones, momentos de gran concentración mental o tensión emocional por parte de uno de ustedes, en que algunos de nosotros, los más expertos en este sentido, los de mirada más penetrante, por así decirlo, descubrimos *algo*. Es una cosa incierta; sin embargo, yo mismo me he preguntado a veces...

Con gran cuidado, Antyok volvió a poner el fluoro-globo en rotación. Su rosado semblante parecía absorto en meditaciones, mientras sus ojos permanecían fijos en el cefeidano. Gustiv Bannerd estiró los dedos y releyó las notas tomadas, moviendo los labios en silencio.

El fluoro-globo seguía girando, y poco a poco parecía que el cefeidano se iba poniendo tenso, mientras sus ojos se desviaban hacia el coloreado tornasol de la frágil superficie del globo.

—¿Qué es eso? —preguntó al cabo de unos momentos.

Antyok tuvo un sobresalto; luego su rostro se distendió en una placidez casi de risa

—¿Esto? Una moda galáctica de tres años atrás. Lo cual significa que este año es ya una reliquia irremediablemente anticuada. Es un artificio perfectamente inútil, pero bonito. Bannerd, ¿podría regular las ventanas de modo que no haya transmisión?

Se oyó el leve chasquido de un contacto, y las ventanas se convirtieron en curvadas regiones de oscuridad, mientras en el centro de la habitación el fluoro-globo devenía súbitamente el foco de un resplandor rosáceo que parecía saltar al exterior a oleadas. Antyok, figura escarlata en una sala escarlata, colocó el globo sobre la mesa y lo hizo girar con una mano que iba goteando en rojo. A medida que el fluoro-globo giraba, sus colores iban cambiando, cada vez más de prisa, se mezclaban unos instantes y luego se disociaban en contrastes más extremados.

Antyok hablaba en medio de una atmósfera imponente de arco iris fundido, cambiante.

—La superficie es de un material que manifiesta una fluorescencia variable. Casi no tiene peso, es extremadamente frágil, pero está equilibrado giroscópicamente, de manera que, con la precaución normal, pocas veces cae. Es bastante bonito, ¿no le parece?

Se oyó la voz del cefeidano que llegaba de algún punto de la sala:

—Extremadamente bonito.

—Pero ha dejado va de interesar; sigue existiendo después de haber pasado de moda.

La voz del cefeidano sonaba abstraída:

—Es muy bonito

Bannerd, ante un gesto de su jefe, iluminó la sala de nuevo, y los colores desaparecieron. El cefeidano dijo:

—He ahí una cosa que a mi gente le gustaría. —Miraba el globo, fascinado.

Antyok se levantó.

—Será mejor que se vaya. Si se queda más tiempo, la

atmósfera puede producirle efectos perjudiciales. Le doy las gracias humildemente por su amabilidad.

—Yo se las doy humildemente a usted por la suya. —El cefeidano también se había levantado.

—Ah, de paso —dijo Antyok—, la mayoría de su gente ha aceptado nuestro ofrecimiento de dejarles estudiar la construcción de nuestras naves espaciales. Supongo que usted comprende que nos proponíamos estudiar cómo reaccionan ante nuestra tecnología. Confío que este proceder estará de acuerdo con el sentido ético de usted.

—No es necesario que me dé excusas. Yo mismo tengo ahora las piezas de un piloto humano. Ha sido muy interesante. Nos recuerda los trabajos que nosotros habíamos hecho... y nos hace ver lo cerca que estábamos de la meta.

El cefeidano se marchó, y Antyok se sentó, con el ceño fruncido.

—Bueno —le dijo a Bannerd, con acento algo tajante—. Confío que recordará lo que hemos convenido. No puede publicar esta entrevista.

—Muy bien —respondió Bannerd, levantando los hombros.

Antyok continuaba en su sillón, jugueteando con la pequeña figurilla de metal de la mesa escritorio.

—¿Qué opina sobre esta cuestión, Bannerd?

—Esos seres me dan lástima. Creo comprender su estado de ánimo. Hemos de educarlos para que lo superen. La Filosofía puede lograrlo.

—¿Lo cree de veras?

—Sí.

—No podemos dejarles marchar, claro está.

—Oh, no. Ni hablar. Nos queda demasiado que aprender de ellos. Esta sensación que tienen ahora representa solamente una fase pasajera. Cambiarán de parecer, sobre todo cuando les concedamos la independencia más completa.

—Quizá. ¿Qué opina de los fluoro-globos, Bannerd? Le han gustado. Quizá deberíamos encargar varios millares. La Galaxia sabe que por estos días infestan el mercado, y están baratos.

—Parece buena idea —asintió Bannerd.

—Sin embargo, la Oficina no estará de acuerdo. Los conozco.

El periodista entornó los ojos.

—Y no obstante, podría ser lo más indicado. Necesitan cosas nuevas que les atraigan.

—¿Sí? Bueno, pues quizá se pudiera hacer algo. Yo podría incluir la reseña que ha hecho usted de la entrevista en un informe mío y cargar un poco el acento en la cuestión de los globos. Al fin y al cabo, usted es miembro de la Filosofía y puede tener influencia cerca de gente importante cuya palabra pesara mucho más que la mía en la Oficina. ¿Me comprende...?

—Sí —musitó Bannerd—. Sí.

De: Ad. C. G.-Cef 18.

A: O. de P. E.

Tema: Proyecto 2.010 de P. E. Parte III. Promedio de nacimientos de no-humanos en Cefeo, Investigación del.

Referencia:

(a) Carta O. de P. E. Cef-N-CM/car, 115.097, fecha 223/977 G. E.

Contenido:

1. Reseña de la conversación entre L. Antyok, de Ad. C. G.-Cef 18, y Ni-San, juez supremo de los no-humanos en Cefeo 18

1. El Contenido 1 va adjunto en ésta para información de la O. de P. E.

2. La investigación del tema proyecto emprendido en respuesta a la autorización de la referencia (a) la continuamos según las nuevas directrices indicadas en el contenido 1. La O. de P. E. puede estar segura de que se emplearán todos los medios para combatir la nociva actitud psicológica que prevalece actualmente entre los no-humanos.

3. Es de notar que el juez supremo de los no-humanos de Cefeo 18 manifestó interés por los fluoro-globos. Se ha iniciado una investigación preliminar sobre este hecho de la psicología no-humana.

L. Antyok, Superv. Ad. C. G.-Cef 18, 272/977 G. E.

De: O. de P. E.

A: Ad. C. G.-Cef 18.

Tema: Proyecto 2.910 de P. E.; Promedio de nacimientos de no-humanos en Cefeo 18, Investigación del.

Referencia:

(a) Carta Ad. C. G.-Cef 18. AA-LA/mn, fecha 272/977 G. E.

1. Con referencia al contenido 1 de la referencia (a) el Departamento de Comercio ha destinado cinco mil fluoro-globos para ser transportados a Cefeo 18.

2. Se recomienda que Ad. C. G.-Cef 18 utilice, para calmar la insatisfacción de los no-humanos, todos los métodos que no estén en contradicción con la necesidad de obedecer las proclamas imperiales.

C. Morily, jefe, O. de P. E., 283/977 G. E.

V

La comida había terminado, habían traído el vino y sacado los cigarros Se habían formado grupos de interlocutores, y el capitán de la flota mercante constituía el centro del más numeroso. Su brillante uniforme blanco oscurecía bastante los de sus oyentes

Su discurso tenía un tono más bien complacido:

—El viaje no ha sido nada. En otra ocasión tuve más de trescientas naves bajo mi mando. Sin embargo, nunca había transportado un cargamento como éste. ¡Por la Galaxia! ¿Qué quieren hacer ustedes con cinco mil fluoro-globos, en este desierto?

Loodun Antyok se rió con carcajada suave.

—Son para los no-humanos. Confío que no haya sido una mercancía difícil de transportar.

—No, difícil no. Pero voluminosa. Son frágiles, y no podía cargar más de veinte en una nave, dadas las normas del Gobierno sobre embalaje y precauciones contra rupturas. Pero supongo que el Gobierno sabrá qué hace con su dinero.

Zammo sonrió.

—¿Es la primera experiencia que tiene de los métodos del Gobierno, capitán?

—¡No, Galaxia! —estalló el astronauta—. Yo procuro evitarlo, por supuesto, pero a veces uno se ve en el lío, quieras o no quieras. Y vaya asco si uno se mete; ésa es la verdad. ¡Conducto oficial! ¡Papeleo burocrático! Basta para cortarle el crecimiento a uno y coagularle la sangre. Es un tumor, una vegetación cancerosa de la Galaxia. Yo suprimiría de un manotazo todo ese estorbo.

—Es usted injusto, capitán —protestó Antyok—. No lo comprende.

—¿Sí? Bueno, pues, como perteneciente a esa burocracia —pronunció la palabra sonriendo amablemente—, ¿qué le parece si nos explicara cómo ve usted la situación, gobernador?

—Pues, miren —Antyok parecía un poco confuso—, gobernar es un asunto serio y complicado. En este Imperio nuestro, hemos de preocuparnos de millares de planetas y de billones de personas. Casi queda fuera de toda facultad humana supervisar la tarea del Gobierno sin una organización férrea. Creo que en la actualidad, nada más los funcionarios del Servicio Administrativo imperial suman unos cuatrocientos millones, y para coordinar sus esfuerzos y reunir sus conocimientos, es indispensable que exista eso que usted llama burocracia y papeleo. Hasta el menor paso, por absurdo que pueda parecer, por molesto que pueda resultar, tiene alguna utilidad. Cada pedazo de papel es un hilo de unión del trabajo de cuatrocientos millones de seres humanos. Suprima usted el Servicio Administrativo y habrá suprimido el Imperio; y con él desaparecerán la paz, el orden y la civilización interestelares.

—¡Vamos...! —exclamó el capitán.

—No. Lo digo en serio —tan en serio que casi se había quedado sin aliento—. Las normas y el sistema del montaje administrativo han de ser suficientemente minuciosas, completas y rígidas para que en caso de haber funcionarios incompetentes, y a veces se nombra *uno* (sí, pueden reírse, pero también hay científicos incompetentes, y periodistas, y capitanes), en caso de haber algunos funcionarios incompetentes, digo, no causen mucho perjuicio. Porque, en e peor de los casos, el sistema marcha por sí mismo.

—Sí —refunfuñó el capitán, con acritud—, ¿y si nombran a un administrador capaz? Entonces éste queda atrapado dentro de la misma telaraña rígida y se ve sumido forzosamente en la mediocridad.

—En modo alguno —replicó Antyok con calor—. Un hombre capaz sabe maniobrar dentro de los límites de las normas y conseguir lo que desea.

—¿Cómo? —preguntó Bannerd.

—Pues..., pues... —de repente, Antyok se sentía incómodo—. Un método consiste en procurarte la calificación de prioridad A, o doble A, si es posible, para tu empresa.

El capitán echaba la cabeza para atrás con objeto de soltar una tremenda carcajada; pero no llegó a oírsele, porque la puerta se abrió de golpe y unos hombres asustados se precipitaron dentro de la habitación.

—Señor, las naves han desaparecido —gritaban—. Los no-humanos se han apoderado de ellas por la fuerza.

—¿Qué? ¿Todas?

—Sí, todas. Naves y criaturas...

Dos horas después volvían a estar reunidos los cuatro, a solas en la oficina de Antyok. Este decía fríamente:

—No han cometido ningún error. No han dejado ni una sola nave, ni siquiera la de entrenamiento, Zammo. Y no hay una sola nave del Gobierno disponible en toda esta mitad del Sector. Para cuando hayamos podido organizar la persecución, se encontrarán ya fuera de la Galaxia y a mitad de camino de las Nubes de Magallanes. Capitán, la responsabilidad de montar una guardia conveniente le incumbía a usted.

El capitán exclamó:

—Era el primer día que pasábamos fuera del espacio. ¿Quién podía saber...?

Zammo interrumpió acaloradamente:

—Espere un poco, capitán. Voy empezando a comprender. Antyok —dijo ahora con tono duro—, usted ha proyectado todo esto.

—¿Yo? —Antyok presentaba una expresión singularmente fría, casi indiferente.

—Esta misma noche nos ha dicho que un gobernador inteligente podía lograr que le asignaran una empresa con una prioridad A para lo que quisiera llevar a cabo. Usted consiguió esta asignación para ayudar a los no-humanos a huir.

—¿De veras? Usted perdone, pero ¿cómo es eso posible? Fue usted precisamente, en uno de sus informes, quien aludió al tema del descenso de la natalidad. Y fue Bannerd, aquí presente, el que con sus artículos sensacionalistas asustó a la Oficina hasta hacerles convertir la empresa en una de doble prioridad especial. Yo no he tenido nada que ver con todo ello.

—*Usted* sugirió que yo mencionase el promedio de natalidad —arguyó Zammo, violentamente.

—¿Yo? ¿De veras? —replicó Antyok sosegadamente.

—Ah, y el caso es —bramó de súbito Bannerd— que usted sugirió que mencionase el promedio de nacimientos en mis artículos.

Los tres le habían rodeado y lo acorralaban. Antyok se arrellanó en el sillón y dijo tranquilamente:

—No sé qué quieren decir con eso de sugerencias. Si me están acusando, tengan la bondad de atenerse a pruebas, pruebas legales. Las leyes del Imperio reclaman material escrito, filmado o transcrito, o declaraciones de testigos. Todas mis cartas como gobernador están archivadas aquí, en la Oficina y en otros sitios. Yo no he solicitado nunca una empresa con prioridad A. La Oficina me la asignó, y los responsables de que me la asignaran fueron Zammo y Bannerd. Al menos por escrito.

La voz de Zammo era casi un gruñido inarticulado.

—Usted me engatusó para que enseñara a esas criaturas a manejar una nave espacial.

—Eso lo sugirió *usted*. Tengo archivado el informe que redactó proponiendo que se estudiaran sus reacciones ante los instrumentos humanos. Y también lo tiene la Oficina. Las pruebas..., las pruebas *legales* son claras. Yo no he tenido nada que ver en todo ello.

—¿Ni siquiera con los globos? —preguntó Bannerd.

—Jamás pedí ninguno —respondió fríamente Antyok—. Eso fue una idea de la Oficina, aunque me figuro que los amigos de Bannerd, los de la Filosofía, respaldaron la idea.

Bannerd se estaba asfixiando. De pronto escupió:

—Usted le preguntó al jefe de los cefeidanos si sabía leer el pensamiento. Usted le indujo a manifestar interés por los globos.

—Vamos, vamos. Usted redactó personalmente la reseña de la conversación, que también tengo archivada. No podrá demostrar lo que dice —Antyok se puso en pie—. Tendrán que dispensarme. Debo preparar un informe para la Oficina.

Ya en la puerta, se volvió

—En cierto modo, el problema de los no-humanos ha quedado solucionado, aunque sea solamente a gusto de ellos. Ahora se reproducirán, y tendrán un mundo que se habrán ganado por sí mismos. Era lo que querían.

»Otra cosa. No me acusen de tonterías. Llevo veintisiete años en el Servicio, y les aseguro que las pruebas escritas que he dejado bastan y sobran para demostrar que he obrado con toda fidelidad y pulcritud en todo lo que hice. Y, capitán, me alegraría mucho continuar nuestra conversación de hace un rato, cuando a usted le vaya bien, para explicarle cómo un gobernador capaz sabe mantenerse dentro de los trámites burocráticos y no obstante, conseguir lo que quiere.

Llamaba la atención que una cara tan redonda, lisa, infantil, pudiera mostrar una sonrisa tan sardónica.

De: O. de P. E.

A: Loodun Antyok, Administrador Público Jefe, A-8.

Tema: Servicio Administrativo, Permanecer en el.

Referencia:

(a) Decisión Tribunal. Ser Ad. 22.874-Q, fecha 1/978 G. E.

1. En vista de la favorable opinión expresada por la referencia (a) queda usted absuelto por la presente de toda responsabilidad por la huida de los no-humanos de Cefeo 18. Se le pide que esté preparado para su próximo nombramiento.

R. Horpritt, jefe, Ser Ad., 15/978 G. E.

Las cartas que constituyen la mayor parte de este relato (que contiene uno de los raros ejemplos que he inventado de inteligencias extraterrestres) se fundan —como sin duda les gustará saber— en la clase de material que entraba y salía continuamente de la NAES (y, por lo que me consta, sigue entrando y saliendo). Ese estilo ampuloso no lo he inventado yo. No sabría inventarlo aunque quisiera.

Cuando se publicó el cuento, L. Sprague de Camp señaló muy satisfecho una laguna en el estilo de las mencionadas cartas: yo había cometido la ligereza de hacer que un funcionario de jerarquía inferior se dirigiese a otro de categoría superior diciendo, «se requie-

re» en lugar de «se sugiere». El inferior sólo puede sugerir, muy humildemente, y sólo el superior puede requerir con aspereza.

Callejón sin salida *fue objeto de una distinción que me gustaría mencionar.*

Después de la guerra empezo la avalancha de antologías de ciencia ficción, que desde entonces ha ido creciendo en anchura y profundidad. Pocos serán, si hay alguno, los escritores de ciencia ficción cuyas obras hayan pasado a formar parte de tantas antologías como las mías; pero el primer relato mío que se incluyó en una de ellas no fue Cae la noche, *ni un «robot positrónico» ni una narración de la serie* Fundación. *Fue* Callejón sin salida.

A principios de 1946 Groff Conklin sacaba la primera de sus numerosas antologías de ciencia ficción —la titulaba «Lo mejor de la ciencia ficción»— y allí encontrarán Callejón sin salida. *Este relato, por el que Campbell me había pagado 148'75 dólares (un centavo tres cuartos por palabra), había ganado otros 42'50 dólares (medio centavo por palabra). Lo cual significa que* Callejón sin salida *me ha producido dos centavos y cuarto por palabra, lo cual representaba un precio muy elevado, por aquellos tiempos.*

Hablando con toda propiedad, el dinero para la inclusión en la antología se lc dieron a Street & Smith; pero éstos tenían la sana costumbre de entregar ese dinero al autor, voluntariamente y sin que les obligara la ley a hacerlo así. Esta fue la primera indicación de que una obra podía representar más dinero del que se cobra por su venta inicial.

El 8 de mayo de 1945, una semana antes de terminar El Mulo, *terminó la guerra en Europa. Naturalmente, se inició entonces la desmovilización de tantos hombres como fuera posible de los que habían combatido en Europa, sustituyéndolos por otros, escogidos entre los que se lo habían pasado bien en la patria.*

Hasta entonces, durante toda la guerra, yo había recibido periódicamente aplazamientos de mi entrada en filas por mi condición de químico investigador que trabajaba en un puesto importante para el esfuerzo bélico. Aunque había continuas revisiones de las normas de reclutamiento y raro era el mes que no parecía que un día u otro tuviese que ser reclutado. (Esto me tenía en vilo, se lo digo a ustedes, pero no tenía la sensación de sufrir un atropello. Lo que predominaba en mi ánimo era un sentimiento vago y escurridizo de culpa por no haber sido reclutado ya, junto con un poco de vergüenza por el alivio que me producían los aplazamientos.)

Durante 1944, la incertidumbre llegó al extremo de que me llamaron para un reconocimiento físico, y resultó que sufría una miopía tan acusada que me hacía inútil para el servicio militar.

Después del día de la victoria en Europa, se autorizó a la maestranza de Marina para que retuviese un tanto por ciento únicamente de los empleados que habían obtenido aplazamientos, dejando que los otros fueran reclutados. Era de suponer que la maestranza quería conservar los empleados más importantes; pero sabían una treta mejor, según la versión que se nos dio. Se quedaban todos aquellos empleados comprendidos en quinta que poseían las cualidades físicas requeridas para entrar en filas, y no extendían sus alas protectoras sobre los que no las poseían, fuese por exceso de edad o por defecto físico. De este modo confiaban continuar con todos... los aptos por haberlos declarado necesarios, y los viejos o inútiles físicamente... por estas mismas razones.

Yo, como empleado sin condiciones para el servicio militar, quedé comprendido entre los declarados no esenciales.

Y entonces (sin duda lo han adivinado) el Ejército rebajó las condiciones físicas requeridas. El resultado fue que los empleados de maestranza con mala vista u otros defectos leves se vieron en inminente peligro de entrar en filas, mientras que otros, que por todo lo demás valían lo mismo que ellos, salvo que se hallaban en buenas condiciones físicas, no estaban. (Tanto da que se rían un poco.)

Durante los cuatro meses que siguieron al día de la victoria en Europa, yo no hacía otra cosa que ir y venir y ocuparme del reclutamiento y ningún día estaba seguro de si al siguiente no recibiría la orden de movilización. Mientras esperaba, las bombas atómicas caían sobre Hiroshima y Nagasaki, y los japoneses se rindieron formalmente el día 2.

El 7 de setiembre de 1945, recibí el aviso de alistamiento. No me gustó nada, por supuesto, pero traté de tomármelo filosóficamente. La guerra había terminado y, fueran cuales fuesen las dificultades que tuviera que *afrontar durante los dos años que esperaba pasar en filas, al menos ninguna de ellas consistiría en que alguien disparase contra mí. Ingresé en el Ejército el 1 de noviembre de 1945, como soldado raso.*

Naturalmente, durante todo el jaleo sobre el reclutamiento, que culminó con el ingreso en filas, no escribí nada. Hubo entonces una interrupción de ocho meses, la más larga en tres años.

El 7 de enero de 1946, no obstante, mientras todavía me debatía con la instrucción militar fundamental en Camp Lee (Virginia) empecé otro relato «robot positrónico», titulado Testimonio. *Utilicé una máquina de escribir de uno de los edificios administrativos.*

Naturalmente, fue un trabajo lento. No terminé el primer borrador hasta el 17 de febrero, y entonces todo quedó interrumpido cuando, aquel mismísimo día, descubrí que figuraba entre los que serían enviados al Pacífico Sur a participar en la «Operación Encrucijada». Fue ésta la primera prueba atómica de la postguerra, en la isla de Bikini (que más tarde dio su nombre a un traje de baño tan breve como para reaccionar sobre el temperamento masculino —en teoría— como una bomba atómica). El hecho de que una semana después recibiera el cheque por la inclusión de Callejón sin salida *en una antología contribuyó muy poco a elevar mi ánimo.*

Partimos el 2 de marzo de 1946, viajando en tren y barco, y llegamos a Honolulú el 15 de marzo. Allí se inició una larga espera antes de que pudiéramos continuar hasta Bikini (la prueba de la bomba atómica se aplazó, por supuesto). Cuando el tiempo se me hizo demasiado largo, reemprendí Testimonio. *Persuadí a un librero comprensivo para que me dejara encerrado en el edificio cuando cerraba para comer, de manera que pudiera disponer de una hora diaria para estar a solas con la máquina de escribir. Terminé el relato el 10 de abril, y al día siguiente lo envié por correo a Campbell. El 29 de abril recibí aviso de que lo habían aceptado. Por aquellas fechas, el precio por palabra había subido a dos centavos.*

Jamás fui a Bikini. En la metrópoli un error administrativo hizo que dejaran de pagarle la subvención a mi esposa. El 28 de mayo me enviaron a casa para indagar qué pasaba. Por la fecha en que llegué a Camp Lee, la confusión se había disipado. No obstante, puesto que ya estaba allí, solicité una «licencia para investigación» alegando que iba a reemprender el trabajo para mi doctorado. Salí del Ejército, con la graduación de cabo, el 26 de julio.

Testimonio fue el único relato que escribí vistiendo el uniforme.

En cuanto estuve fuera del Ejército tomé las medidas necesarias para volver a Columbia, después de una ausencia de algo más de cuatro años, a reanudar mis trabajos para la obtención del diploma, bajo la dirección del profesor Dawson.

En mi mente todavía no cabía la menor duda de que mi carrera era la química. En los cuatro años de matrimonio había escrito nueve relatos de ciencia ficción y una fantasía, y los había vendido todos... aunque todos a Campbell.

Si Unknown había perecido, pensaba, angustiado, Astounding también podía desaparecer. Si ocurría esto, o si Campbell se retiraba, no estaba nada seguro de continuar vendiendo mis producciones.

La situación se presentaba mejor en la postguerra que antes de la contienda, no cabe duda. Durante los cuatro primeros años de mi matrimonio, había ganado, escribiendo, 2.667 dólares, o sea, un promedio de 13 dólares semanales. Esto era aproximadamente el cincuenta por ciento más de lo que había ganado de soltero, a pesar de escribir menos cuentos.

El precio por palabra se había doblado, y aún me quedaba la esperanza de los derechos adicionales, o sea de cobrar dinero por relatos ya vendidos. Callejón sin salida había sido incluido ya en una antología, y el 30 de agosto de 1946, sólo un mes después de haber salido del Ejército, me enteré de que había hecho otra venta similar. Una nueva antología de ciencia ficción, «Aventuras en el tiempo y el espacio», publicada por Raymond J. Healey y J. Francis McComas, incluiría Cae la noche, y yo cobraría por ello 66'50 dólares.

Además, lo de las antologías no fue lo único. Aquel mismo año, el número de setiembre de 1946 de Astounding llegó a los quioscos con Testimonio. (¡Ojalá hubiera sabido yo cuando lo escribía que por la fecha en que se publicase ya estaría fuera del Ejército, y sin contratiempo!) Casi al mismo tiempo, recibí un telegrama preguntándome cuánto quería por llevarla al cine. El caballero interesado resultó ser nada menos que Orson Welles. Con gran entusiasmo, el 20 de setiembre le vendía yo los derechos sobre el relato mencionado para la radio, la televisión y el cine, confiando hacerme famoso (rico no podía hacerme, porque el pago total ascendió únicamente a 250 dólares).

Por desgracia, no ocurrió nada. Hasta la fecha, Welles no ha utilizado nunca mi narración. Aunque el cheque sí fue útil para pagarme los estudios.

Sin embargo, a pesar de todo, todavía parecía incuestionable que pudiera confiar en ganarme ni siquiera el sustento un año de cada dos con mis escritos, y menos ahora que tenía mujer y confiaba, con el tiempo, en tener hijos.

Así pues, otra vez a estudiar, con una pequeña suma en la libreta de ahorros como parachoques, unas subvenciones del Gobierno por mi calidad de ex soldado y, naturalmente, con la esperanza de ganar un dinero suplementario escribiendo.

En setiembre escribí todavía otro cuento «robot positrónico», apresurándome a terminarlo antes de que empezara el semestre de otoño y tuviera que sumergirme en el trabajo. Campbell lo aceptó en seguida y lo publicó en el número de marzo de 1947 de Astounding. Posteriormente, este cuento y Testimonio fueron incluidos en Yo, Robot.

Iniciado el semestre, se me hizo difícil encontrar tiempo para escribir. Hacia finales de 1946 logré empezar otro relato de la serie Fundación; lo titulé Now You See It... Lo terminé el 2 de febrero de 1947 y lo presenté a Campbell el 4. Por aquellas fechas estaba yo bastante harto de Fundación e intenté poner punto final a la serie con Now You See It...

Pero Campbell no lo quiso así. Tuve que revisar el final para que admitiese una continuación, y el día 14 Campbell lo aceptó. Apareció en el número de enero de Astounding y con el tiempo constituyó el primer tercio de mi libro Segunda Fundación

En mayo de 1947 escribí una narración que, por primera vez en más de dos años, no era ni un relato de los de Fundación ni un «robot positrónico». Lo titulé ¡No hay relación! Lo ofrecí a Campbell el 26 de mayo, y lo aceptó el día 31.

5

¡NO HAY RELACION!

Raph era un americano típico de su tiempo. Muy feo, además, juzgado por los raseros americanos de nuestros días. Tenía exageradamente desarrollada la estructura ósea de las mandíbulas, y los músculos estaban a tono con los huesos. Tenía la nariz arqueada y ancha, y los ojos, pequeños, negros y muy separados por la extensión de la antedicha nariz Tenía el cuello grueso, el cuerpo ancho y los dedos espatulados, con fuertes uñas curvadas.

Si se hubiese erguido sobre las recias piernas de pies grandes y bien almohadillados habría llegado casi a los dos metros treinta centímetros. De pie o sentado, su masa se aproximaba al cuarto de tonelada.

Con todo, su frente se elevaba en un arco nada menguado y su capacidad craneal no era escasa. Su manaza enorme movía delicadamente la pluma, y su mente ronroneaba confortablemente en marcha cuando él se inclinaba sobre la mesa de trabajo.

Lo cierto es que su esposa y la mayoría de sus amigos americanos le consideraban un sujeto bien parecido.

Lo cual pone de manifiesto la alquimia de un largo desplazamiento por el eje del tiempo.

Raph hijo era una edición más reducida de nuestro americano típico. Todavía adolescente, no había perdido aún la vellosa barba de la infancia, que se extendía como una negra y muy rizada estera sobre el pecho y la espalda, aunque ya empezaba a clarear y quizá antes de un año nuestro héroe se pusiera ya por primera vez la camisa adulta que cubriría la orgullosa piel desnuda de la edad viril.

Pero en el ínterin llevaba sólo pantalones y, sentado, se rascaba distraídamente un punto favorito situado encima mismo del diafragma. Sentía curiosidad, mezclada con un poco de aburrimiento. No era desagradable ir con su padre al museo cuando había gente. Hoy era día de cierre, sin embargo, y los largos pasillos elevaban un eco solitario cuando los pisaba.

Además, se sabía de memoria todo lo que había en él; casi todo huesos y piedras.

—¿Qué es aquello? —preguntó.

—¿Qué? —Raph levantó la cabeza y miró por encima del hombro. Luego pareció alegrarse—. Ah, es una cosa completamente nueva. Es una reconstrucción del Primate Primitivo. Me lo enviaron los de la Agrupación North River. ¿No es, en verdad, un buen trabajo? —volvió a sumirse en su tarea, a caballo de un momentáneo estremecimiento de placer. El Primate Primitivo no estaría expuesto al público sino hasta dentro de una semana al menos, hasta que le hubiera preparado un sitio honroso, con unos alrededores adecuados; pero, por el momento, lo tenía en su despacho y era su preferido.

Sin embargo, Raph hijo contemplaba el «buen trabajo» con unos sentimientos completamente distintos. Lo que él veía era una figura como de araña, de tamaño aborrecible, con unas piernas y unos brazos delgados, cubierta de pelo y con una cara fea, de fisonomía menuda y con unos ojos grandes y salientes.

—Bueno, ¿qué es, papá? —insistió.

Raph se agitó impaciente.

—Pues, es una criatura que vivió hace millones de años, creemos. Esto es lo que le da el aspecto que tiene.

—¿Por qué? —insistió el joven.

Raph cedió. Por lo visto, tendría que emprender el tema desde sus raíces y dejarlo listo por entero, de una vez.

—Pues en primer lugar, adivinamos cómo eran los músculos, por la forma de los huesos, y vemos los lugares en que encajarían los tendones y por dónde pasarían algunos nervios. Por los dientes, adivinamos el tipo de aparato digestivo que debía tener el animal, y por los huesos de los pies, qué postura podía adoptar. En lo demás, nos regimos por el principio de analogía, es decir, por el aspecto exterior de las criaturas existentes hoy en día que tengan la misma clase de esqueleto. Por ejemplo, por esto lo hemos cubierto de pelo rojo. La mayoría de los primates actuales (son criaturitas insignificantes, prácticamente extinguidas) tienen el pelo rojizo, unas callosidades desnudas en las posaderas... —Raph hijo corrió hacia la parte posterior de la figura y se cercioró de este particular—, poseen largas y carnosas narices, y unas orejas cortas, fruncidas. Son de dieta no especializada; de ahí las piezas dentarias para todo uso, y hacen vida nocturna, lo cual explica el gran tamaño de los ojos. Es muy sencillo, en realidad. ¿Qué? ¿Has quedado satisfecho, jovencito?

Entonces el hijo, después de cavilar sobre ello, dijo en tono despectivo:

—Sin embargo, a mí me parece ni más ni menos que un «eekah». Solamente un «eekah» viejo y feo.

Raph le miró fijamente. Por lo visto, le había pasado algo por alto.

—¿Un eekah? —dijo—. ¿Qué es un eekah? ¿Una criatura imaginaria que te has encontrado en algún libro?

—¡Imaginaria! Oye, papá, ¿es que *nunca* entras en casa del archivero?

He ahí una pregunta embarazosa, porque, ciertamente, «papá» nunca lo veía; o al menos desde que era una persona mayor. De niño, ni que decir tiene, el archivero, como custodio de toda la ficción hablada, escrita y grabada del mundo entero había tenido para él un hechizo indefectible. Pero después había crecido...

—¿Hay algún cuento nuevo sobre eekahs? No recuerdo ninguno de cuando yo era joven.

—No lo entiendes, papá.

Uno casi habría creído que Raph hijo se hallaba al borde mismo de una exasperación que era demasiado cauto para expresar. Con aire ofendido, explicó:

—Los eekahs son seres reales. Vienen del Otro Mundo. ¿No te han hablado de *eso?* A nosotros nos han hablado hasta en la escuela, y en la revista de la agrupación. En su país andan cabeza abajo; sólo que ellos no lo saben, y aquí tienen el mismo aspecto que los Antiguos Primitivos.

Raph reunió sus asombradas facultades. Comprendía la incongruencia de interrogar a su hijo, todavía adolescente, sobre datos arqueológicos, y titubeó un momento. Al fin y al cabo, él había oído hablar de *ciertas* cosas. Habían circulado noticias sobre vastos continentes existentes en el otro hemisferio de la Tierra. Le parecía que había informes sobre la existencia de vida en ellos. Todo quedaba un poco caliginoso... quizá no siempre fuera cuerdo ceñirse tan estrictamente al campo que a uno le interesaba, y nada más.

—¿Se cuentan los eekahs entre las agrupaciones? —le preguntó al muchacho.

Este se apresuró a contestar, con un movimiento afirmativo:

—El archivero dice que saben pensar tan bien como nosotros. Poseen máquinas que cruzan los aires. Así han llegado aquí.

—¡Chico! —reprendió Raph en tono severo.

—No miento —gritó el joven, agraviado—. Pregunta al archivero y verás qué dice *él.*

Raph recogió pausadamente los papeles. Era día de cierre, pero encontraría al archivero en casa, sin duda.

El archivero era un anciano miembro de la Agrupación Gurrow de Río Rojo y pocas personas vivientes podían recordar alguna época en que no lo hubiera sido. Había ocupado el cargo por consenso general, pues era archivero por la misma razón que Raph era celador del museo. Le gustaba serlo, quería serlo y no concebía otra clase de vida.

Es difícil colegir la estructura social de la Agrupación Gurrow, a menos que uno hubiera nacido en ella, aunque poseía una flexibilidad que casi le quitaba todo sentido a la palabra «estructura» El «gurrow» particular cogía cualquier empleo para el que se creyera apto, y todo el trabajo que quedara y fuera preciso hacer, o se realizaba en común, o por turno según un orden determinado por sorteo. Dicho así, parece demasiado sencillo como para que funcionara bien, pero en realidad las tradiciones que se habían acumulado en los cinco mil años desde que, se suponía, se había establecido la primera Agrupación Voluntaria de Gurrows, hacían el sistema complicado, flexible... y eficaz.

El archivero estaba en su casa, como había anunciado Raph. Se desarrolló la embarazosa ceremonia de renovar una relación antigua e injustamente descuidada. Raph había utilizado la biblioteca de referencia del archivero, por supuesto, pero siempre indirectamente... Sin embargo, en otro tiempo fue niño, un apasionado estudiante a los pies del saber acumulado, pero había dejado disipar aquella pasión.

La habitación en que ahora entraba estaba abarrotada de grabaciones y, en menor grado, de material impreso. El archivero intercalaba saludos y excusas.

—Han llegado cargamentos de otras agrupaciones —decía—. Se necesita tiempo para catalogarlos, ya sabe, y parece que ya no sé encontrarlo como solía —encendió la pipa y empezó a chupar vigorosamente—. Creo que tendré que buscarme un ayudante fijo. ¿Qué le parecería su hijo, Raph? Pasa horas y horas aquí, lo mismo que usted veinte años atrás.

—¿Recuerda aquellos tiempos?

—Mejor que usted, creo. ¿Piensa que a su hijo le gustaría?

—Podría hablar usted con él. Es posible que le guste. Puedo decir sinceramente que la arqueología le fascina. —Ralph cogió un disco al azar y miró la etiqueta de identificación—: Hum-m-m... de la Agrupación de Joquin Valley. Está muy lejos de aquí.

—Muy lejos —asintió el archivero—. Yo les envié algunos nuestros, claro está. Los trabajos de nuestra agrupación gozan de gran estima en todo el continente —afirmó con orgullo de propietario—. En realidad —continuó, apuntando la boquilla de la pipa a su interlocutor—, el tratado que usted escribió sobre primates extinguidos ha sido distribuido por todas partes. He enviado dos mil ejemplares y todavía siguen pidiéndolo. Es un éxito considerable... tratándose de arqueología.

—Pues la arqueología es lo que motiva mi presencia aquí... La arqueología y lo que mi hijo me ha dicho que usted le ha contado —a Raph le costaba cierto esfuerzo entrar en materia—. Parece que usted habló de unas criaturas procedentes de los antípodas, llamadas eekahs, y me gustaría que me proporcionara todos los datos que usted posea sobre ellas.

El archivero adquirió una expresión pensativa.

—Bueno, podría contarle aquí mismo lo que recuerdo en este instante, o acaso podríamos ir a la biblioteca a consultar las referencias.

—No se moleste en abrir la biblioteca por mí. Es día de cierre. Basta con que me dé unas nociones sobre el asunto, y buscaré las referencias más tarde.

El archivero mordió la pipa, empujó el sillón contra la pared y desenfocó los ojos pensativamente.

—Bien —dijo—, supongo que la cuestión comienza con el descubrimiento de los continentes del otro lado. Esto ocurrió hace cinco años. ¿Está enterado, quizá?

—Sólo del hecho escueto. Sé que los continentes existen, como lo sabe ya todo el mundo. Recuerdo que una vez especulábamos sobre el brillante campo que representarían para una investigación arqueológica, pero ahí terminó todo.

—Ah, entonces se le pueden contar a usted muchas más cosas. Ya sabe que los nuevos continentes no los descubrimos nosotros directamente. Cinco años atrás, un grupo de seres que no eran «gurrows» llegaron a la Agrupación de Bahía del Este en un aparato que volaba... fundado en unos principios científicos concretos (según descubrimos más tarde) apoyados principalmente en el empuje vertical del aire. Hablaban un lenguaje claramente inteligente y se daban a sí mismos el nombre de eekahs. Los gurrows de la Agrupación de Bahía del Este aprendieron su idioma —muy sencillo, pero lleno de sonidos imposibles de pronunciar— y yo poseo una gramática del mismo, si le interesa...

Raph rehusó con el ademán. El archivero continuó:

—Los gurrows de la agrupación, ayudados por los de la Montaña del Hierro —que, como sabe, se especializan en cosas de acero— construyeron reproducciones de la máquina voladora. Hubo un vuelo sobre el océano... y debo decir que hay varias docenas de volúmenes que hablan de ello, de la máquina voladora y de una ciencia llamada aerodinámica..., nuevas geografías y hasta un nuevo sistema filosófico fundado en la pluralidad de inteligencias. Todos salidos de las agrupaciones de Bahía del Este y de la Montaña del Hierro. Un trabajo notable para haber sido realizado en cinco años nada más, y todo disponible aquí.

—Pero los eekahs... ¿están todavía en la Agrupaciones de Bahía del Este?

—Humm-mm-mm. Estoy seguro. Se negaron a regresar a sus propios continentes. Se dan el nombre de «refugiados políticos».

—¿Politi... *qué?*

—Así se expresan ellos —contestó el archivero—, y ésa es la única traducción que tenemos.

—Bueno, bueno, y ¿por qué refugiados *políticos?* ¿Por qué no refugiados geológicos, o refugiados eróticos? Yo creo que una traducción debería tener sentido.

El archivero se encogió de hombros:

—Le remito a usted a los libros. Ellos sostienen que no son delincuentes. Yo sólo sé lo que le estoy diciendo.

—Bueno, entonces ¿qué figura tienen? ¿Posee algún retrato?

—En la biblioteca.

—¿Leyó mis *Principios de arqueología?*

—Les eché un vistazo.

—¿Recuerda los dibujos del Primate Primitivo?

—Me temo que no.

—Entonces, oiga, vayamos a la biblioteca, de todos modos.

—Pues, claro —refunfuñó el archivero, poniéndose en pie.

El gobernador de la Agrupación Gurrow de Río Rojo ostentaba un cargo que en lo fundamental no difería en nada del de celador del Museo, o del de archivero, o de cualquiera de los otros empleos voluntarios. Esperar una diferencia sería imaginarse una sociedad en la que la aptitud rectora escasea.

En realidad, todos los empleos de una Agrupación Gurrow —en la que la palabra *empleo* designa un trabajo regular cuyos frutos afectan a otras personas aparte del propio trabajador— se dividen en dos clases: una, empleos voluntarios, y otra, empleos involuntarios, o comunitarios. Los de la primera clase son todos iguales. Si a un gurrow le gusta abrir zanjas útiles, hay que respetar su inclinación y honrar su trabajo. Si nadie hace por impulso propio ese trabajo, y se considera que conviene hacerlo, entonces dicha tarea se convierte en un empleo comunitario, y se realiza por turno o por sorteo, según convenga... esto puede resultar molesto, pero es inevitable.

De ahí que el gobernador viviese en una casa no más espaciosa ni lujosa que las demás, no presidiera nunca ninguna mesa, ni tuviera otro título particular que el nombre de su empleo, y que no fuera envidiado, ni odiado, ni adorado.

Le gustaba ordenar el comercio intergrupal, supervisar las finanzas comunes y juzgar los infrecuentes desacuerdos que se producían. Por supuesto, no recibía víveres suplementarios ni privilegios energéticos por desempeñar la tarea que le gustaba.

Por lo tanto, no fue para pedir permiso, sino para ordenar debidamente sus cuentas por lo que Raph se detuvo a visitar al gobernador. El día de cierre no había terminado aún. El gobernador estaba pacíficamente sentado en el sillón que ocupaba después de comer, con el cigarro en los labios y el libro que reservaba para esta ocasión en las manos. Aunque seis hijos y una esposa tuvieran algo de intemporal, hasta ellos ofrecían una especie de aire de sobremesa.

Al entrar, Raph fue objeto de un saludo múltiple, que le hizo llevarse las manos a los oídos, pues si los gobernadorcitos (único título aplicable, digo como autor) tenían algún empleo era el de hacer ruido. Ciertamente, era lo que más les gustaba, y ciertamente también, otros cosechaban la mayoría de los frutos de tal afición, pues los oídos de los propios vocingleros parecían a prueba de estruendos.

El gobernador les impuso silencio.

Raph aceptó un cigarro.

—Tengo intención de dejar la Agrupación por una temporada, Lahr —dijo—. Mi trabajo lo requiere.

—No nos alegrará que se marche, Raph. Confío que no sea para mucho tiempo.

—Espero que no. ¿Qué tenemos en Unidades Comunes?

—Oh, muchísimas cosas para lo que usted se propone, estoy seguro. ¿Adónde piensa irse?

—A la Agrupación de Bahía del Este.

El gobernador movió la cabeza y soltó un pensativo anillo de humo.

—Desgraciadamente, nuestros libros registran un superávit en favor de Bahía del Este (puede comprobarlo, si lo desea), pero las Unidades Comunes de Intercambio se harán cargo del transporte y los gastos necesarios.

—Bien, estupendo. Pero, dígame, ¿qué puesto me corresponde en la nómina de la comunidad?

—Humm-mm-mm, tendré que procurarme las listas. Perdóneme un momento.

Se alejó paseando su pesada humanidad por la habitación y salió al pasillo. Raph hizo una pausa para darle un golpecito al menor de los hijos, que se le echaba encima, gruñendo con fingida ferocidad y luciendo unos dientes deslumbrantes..., negro fardo de piel espesa, con el largo hocico infantil que todavía no se había ensanchado, ni había perdido la forma de sus antepasados animales de medio millón de años de antigüedad.

El gobernador regresó con un grueso volumen y unas

grandes lentes. Abrió el libro cuidadosamente, pasó las páginas hasta que encontró el punto apetecido y deslizó un dedo meticuloso por las columnas, en sentido descendente.

—Queda sólo la cuestión del suministro de agua, Raph —dijo—. Tiene que formar parte de la cuadrilla de conservación esta semana próxima No queda ningún otro servicio durante dos meses al menos.

—Estaré de regreso antes. ¿No hay ninguna posibilidad de que alguien me sustituya en la conservación del agua?

—Humm-mm-mm, alguien encontraré. En todo caso, siempre puedo enviar a mi hijo mayor. Va llegando a la edad de trabajar y debe probarlo todo. A lo mejor le gusta trabajar en la presa.

—¿Sí? Entonces, si le gusta, dígamelo. Puede sustituirme regularmente.

El gobernador sonrió dulcemente.

—No se haga ilusiones, Raph. Si se le ocurre la manera de conseguir que dormir nos beneficie a todos, seguro que lo tomará como ocupación fija. Y, a propósito, ¿por qué se va usted a la Agrupación de Bahía del Este, si no le importa comentarlo?

—Quizá se ría, pero he descubierto que existen unos seres llamados eekahs.

—¿Eekahs? Sí, ya sé —el gobernador señaló con el dedo—. ¡Criaturas de ultramar! ¿No?

—¡Cierto! Pero ahí no acaba todo. Vengo de la biblioteca. He visto reproducciones tridimensionales, Lahr, y son *Primates Primitivos,* o casi. Son primates, primates *inteligentes.* Tienen ojos pequeños, nariz chata y mandíbulas completamente distintas... pero son, al menos, primos segundos nuestros *Tengo* que verlos, Lahr

El gobernador alzó los hombros. Aquello no le despertaba el menor interés.

—¿Por qué? Se lo pregunto por pura ignorancia, Raph. ¿Importa mucho que usted los vea?

—¿Si importa? —evidentemente, la pregunta había asombrado a Raph—. ¿No sabe qué ha ocurrido estos últimos años? ¿No ha leído mi libro de arqueología?

—No —dijo el gobernador resueltamente—. No lo leería ni para ahorrarme un turno en la recogida de basuras.

—Lo cual demuestra, probablemente, que usted sirve más para la recogida de basuras que para la arqueología. Pero no importa. Hace cerca de diez años que lucho en solitario en favor de mi teoría de que el Primate Primitivo era una criatura inteligente, con una civilización bien desarrollada. No tengo de mi parte sino la necesidad lógica, que es lo último que la mayoría de arqueólogos aceptarán jamás. Ellos quieren algo tangible. Exigen los restos de una agrupación, artefactos, estructuras, libros... y otras cosas. Y todo lo que yo puedo ofrecerles es un esqueleto con una gran capacidad craneana. Salvo las estrellas, Lahr, ¿qué esperan que sobreviva en diez millones de años? El metal muere. El papel muere. La película muere.

»Sólo perdura la piedra, Lahr. Y los huesos petrificados. Un cráneo con el hueco para un cerebro. Y algunos utensilios, viejos cuchillos afilados, muelas de pedernal.

—Bien —respondió Lahr—, ahí tiene sus artefactos.

—A eso lo llaman eolitos, piedras erosionadas. Y no lo aceptarán. Los muy idiotas las llaman piedras naturales, que presentan esa forma por causas puramente físicas —sonrió con ferocidad científica—. Pero si los eekahs son primates inteligentes, yo habré demostrado mi teoría.

Raph había viajado otras veces, aunque jamás hacia el este, y la degradación de la agricultura que observaba por el camino le impresionó. En los primeros tiempos de la historia, las Agrupaciones de Gurrows no se habían especializado en absoluto. Cada una se bastaba por sí misma, y el comercio era un gesto amistoso antes que una cuestión de necesidad.

Lo mismo sucedía todavía en muchas agrupaciones. La suya propia, la del Río Rojo, era quizá típica. Unos ochocientos kilómetros tierra adentro, enclavada en un fértil terreno de cultivo, la agricultura continuaba siendo su eje central. El río proporcionaba algo de pesca, y existía una industria láctea bien desarrollada. En realidad, era la exportación de víveres la fuente de la saludable situación de las reservas de Unidades Comunes.

Sin embargo, a medida que se internaban hacia el este, las agrupaciones que encontraba concedían cada vez menos atención al suelo, poco profundo, y mucha más a los humeantes edificios fabriles.

En la Agrupación de Bahía del Este, Raph encontró un centro comercial cuya prosperidad dependía principalmente de los barcos. Era una agrupación más populosa de lo normal, más aglomerada; en ocasiones las casas distaban incluso menos de cien metros una de otra.

Raph sintió un desazonado hormigueo ante la idea de vivir tan apretujado con otros. Los muelles eran peor todavía, con multitud de gurrows dedicados a los numerosos empleos comunitarios de carga y descarga.

El gobernador de esta agrupación era un joven nuevo en su cargo, dominado por el placer que le producía el ejercerlo y emocionado por el gozo de dar la bienvenida a un forastero distinguido.

Raph fue obsequiado con una comida excelente, amenizada con un largo discurso sobre la derivación exacta de cada uno de los platos. Para sus oídos provincianos, ternera de la Agrupación de la Pradera, patatas de la Agrupación de las Tierras del Nordeste, café de la Agrupación del Istmo, vino de la Agrupación del Pacífico y fruta de la Agrupación de los Lagos Centrales eran denominaciones raras, maravillosas.

Saboreando los cigarros —de la Agrupación de Isla del Sur—, abordó el tema de los eekahs. El gobernador de Bahía del Este se mostró solemne y un poco inquieto.

—El hombre a quien necesita ver es Lernin. Le alegrará mucho ayudarle a usted cuanto pueda. ¿Dice usted que sabe algo de los eekahs?

—Digo que *me gustaría* saber algo. Se parecen a una especie animal extinguida con la que estoy muy familiarizado.

—Ah, comprendo, entonces ése es el campo que le interesa.

—Quizá pudiera contarme algunos detalles de su llegada, gobernador —sugirió muy cortésmente Raph

—Entonces yo no era gobernador, amigo mío, y por consiguiente no poseo información de primera mano, pero los registros son claros. Ese grupo de eekahs que llegaron con su máquina voladora... ¿Ha oído hablar de esos ingenios aeronáuticos?

—Sí, sí.

—Sí. Bueno... al parecer eran fugitivos.

—Eso me han dicho. Sin embargo, ellos sostienen que no son criminales. ¿No es así?

—Sí. Muy raro, ¿verdad? Confiesan que les condenaron (lo reconocieron después de un largo y hábil interrogatorio, en cuanto hubimos aprendido su idioma), pero niegan que fuesen malhechores. Al parecer, estuvieron en desacuerdo con su gobernador sobre principios de política.

Raph movió la cabeza con aire de persona enterada:

—Ah, y se negaron a acatar la decisión comunitaria. ¿No es verdad?

—Más desorientador todavía. Insisten en que la decisión no había sido comunitaria. Afirman que la administración había dictado la política por su propio antojo.

—¿Y no la sustituyeron?

—Al parecer, a los que creen que habría que sustituirla los acusan de criminales... como les ocurrió a ellos.

Hubo una franca pausa de incredulidad. Luego Raph preguntó:

—¿Le parece verosímil la versión?

—No, me atengo simplemente a sus palabras. Por supuesto, el idioma eekah es toda una barrera. Algunos sonidos nos resultan imposibles de pronunciar; las palabras tienen significados distintos según el lugar que ocupan en la frase y según pequeñas diferencias de inflexión. Y sucede a menudo que las palabras eekahs, aun en las mejores traducciones, son un perfecto rompecabezas.

—Debieron quedar sorprendidos al encontrar gurrows

aquí —indicó Raph—, si ellos pertenecen a un género diferente.

—¡Sorprendidos! —el gobernador bajó la voz—. ¡Le diré si quedaron sorprendidos! Oiga, esta noticia, por razones obvias, no se hizo pública; por consiguiente, espero que usted recordará que es confidencial. Los tales eekahs mataron a cinco gurrows antes de que pudiéramos desarmarlos. Poseían un instrumento que expulsaba pedazos metálicos a grandes velocidades gracias a una reacción química controlada. Ahora nosotros los hemos copiado. Naturalmente, dadas las circunstancias, no los calificamos de criminales, porque es razonable suponer que no sabían que fuésemos seres inteligentes —sonrió apesadumbrado—. Al parecer somos similares, en figura, a unos animales de su mundo. O al menos así lo dicen.

Pero Raph se había galvanizado por un entusiasmo repentino:

—¡Estrellas del cielo! Dijeron eso, ¿no es verdad? ¿No entraron en detalles? ¿Qué clase de animales?

Había cogido al gobernador por sorpresa.

—Pues, no lo sé. Dicen nombres en su lenguaje. Nos llamaban «osos» gigantes.

—Gigantes, ¿qué?

—Osos. No tengo la menor idea de qué son, excepto que, presumiblemente, se parecen a nosotros. No conozco animales similares en América.

—Osos, osos. —Raph balbuceaba la palabra—. Eso es interesante. Más que interesante. Es estupendo. ¿No sabe, gobernador, que entre nosotros se discute mucho acerca de los antepasados de los gurrows? Unos animales vivientes emparentados con el gurrow sapiens tendrían una enorme importancia —Raph se frotaba las manazas de placer.

El gobernador estaba contento de la sensación que había causado.

—Y lo más asombroso del caso es que se designan a sí mismos por dos nombres —añadió.

—¿Dos nombres?

—Sí. Nadie conoce la distinción todavía, por mucho que los eekahs nos lo expliquen, salvo que uno es un nombre más general y el otro más específico. La base de la diferencia escapa a nuestra comprensión.

—Comprendo. ¿Qué es «eekah»?

—Es... es el específico. El general es... —el gobernador tropezaba ligeramente con las sílabas difíciles— chim-pan-cé. Eso, así es. Hay un grupo que se llaman eekahs y otros grupos que se dan otros nombres. Pero todos ellos se denominan chim... eso que dije antes.

El gobernador hurgaba en su mente en busca de otros datos curiosos de los muy variados que conocía; pero Raph le interrumpió:

—¿Puedo ver a Lernin mañana?

—Por supuesto.

—Entonces, lo veré. Gracias por su amabilidad, gobernador.

Lernin era un individuo ligero, que probablemente no pesaba más de ciento diez kilos. Además, tenía un andar levemente defectuoso, padecía cierta cojera. Pero ninguno de ambos hechos impresionó demasiado a Raph, en cuanto se pusieron a conversar, porque Lernin era un pensador capaz de imponer su vigor a otros.

La primera mitad de la conversación se caracterizó por la vehemencia de Raph y las respuestas y comentarios, luminosos y brillantes como rayos, de Lernin. Pero después se produjo una repentina traslación del centro de gravedad, y fue Lernin el interrogador.

—Usted me perdonará, docto amigo —decía Lernin con una rigidez característica, pero a la que sabía dar un tono muy amistoso—, si su problema me parece poco importante. No —levantó una mano de largos dedos—, no según el poco complicado interloquio de los tiempos, sino simplemente poco importante para mí, porque fijo mi interés en otras cuestiones, aunque también poco importante para la agrupación, para todas las agrupaciones, para todo gurrow individual desde uno a otro extremo del mundo.

He ahí una idea trastornadora. Por un momento, Raph se sintió ofendido; ofendido en lo más profundo de su sentido de individualidad. Y se le notó en el semblante. Lernin se apresuró a añadir:

—Mis palabras acaso suenen descorteses, groseras, poco civilizadas. Pero debo explicarme. Debo hacerlo, porque usted es primordialmente un científico social y lo comprenderá... acaso mejor que nosotros mismos.

—Es el objetivo de mi vida —replicó Raph, enojado— y me importa muchísimo. No puedo conceder la preferencia a los de otros.

—Lo que estoy diciendo debería ser el objetivo de la vida de todos... aunque sólo sea porque puede convertirse en el medio de salvar las vidas de todos nosotros.

Raph empezaba a sospechar toda suerte de posibilidades, desde una forma rara de bromear hasta el desequilibrio mental que sobreviene, a veces, con la edad. Sin embargo, Lernin no era viejo.

Lernin dijo con un fervor impresionante:

—Los eekahs del Otro Mundo son un peligro para nosotros, porque no son amigos nuestros.

Raph replicó muy naturalmente:

—¿Cómo lo sabe?

—Amigo mío, nadie ha vivido en más estrecho contacto que yo con estos eekahs que han llegado aquí, y considero que son gente con un contenido emocional extraño al nuestro. He recogido hechos raros que nos es difícil interpretar, pero que, en todo caso, apuntan hacia distintas direcciones.

»Le enumeraré unos cuantos: Los eekahs de grupos organizados se matan periódicamente unos a otros por motivos oscuros. A los eekahs les resulta imposible vivir de modo distinto al de las hormigas (es decir, en enormes y apretujadas colectividades) y no obstante también les resulta difícil tolerar la presencia de los demás. O, para emplear la terminología de los científicos sociales, son gregarios sin ser sociales, del mismo modo que los gurrows son sociales sin ser gregarios.

Han elaborado códigos de conducta, que, según nos dicen, enseñan a sus pequeños, pero que en la práctica general desobedecen todos, por razones que nosotros no entendemos. Etc., etc., etc.

—Yo soy arqueólogo —dijo, inflexible, Raph— Esos eekahs sólo me interesan en el aspecto biológico. Si puedo averiguar la curvatura de su fémur, me importa muy poco la curva de sus procesos intelectuales. Si puedo seguir la forma del cráneo, me tiene sin cuidado que la forma de su ética nos parezca misteriosa.

—¿No cree que sus demencias puedan afectarnos a nosotros, aquí?

—Estamos distanciados de ellos, por ambos océanos, casi diez mil kilómetros, o más —contestó Raph—. Tenemos nuestro mundo, y ellos tienen el suyo. No hay relación entre nosotros.

—No hay relación —musitó Lernin—. Otros han dicho lo mismo. Sin embargo, los eekahs han llegado aquí, y pueden venir otros detrás. Nos dicen que el Otro Mundo está bajo el dominio de unos pocos, los cuales se ven dominados a su vez por un raro afán de seguridad que confunden con una palabra eekah llamada «poder», la cual parece significar el predominio de la voluntad de uno sobre la suma de voluntades de la comunidad. ¿Qué pasará si ese «poder» se extiende hasta nosotros?

Raph puso su mente a la tarea. El problema era ridículo, completamente ridículo. Parecía imposible imaginarse aquellos extraños conceptos.

Lernin decía:

—Esos eekahs explican que mucho tiempo atrás su mundo y el nuestro estaban muy juntos. Dicen que en su mundo hay una hipótesis científica bien conocida sobre una traslación continental. Esto quizá le interese a usted, porque de otro modo le resultaría difícil reconciliar la existencia de fósiles de Primates Primitivos estrechamente emparentados con eekahs vivientes a diez mil kilómetros de distancia.

Las nieblas se despejaron del cerebro del arqueólogo mientras levantaba la vista con vivo interés, no trastornado por demencias.

—Ah, debería haberme dicho eso antes.

—Lo digo ahora como un ejemplo de lo que puede lograr si se une a nosotros y nos ayuda. Hay otra cosa. Esos eekahs son científicos físicos, como nosotros, pero con una diferencia impuesta por su propia pauta cultural. Como viven en enjambres, piensan en enjambre y su ciencia es fruto de una sociedad hormiguero. Individualmente, son lentos y nada imaginativos; colectivamente, cada uno suministra una migajita distinta de la que aporta su vecino; de modo que levantan una gran estructura con una rapidez asombrosa. Aquí, en cambio, un individuo es muchísimo más inteligente, pero trabaja solo. Usted, por ejemplo, no sabe nada de química, imagino.

—Unas cuantas cosas fundamentales, pero nada más —admitió Raph—. Eso lo dejo para el químico.

—Sí, naturalmente. Yo *sí soy* químico. No obstante, esos eekahs, aunque inferiores a mí mentalmente, y sin ser químicos en su propio mundo, saben más química que yo. Por ejemplo, ¿sabía usted que existen elementos que se desintegran espontáneamente?

—Imposible —estalló Raph—. Los elementos son eternos, inalterables...

Lernin se puso a reír.

—Así se lo enseñaron a usted. Así me lo enseñaron a mí. Así lo enseñé yo a otros. Sin embargo, los eekahs tienen razón, porque lo he comprobado, y tienen razón en todos los detalles. El uranio da origen a una radiación espontánea. Habrá oído hablar del uranio, por supuesto... Más aún, he descubierto radiaciones de energía aparte de las producidas por el uranio, que deben de tener su origen en vestigios desconocidos por nosotros, pero que los eekahs conocen. Y estos elementos que faltan encajan bien en las llamadas tablas periódicas que algunos químicos han tratado de introducir en la ciencia. Aunque hago mal utilizando ahora la palabra «introducir».

—Bueno —dijo Raph—, ¿por qué me cuenta eso? ¿Me ayudará también a resolver mi problema?

—Acaso encuentre —respondió irónicamente Lernin— un soborno regio. Vea usted, la producción de energía del uranio es constante, por completo. Ningún cambio del medio externo puede afectarla, y como consecuencia de la pérdida de energía, el uranio se convierte poco a poco en plomo, *a un ritmo absolutamente constante.* Ya en estos momentos un grupo de científicos nuestros utiliza este fenómeno como base de un método para determinar la edad de la Tierra. Vea usted, siendo así, para determinar la edad de un estrato de roca no se necesita más que descubrir un sector de dicha roca que contenga vestigios de uranio (que es un elemento muy extendido) y determinar la cantidad de plomo (y aquí puedo añadir que el plomo procedente del uranio difiere del plomo ordinario y se caracteriza fácilmente) y entonces es muy sencillo determinar el período de tiempo que aquel estrato lleva en estado sólido. Por supuesto, si se encuentra un fósil en dicho estrato, será de la misma época. ¿Me explico?

—¡Estrellas del cielo! —Raph se puso en pie, temblando—. ¿No me engaña? ¿Es verdaderamente posible hacer eso?

—Es posible. Hasta es fácil. Le diré que nuestra gran defensa, incluso en estas avanzadas fechas, consiste en que colaboremos para la ciencia. Ahora formamos una sociedad, amigo mío, de muchas, muchísimas agrupaciones, y queremos que usted se nos una. Si lo hace, será muy sencillo extender nuestro plan de investigación de edad a las regiones que indique; regiones ricas en fósiles. ¿Qué dice a ello?

—Les ayudaré.

Es dudoso que las agrupaciones gurrows hubiesen sido nunca testigos de una empresa comunitaria de la amplitud de la presente. La Agrupación de Bahía del

Este, como hemos advertido antes, era un centro de embarque, y, en verdad, un buque transatlántico no quedaba fuera de las posibilidades de una agrupación que comerciaba con todas las latitudes de ambas costas de las Américas. Lo inusitado *era* la amplitud de la cooperación de gurrows de muchas agrupaciones, gurrows de muy distintas inclinaciones.

No es que todos fueran felices.

Raph, por ejemplo, en la mañana concreta que nos ocupa, a seis meses de la fecha de su llegada a Bahía del Este, andaba buscando ansiosamente a Lernin.

Este, por su parte, no buscaba otra cosa que una mayor rapidez.

Se encontraron en los muelles; y Lernin, mordiendo la punta de un cigarro puro y caminando hacia un sector donde estaba permitido fumar, dijo:

—Usted, amigo mío, parece preocupado. ¿No será, en verdad, por los progresos de nuestro buque oceánico?

—Estoy preocupado —contestó gravemente Raph— por los informes que he recibido de la expedición que investiga la edad de las rocas.

—¡Ah...! ¿Y eso le pone triste?

—¡Triste! —estalló Raph—. ¿Los ha visto?

—He recibido una copia. Y hasta he leído algunos trozos. Pero dispongo de poco tiempo, y la mayor parte me lo salté. ¿Quiere hacer el favor de ilustrarme?

—Desde luego. Durante los tres últimos meses, se han investigado tres de las regiones que indiqué como ricas en fósiles. La primera se encontraba en el sector de la propia Agrupación de Bahía del Este. Otra, en el de la Agrupación de Bahía del Pacífico, y la tercera en la de los Lagos Centrales. Pedí con toda intención que éstas fuesen las primeras porque son los sectores más ricos y porque están muy distantes unos de otro. ¿Sabe, por ejemplo, la edad que, según me dicen, tienen las rocas que pisamos en estos momentos?

—Creo que dos mil millones de años es la fecha más antigua que he visto.

—Sí, ésa es la cifra para las rocas más antiguas,

para las capas ígneas profundas de basalto. En cambio, las capas superiores, los estratos sedimentarios recientes, que contienen docenas de fósiles del Primate Primitivo, ¿qué antigüedad cree que les atribuyen a éstas? ¡¡Quinientos billones de años!! ¿Cómo es posible? ¿Lo entiende?

—¿Billones? —Lernin miró de soslayo hacia el techo—. Es raro.

—Añadiré algo más. La Agrupación de la Costa del Pacífico tiene cien billones de años de antigüedad (según me dicen) y la de los Lagos Centrales, casi ochenta billones.

—¿Y las otras mediciones? —inquirió Lernin—. ¿Las que no afectaban a esos estratos de usted?

—He ahí lo más peculiar de todo. La mayoría de investigaciones que se realizaron fueron llevadas a cabo en estratos no particularmente fosilíferos. Se guiaban por sus propios criterios de elección, fundados en razonamientos geológicos (y lograron resultados consistentes), y hallaron de un millón a dos mil millones de años, dependiendo de la profundidad y de la historia geológica particular de la región puesta a prueba. Sólo *mis* sectores dan estos resultados fantásticos, imposibles.

—Pero ¿qué dicen de todo esto los geólogos? —preguntó Lernin—. ¿No puede haber algún error?

—Indudablemente. Pero han realizado cincuenta mediciones bien hechas, razonables. Han probado el método por sí mismos, y están contentos. Hay tres anomalías, no cabe duda, pero las contemplan con ojo ecuánime como originadas por factores desconocidos. Yo no lo veo de este modo. En estas tres mediciones está el secreto —Raph se interrumpió, embravecido—. ¿Hasta qué punto está usted seguro de que la radiactividad sea una constante absoluta?

—¿Seguro? ¿Se puede estar alguna vez seguro de algo? Nada de lo que sabemos hasta la fecha afecta al caso, y tal es igualmente el testimonio concreto de nuestros eekahs. Además, amigo mío, si quiere usted insinuar que la radiactividad fue más intensa en el pasado que en el presente, ¿por qué sólo sería así en las regiones ricas en fósiles que usted señaló? ¿Por qué no en todas partes?

—Efectivamente, ¿por qué no? He ahí otro aspecto de un problema que cobra importancia día tras día. Medítelo. Tenemos regiones que manifiestan una radiactividad pretérita anormal, y regiones con una riqueza en fósiles anormal. ¿Por qué han de coincidir esas zonas, Lernin?

—Surge una respuesta insoslayable, por sí misma, amigo mío Si su Primate Primitivo existía en una época en que ciertas regiones poseían una radiactividad elevada, ciertos individuos penetraron en ella y murieron. Las radiaciones radiactivas son terriblemente mortíferas, por supuesto. Radiactividad y fósiles, ahí lo tiene usted.

—¿Y por qué no otras criaturas? —interrogó Raph—. Sólo se hallan en exceso Primates Primitivos, y eran seres inteligentes. No se dejarían coger en la trampa de una radiación peligrosa.

—Quizá no fueran inteligentes. Al fin y al cabo, su inteligencia no es más que una teoría sentada por usted, y no un hecho demostrado.

—Ciertamente; pero, en todo caso, poseían una inteligencia superior a sus contemporáneos; animales de cerebro pequeño.

—Quizá ni eso. Usted lo presenta todo muy novelesco.

—Es posible —Raph hablaba en un susurro—. Creo que puedo conjurar visiones de una gran civilización de hace un millón de años... o más antigua aún. Una gran potencia; una gran inteligencia... que se ha desvanecido por completo, salvo por los leves susurros de unos huesos petrificados que conservan la enorme cavidad ocupada en otro tiempo por el cerebro, y una mano huesuda, con cinco dedos, curvada en leves signos de habilidad manipuladora... con un pulgar oponible. *Debieron* ser inteligentes.

—Entonces, ¿qué los mató? —objetó Lernin, encogiéndose de hombros—. Varios millones de especies han sobrevivido.

Raph levantó la vista, algo colérico.

—No puedo acompañar a su grupo, Lernin, bajo la etiqueta de voluntario. Ir al Otro Mundo podría ser útil, es cierto, si pudiese dedicarme a mis propios estudios. Si he de dedicarme a lo que usted quiera, para mí sólo puede ser un trabajo comunitario. No puedo poner mi alma en él.

Pero la mandíbula de Lernin tenía un gesto enérgico.

—Tal solución no sería equitativa. Somos muchos, amigo mío, los que en este caso sacrificamos nuestras propias inclinaciones. Si todos pusiéramos en primer lugar nuestras preferencias y cada uno investigara el Otro Mundo según sus apetencias particulares solamente, no realizaríamos el gran objetivo que nos guía. No podemos prescindir ni de uno solo de nuestros hombres. Hemos de trabajar todos como si nuestras vidas dependieran de la solución de este problema de los eekahs, porque, créame, sí dependen.

Las mandíbulas de Raph se torcieron en un gesto de disgusto.

—Por parte de ustedes, hay cierta aprensión hacia esas criaturillas débiles, estúpidas. Por mi parte, existe un problema concreto que tiene un tremendo atractivo para mí. Y entre ambas cosas no veo ninguna relación posible, en absoluto.

—Tampoco yo. Pero escúcheme un momento. Un grupito de hombres nuestros, de los de mayor confianza, regresaron la semana pasada de una visita al Otro Mundo. No era, como lo será la nuestra, una visita oficial. No establecieron ningún contacto. Fue una franca maniobra de espionaje, de la que le doy cuenta ahora. Y le pido reserva sobre este particular.

—Naturalmente.

—Nuestros hombres se procuraron hojas eekah de acontecimientos.

—¿Decía usted...?

—Es un nombre creado para designar aquellas cosas. En varios centros de población eekah salen diariamente hojas impresas con los acontecimientos y sucesos del día, además de eso que llaman creaciones literarias.

La noticia despertó inmediatamente el interés de Raph.

—Se me antoja una idea excelente.

—Sí, en esencia lo es. No obstante, parece que los eekahs sólo encuentran interesantes los sucesos antisociales. Sin embargo, dejémoslo así. Lo que quiero decirle es que la existencia de las Américas es sobradamente conocida por allá, en la actualidad; y que todo el mundo habla de ellas como de un «país nuevo lleno de oportunidades». Las diversas agrupaciones independientes de eekahs lo miran con un deseo generalizado. Eekahs hay muchos; están abarrotados; tienen una economía irracional. Necesitan tierras nuevas, y esto es lo que son las nuestras para ellos: tierras nuevas y deshabitadas.

—Deshabitadas, no —señaló mansamente Raph.

—Para ellos, sí —insistió Lernin con voz de trueno—. He ahí el gran peligro. Para ellos, las tierras donde viven gurrows están deshabitadas, y se disponen a ocuparlas, tanto más cuanto que sus diversos grupos han luchado con frecuencia entre sí para quitarse las tierras unos a otros.

Raph encogió los hombros.

—Aun así, son...

—Sí. Son débiles y tontos. Ya lo dijo antes, y es cierto. Pero sólo individualmente. Saben unirse para un objetivo. No cabe duda, vuelven a separarse cuando han conseguido su propósito; pero, momentáneamente, se unen y se vuelven fuertes, cosa que quizá nosotros no sepamos hacer... y usted mismo sirve de ejemplo. Además, poseen armas de guerra perfeccionadas en el ardor de los combates. Sus máquinas voladoras, por ejemplo, son unas armas de guerra formidables.

—Pero si las hemos copiado...

—¿En gran cantidad? También hemos copiado sus

explosivos químicos, pero sólo en el laboratorio, y sus tubos disparadores y sus vehículos acorazados, aunque sólo en talleres experimentales. Y todavía hay más... una cosa que han inventado en estos últimos cinco años, pues nuestros propios eekahs no saben nada de ella.

—¿Y qué es?

—No lo sabemos. Sus hojas de acontecimientos hablan de ella (los nombres que le dan no significan nada para nosotros), pero el contexto deja entender que es algo terrorífico; hasta se lo parece a los mismos eekahs, siempre tan sedientos de matanzas. Parece que no existen pruebas de que la hayan usado todavía, ni de que todos los grupos de eekahs la posean... pero la utilizan como la amenaza suprema. Acaso lo vea usted todo más claro cuando le presentemos todas las pruebas, una vez emprendido el viaje.

—Pero ¿qué es? Usted lo menciona como si se tratara de aparecidos.

—Pues mire, *ellos* también hablan de esa cosa como de un espectro. Pero ¿qué podría ser un espectro para un eekah? He ahí la parte más horripilante de la cuestión. Hasta el momento sólo sabemos que implica el bombardeo de un elemento al que llaman plutonio (del cual no sabemos nada, como tampoco lo saben nuestros propios eekahs) con unos objetos llamados neutrones, que nuestros eekahs dicen que son partículas subatómicas, sin carga eléctrica, lo cual nos parece completamente risible.

—¿Y eso es todo?

—Todo. ¿Quiere abstenerse de emitir juicio hasta que le hayamos enseñado las hojas?

Raph movió la cabeza asintiendo, aunque con renuencia.

—Muy bien.

Los pesados pensamientos de Raph giraban dentro de las ranuras que se habían abierto con el tiempo, mientras permanecía allí solo.

Eekahs y Primates Primitivos. Unas criaturas vivientes de costumbres estrambóticas, y unas criaturas muertas que debieron aspirar a escalar altas cumbres. Un presente sórdido de explosivos y bombardeos neutrónicos, junto con un pasado glorioso, misterioso...

¡No hay relación! ¡No hay relación!

En junio de 1947 había trabajado ya en mis investigaciones para el doctorado con una entrega total (ya no trabajaba en la pastelería; mi hermano menor, Stanley, me había sustituido) casi un año entero. Estaba en la fase de trabajo personal y empezaba a pensar en escribir la tesina. Lo cual más bien me daba miedo, porque estas disertaciones parecen reclamar un estilo ampuloso en extremo, y yo llevaba ya nueve años procurando escribir bien, por lo cual temía que, simplemente, no sería capaz de hacerlo lo bastante mal como para que me concedieran el diploma.

Los experimentos que realizaba a la sazón exigían que, periódicamente, disolviera en agua un compuesto llamado catecol. El catecol existía en agujas finas, plumosas, fofas, que se disolvían en agua con gran facilidad. En realidad, cuando espolvoreaba catecol en el vaso de laboratorio, las agujas separadas se disolvían apenas tocar la superficie del líquido. Distraídamente, se me ocurrió que si el catecol hubiera sido todavía un poco más soluble, ya se habría disuelto antes de tocar la superficie.

Naturalmente, pronto se me ocurrió que el hecho podía servirme de base para un relato divertido. No obstante, se me ocurrió que en lugar de escribir un verdadero cuento fundado en esa idea, podía redactar un falso documento de investigación del tema, con lo cual me iniciaría un poco en el estilo confuso y ampuloso.

Realicé esta tarea el 8 de junio de 1947, y hasta le di a mi narración el título largo y enrevesado que los documentos de investigación suelen tener tan frecuentemente —Las propiedades endocrónicas de la tiotimolina resublimada— *y lo acompañé de tablas, gráficos y pretendidas referencias a periódicos inexistentes.*

No estaba muy seguro de que la Tiotimolina *fuese materia publicable (de nada serviría utilizar el título completo cada vez). Sin embargo,* Astounding *publicaba artículos serios sobre temas que interesasen especialmente a los lectores de ciencia ficción, y se me ocurrió la posibilidad de que a Campbell le interesase un artículo humorístico que bordease la frontera de la ciencia ficción.*

Por consiguiente, se lo llevé el día 10, y él lo aceptó casi al momento.

6

LAS PROPIEDADES ENDOCRONICAS DE LA TIOTIMOLINA RESUBLIMADA

La correlación de la estructura de moléculas orgánicas y sus diversas propiedades físicas y químicas ha proporcionado en los últimos años una visión íntima acrecentada del mecanismo de las reacciones orgánicas, sobre todo en las teorías de la resonancia y la mesomería, según se han desarrollado en el último decenio. La solubilidad de los compuestos orgánicos en variados disolventes ha adquirido un interés particular a este respecto a través del descubrimiento reciente de la naturaleza endocrónica de la tiotimolina.

Se sabe desde tiempos muy antiguos que la solubilidad de los compuestos orgánicos en disolventes polares tales como el agua queda acrecentada por la presencia en los núcleos hidrocarbonados de radicales hidrófilos, es decir, de grupos sedientos de agua, tales como los grupos hidroxilo (—OH), amino (—NH_2), o ácido sulfónico (SO_3H). En los casos en que las características físicas de dos compuestos dados —particularmente el grado de subdivisión del material— sean iguales, el tiempo de disolución —expresado en segundos por gramo de material y milímetro de disolvente— disminuye con el número de grupos hidrófilos presentes. El catecol, por ejemplo, con dos grupos hidroxilo en el grupo bencénico, se disuelve muchísimo antes que el fenol, que tiene un solo grupo hidroxilo en el núcleo. Feinschreiber y Hravlek, en sus estudios sobre el tema, han sostenido que al aumentar el hidrofilismo el tiempo de disolución tiende a cero. El hecho de que este análisis no es absolutamente correcto se puso de manifiesto cuando se descubrió que la tiotimolina compuesta se disuelve en agua (en la proporción de un gramo por mil) en *menos* un segundo doce décimas. Es decir, se disuelve *antes* de que se haya añadido el agua.

Anteriores comunicaciones de los mencionados laboratorios indicaban que la tiotimolina contenía al menos cuatro grupos hidroxilo, dos grupos amínicos y uno de ácido sulfónico. La presencia de un radical nitrosilo ($—NO_2$) por añadidura no ha sido confirmada, y todavía no existe ninguna prueba relativa a la naturaleza del núcleo hidrocarbonado, aunque parece segura la presencia de una estructura al menos parcialmente aromática.

El endocronómetro.—Los primeros intentos por medir cuantitativamente el tiempo de solución de la tiotimolina toparon con dificultades considerables debido a la propia naturaleza negativa de la estimación. El hecho de que el producto químico se disolviera antes de la adición de agua, hacía que el paso lógico y natural siguiente fuera el de retirar el agua después de producirse la disolución y antes de la adición. Lo cual, afortunadamente para la ley de conservación de la masa-energía, no ocurrió jamás, puesto que la disolución nunca se producía si después no había de verificarse la adición de agua. Por supuesto, con ello surge inmediatamente la cuestión de cómo podía «saber» por adelantado la tiotimolina si el agua le será añadida luego o no. Aunque esto no queda propiamente dentro de nuestra jurisdicción como químico-físicos, se han publicado muy recientemente, durante el último año, estudios sobre los problemas psicológicos y filosóficos que el caso plantea.

A pesar de todo, las dificultades químicas implicadas se fundan en el hecho de que el tiempo de disolución varía enormemente con el estado mental preciso del experimentador. Un período de titubeo, aunque levísimo, en la adición del agua reduce el tiempo negativo de la disolución, y no es infrecuente que lo deje por debajo de los límites de detección. Para evitarlo, se ha construido un ingenio mecánico, del diseño esencial del cual ya hemos hablado en un documento anterior (6). Este ingenio, denominado endocronómetro, consiste en una celdilla de dos centímetros cúbicos de tamaño dentro de la cual se coloca el peso deseado de tiotimolina, asegurándose de que se llene una pequeña extensión del fondo de la celdilla de disolución, de un milímetro de diámetro interno. A la celdilla se le acopla una micropipeta de presión automática que contenga un volumen específico del disolvente en cuestión. Cinco segundos después de haber cerrado el circuito, este disolvente se vierte automáticamente dentro de la celda donde se halla la tiotimolina. Durante el tiempo de acción, se enfoca un rayo de luz sobre la pequeña extensión celular descrita más arriba, y en el instante de la disolución, la transmisión de esta luz ya no quedará obstaculizada por la presencia de la tiotimolina sólida. Tanto el instante de la disolución —en cuyo momento la transmisión de la luz queda registrada por un dispositivo fotoeléctrico— como el instante de la adición de disolvente se pueden determinar con una exactitud de más de un 0,01 %. Si se resta el primer valor del segundo, se puede determinar el tiempo (t) de disolución.

El proceso completo se verifica en un termostato mantenido a 25,00 °C... con una exactitud de 0,01 °C.

Pureza de la tiotimolina.—La extraordinaria sensibilidad de este método ilumina poderosamente las desviaciones resultantes de impurezas minúsculas existentes en la tiotimolina. (Como no se ha ideado ningún método de síntesis de laboratorio, sólo se puede obtener prácticamente a través de un prolongado y tedioso aislamiento de su fuente natural, la corteza del arbusto *Rosacea karlsbadensis rufo.*) Por consiguiente, se han llevado a cabo grandes esfuerzos por purificar la sustancia a través de repetidas recristalizaciones por medio de la conductividad del agua (bidestilada en un aparato de estaño puro) y mediante sublimaciones finales. Una comparación de los tiempos de disolución (T) en varias fases del proceso de purificación se exhibe en la tabla I.

Es obvio, según muestra la tabla I, que para una medición auténticamente cuantitativa, hay que emplear tiotimolina pura como la descrita. Después de la segunda resublimación, por ejemplo, el error incurrido en hasta una docena de determinaciones ha sido inferior a un 0,7 %, siendo los valores extremos de —1,119 segundos a —1,126 segundos.

En todos los experimentos descritos a continuación, se ha utilizado tiotimolina purificada en este grado.

TABLA I

(12 observaciones)

Estado de purificación	«T» medio	«T» extremos	% de error
Ya aislado	—0,72	—0,25; —1,01	34,1
Primera recristalización	—0,95	—0,84; —1,09	9,8
Segunda recristalización	—1,05	—0,99; —1,10	4
Tercera recristalización	—1,11	—1,08; —1,13	1,8
Cuarta recristalización	—1,12	—1,10; —1,13	1,7
Primera resublimación	—1,12	—1,11; —1,13	0,9
Segunda resublimación	—1,122	—1,12; —1,13	0,7

Tiempo de disolución y volumen de disolvente.— Como parecería razonable, los experimentos han demostrado que el volumen creciente de disolvente permite que la tiotimolina se disuelva con mayor rapidez, es decir, con un tiempo crecientemente negativo de disolución. Por la figura 1 podemos ver, sin embargo, que este aumento de las propiedades endocrónicas se nivela rápidamente con un volumen de disolvente de 1,25 ml. aproximadamente. Este interesante efecto en meseta ha aparecido con variables volúmenes de disolventes utilizados en estos laboratorios, lo mismo que en todos los casos el tiempo de disolución tiende a cero con un volumen creciente de disolvente.

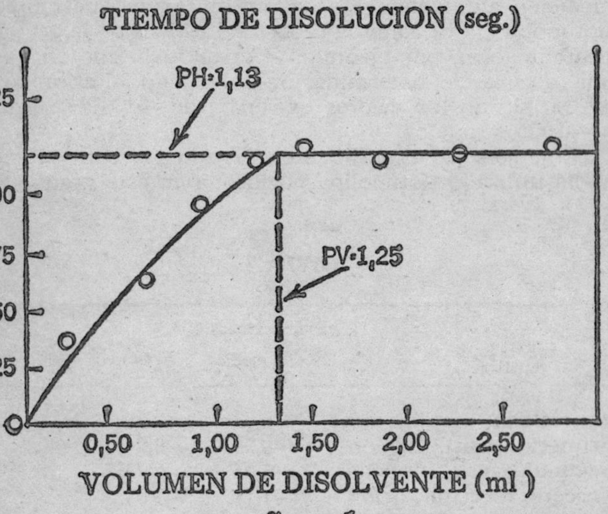

figura 1

Tiempo de disolución y concentración de un ion dado.—En la figura 2 se dan los resultados del efecto del tiempo de disolución (T) variando el volumen de disolvente, en el que el disolvente consiste en concentraciones variables de disolución de cloruro sódico. Puede verse que, si bien en cada caso el volumen que alcanza esta meseta difiere notablemente con la concentración, las alturas de la meseta son constantes (es decir: —1,13). El volumen al que se alcanza, que en lo sucesivo denominaremos Volumen Meseta (VM) disminuye con el descenso de la concentración del cloruro sódico, acercándose al VM para el agua a medida que la concentración de NaCE tiende a cero. Es obvio, por consiguiente, que una disolución de cloruro sódico de concentración desconocida puede caracterizarse con toda exactitud por la determinación de su VM, si no hay ni vestigio de otras sales.

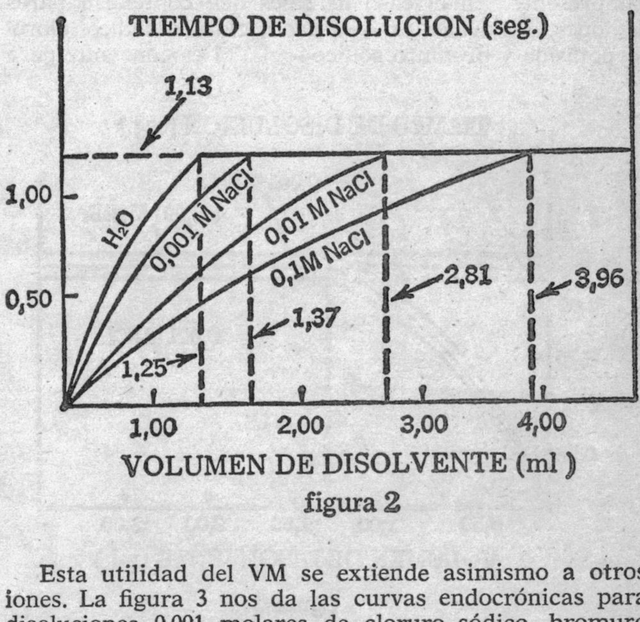

figura 2

Esta utilidad del VM se extiende asimismo a otros iones. La figura 3 nos da las curvas endocrónicas para disoluciones 0,001 molares de cloruro sódico, bromuro sódico y cloruro potásico.

El VM es igual en cada caso, dentro de los límites de error experimental —puesto que las concentraciones son iguales en todos los casos—, aunque las Alturas de Meseta (AM) *son* diferentes.

Una conclusión de tanteo a la que se puede llegar a través de estos datos experimentales es la de que las AM son características de la naturaleza de los iones presentes en la disolución, mientras que el VM es característico de la concentración de estos iones. La tabla II da los valores de Altura de Meseta y Volumen de Meseta para una gran variedad de sales en idénticas concentraciones, si se presentan solas.

La variación más interesante que hay que observar en la tabla II es la del VM con la valencia tipo de la sal presente. En el caso de sales que contengan pares de iones monovalentes —es decir, cloruro sódico, cloruro potásico y bromuro sódico— el VM es constante para

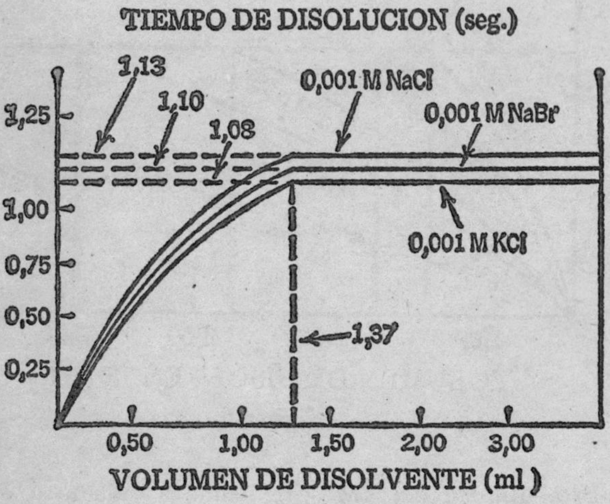

figura 3

todos. Lo cual vale también para aquellas sales que contienen un ion con una sola carga y otro ion con dos cargas —o sea, sulfato sódico, cloruro cálcico y cloruro magnésico— en la que el VM, aunque igual en los tres, varía notablemente del de los del primer grupo. Por consiguiente, el VM parece ser función de la energía iónica de la disolución.

Este efecto se produce también en relación con la Altura de la Meseta, aunque con menor regularidad. En el caso de iones de una sola carga, como en el de las tres sales anotadas en la tabla II, la AM se acerca muchísimo a la del agua misma. Desciende considerablemente donde haya iones con doble carga, tales como el sulfato o el calcio. Y cuando están presentes los iones fosfato o férrico, con triple carga, el valor desciende a un cuarto nada más del que tenía en el agua.

TABLA II

Disolvente (disoluciones salinas en concentración 0,001 M)	Altura de Meseta (AM) segundos	Volumen de Meseta (VM) mililitros
Agua	—1,13	1,25
Disolución de cloruro sódico	—1,13	1,37
Disolución de bromuro sódico	—1,10	1,37
Disolución de cloruro potásico	—1,08	1,37
Disolución de sulfato sódico	—0,72	1,59
Disolución de cloruro cálcico	—0,96	1,59
Disolución de cloruro magnésico	—0,85	1,59
Disolución de sulfato cálcico	—0,61	1,72
Disolución de fosfato sódico	—0,32	1,97
Disolución de cloruro férrico	—0,29	1,99

Tiempo de disolución y mezcla de iones.—Los experimentos actualmente en marcha en estos laboratorios se interesan por la cuestión, extremadamente importante, de la variación de las propiedades endocrónicas de la tiotimolina en presencia de mezclas de iones. El estado de nuestros conocimientos en la actualidad no autoriza conclusiones muy generales, pero hasta nuestro trabajo preliminar hace concebir esperanzas sobre el desarrollo futuro de los métodos endocrónicos de análisis. Así, en la figura 4, tenemos la curva endocrónica tratándose de un disolvente constituido por una mezcla 0,001 M de cloruro sódico y 0,001 M de cloruro férrico en disolución. En este caso, pueden observarse dos rápidos cambios de pendiente: el primero en un tiempo

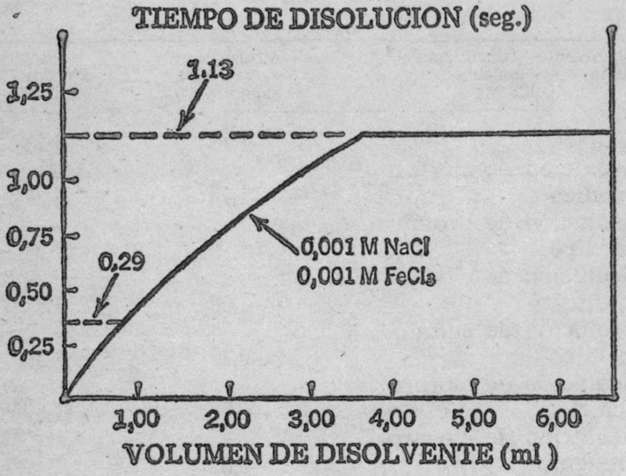

figura 4

de disolución de —0,29, y el segundo en un tiempo de —1,13, que constituyen las AM características del cloruro férrico y el cloruro sódico respectivamente. (Véase tabla II.) La AM de una determinada sal parecería, pues, no afectada por la presencia de otras sales.

Sin embargo, éste no es el caso, definitivamente, para el VM, y es hacia la elucidación cuantitativa de la variación del VM con impurezas en el disolvente hacia donde dirigimos ahora nuestros mayores esfuerzos.

Sumario.—Las investigaciones de las cualidades endocrónicas de la tiotimolina han demostrado que:

a) Para obtener resultados cuantitativos es necesaria una cuidadosa purificación del material.

b) El aumento del volumen de disolvente origina un aumento del tiempo negativo de disolución hasta un valor constante conocido por Altura de Meseta (AM) en un volumen de disolvente conocido como Volumen de Meseta (VM).

c) El valor de la AM es característico de la naturaleza de los iones presentes en el disolvente, variando con la energía iónica de la disolución, y no variando con la adición de otros iones.

d) El valor del VM es característico de la concentración de los iones presentes en el disolvente, siendo constante para diferentes iones en disolución de igual energía iónica, pero variando notablemente con la mezcla de segundas variedades de iones.

Como resultado de todo ello se sugiere que los métodos endocrónicos ofrecen un medio de análisis rápido —2 minutos o menos— y exacto —dentro de un 0,1 % por lo menos— de sustancias inorgánicas solubles en agua.

BIBLIOGRAFIA

1. P. Krum y L. Eshkin. *Journal of Chemical Solubilities, 27*, 109-114 (1944). «Referente a la solubilidad anómala de la tiotimolina.»
2. E. J. Feinshreiber y Y. Hravlek. *Journal of Chemical Solubilities, 22*, 57-68 (1939). «Velocidades de disolución y grupos hidrófilos.»
3. P. Krum, L. Eshkin y O. Nile. *Annals of Synthetic Chemistry, 115*. 1.122-1.145; 1.208-1.215 (1945). «Estructura de la tiotimolina, Partes I y II.»
4. G. H. Freudler. *Journal of Psychochemistry, 2*, 476-488 (1945). «Iniciativa y determinación: ¿influye en

ellas la dieta? Según los experimentos de solubilidad de la tiotimolina.»
5. E. Harley-Short. *Philosophical Proceedings and Reviews, 15,* 125-197 (1946). «Determinismo y libre albedrío. Aplicación de la solubilidad de la tiotimolina al marxismo dialéctico.»
6. P. Krum. *Journal of Chemical Solubilities, 29,* 818-819 (1946). «Un dispositivo para la medición cuantitativa de la velocidad de disolución de la tiotimolina.»
7. A. Roundin, B. Lev y Y. J. Prutt. *Proceedings of the Society of Plant Chemistry, 80,* 11-18 (1930). «Productos naturales aislados de arbustos del género *Rosacea.*»
8. Tiotimolin kak Ispitatel Markssiiskoy dilektiki. B. Kreschiatika. *Journal' Nauki i Sovetskoy Ticorii.* Volumen 11, número 3.
9. Philossophia Neopredelennosti i Tiotimolin, Molvinski Pogost i Z. Brikalo. *Mir i Kultura.* Vol. 2, núm. 31.

Cuando Campbell aceptó este trabajo, puse una cautelosa condición. Sabía que se publicaría en primavera y sabía que en primavera tendría yo los «exámenes orales»... la última barrera en el camino hacia mi título de doctor. Y no quería que ningún austero miembro de la junta de examen decidiese que me burlaba de las investigaciones químicas y se sintiera lo bastante ofendido como para votar contra mí, fundándose en que no poseía un temperamento adecuado para el alto honor del doctorado. Por ello le pedí a Campbell que lo publicara bajo seudónimo.

Cuando la revista, con mi artículo, llegó por fin a los quioscos, a mediados de febrero de 1948, me asusté al ver que Campbell había olvidado por completo lo del seudónimo. El artículo se publicó con mi nombre, y al cabo de tres meses debía someterme a los exámenes orales. Mi nerviosismo fue en aumento cuando empezaron a circular por el departamento de química, casi de repente, varios ejemplares de la revista.

El 20 de mayo de 1948 tuve el examen oral. El tri-

bunal examinador había visto el artículo. Después de una hora y veinte minutos de tormento, la última pregunta (me la hizo el profesor Ralph S. Halford) fue: «Señor Asimov, cuéntenos algo de las propiedades termodinámicas del compuesto tiotimolina.»

Yo estallé en una carcajada histérica de puro alivio, porque se me antojó al momento que si se hubieran dispuesto a darme calabazas no se habrían divertido gastándome bromas bienintencionadas (el profesor Halford había hecho la pregunta en tono jovial y todos los demás sonreían). Me hicieron salir, todavía riendo y, al cabo de veinte minutos de espera, los examinadores salieron a su vez, me estrecharon la mano y me dijeron: «Le felicitamos, doctor Asimov.»

Mis compañeros de estudios se empeñaron en echarme gaznate abajo cinco «manhattan» aquella tarde, y como en situación normal soy abstemio y no estoy nada habituado al alcohol, cogí acto seguido una borrachera fenomenal. Necesité tres horas para serenarme.

Después de las ceremonias oficiales, el 1 de junio de 1948, quedé convertido en el doctor Isaac Asimov.

Según vino a resultar, el hecho de que Campbell no empleara un seudónimo (y apostaría a que lo hizo intencionadamente, porque era más listo que yo) fue un factor favorable. Además de que el tribunal no lo tomó en mal sentido, el artículo se hizo relativamente famoso, y, en consecuencia, yo también.

Aunque Tiotimolina apareció en Astounding, como todos los relatos que escribí por aquellas fechas, circuló mucho fuera del mundo habitual de la ciencia-ficción. Mediante la propia revista, por reimpresiones en periódicos poco importantes, por copias ilegales mimeografiadas, o incluso por conducto oral, pasó de un químico a otro. Gente que no me conocía en absoluto como escritor de ciencia ficción se enteró de la tiotimolina. Fue la primera vez que mi fama traspasó los límites de mi campo.

Más todavía, aunque Tiotimolina era fundamentalmente un trabajo de fantasía, el estilo no correspondía a la ciencia ficción. Mirado desde este punto de vista, era el primer trabajo de no-ficción que había publicado profesionalmente, el heraldo de una gran cantidad que vendría más tarde.

Pero lo que más me divirtió fue que un número sorprendente de lectores se tomara el artículo en serio. Me explicaron que semanas después de aparecido el articulito, las bibliotecarias de la New York Public Library se veían abrumadas ante las turbas de jovenzuelos ansiosos que querían ver ejemplares de los inventados periódicos que yo había citado como seudorreferencias.

Pero volvamos al verano de 1947...

En un período de cinco años había vendido catorce relatos, todos a Campbell, del primero al último. Lo cual no significa que fuese el único editor del género, ni mucho menos. Seguían publicándose la mayoría de las revistas que había antes de la guerra (aunque solamente Astounding se desenvolvía verdaderamente bien) y habrían aceptado gustosas trabajos míos. Y si Campbell hubiese rechazado alguna de las narraciones que le ofrecí, habría probado fortuna con alguna de aquellas otras revistas... Pero como no las rechazó, yo no la probé.

La revista Startling Stories, en la que yo había publicado hacía cinco años y medio Navidad en Ganímedes, editaba en cada número una «novela corta» de cuarenta mil palabras. Sin embargo, no les resultaba fácil procurarse una narración publicable, y tan extensa, todos los meses, especialmente dándose el caso de que sólo pagaban la mitad que Astounding.

Por consiguiente, el director de la revista (Sam Merwin hijo) se veía obligado, en ocasiones, a acudir a los escritores que se sabía eran capaces de producir un cuento de tal extensión. Por la fecha en que yo escribía Tiotimolina, Merwin vino a verme para indicarme que escribiera una novela corta.

Startling, me explicó, había publicado siempre relatos que cargaban el acento en la aventura; pero, a imitación de Astounding, y sus éxitos, él había persuadido al dueño para que publicara narraciones que cargaran el acento en el aspecto científico. ¿Querría considerar, pues, la posibilidad de escribir una novelita principal para Startling?

Me sentí tremendamente halagado. Además, como he dicho antes, no estaba satisfecho de haberme convertido en escritor para un solo editor, y habría acogido muy a gusto toda oportunidad de demostrarme a mí mismo que era capaz de escribir sin la sombra protectora de Campbell. De modo que acepté, y me pasé buena parte *del verano de 1947 (en los ratos en que no estaba ocupado preparando los datos experimentales para la inminente disertación de los exámenes para el doctorado) escribiendo un cuento que titulé* Envejece conmigo (1).

El 3 de agosto tenía el primer borrador completo. El 26 tenía la primera parte pasada a limpio y la presenté a Merwin. El la aprobó. El 23 de setiembre le presentaba la narración completa, sin abrigar la menor duda de que la aceptaría. No obstante, el 15 de octubre de 1947 Merwin me dijo que —¡ay de mí!— Startling *había decidido no lanzarse a la ciencia masiva, después de todo, sino a la aventura, y que yo tendría que revisar desde el principio hasta el fin* Envejece conmigo, *y todavía sin ninguna garantía de que luego lo aceptasen.*

Es muy sintomático el hecho de que no acogiera tal petición filosóficamente, como otras veces. ¡Muy al contrario! Hacía más de cinco años que Campbell no había rechazado un relato mío... ¿Cómo se permitía pues rechazarlo alguien como Merwin, que comparado con el otro era un «don nadie»? ¡Y más teniendo en cuenta que había sido él *quien había venido a verme* a mí *para que le escribiera la novelita!*

No me esforcé nada por disimular mi enfado. Cogí el original y salí muy tieso del despacho, presa de una cólera muy visible (2). *Después ofrecí el trabajo a Campbell, explicándole al detalle lo que había pasado... He tenido siempre la costumbre, al ofrecerle un trabajo a un director, de decirle si el trabajo en cuestión ha sido rechazado previamente por otros. No es necesario hacerlo así; que yo sepa, ninguna norma ética obliga a un escritor a seguir semejante pauta. Sencillamente, yo lo hago, y —que yo sepa también— nunca han dejado de aceptarme un trabajo por este motivo.*

El caso es que Campbell rechazó la novelita; aunque no (de eso estoy seguro) porque la hubieran visto otros

(1) Este me lo inspiró el poema de Robert Browning **Rabbi ben Ezra** y fue una cita mal hecha..., lo cual pone de manifiesto el nivel de mi cultura. El primer verso del poema es «Grow old along with me».

(2) Años después, como fruto subsiguiente de la historia de aquel relato, a Merwin le dio por pedirme excusas por haber rechazado el cuento en cuestión cada vez que me encontraba..., aunque no era preciso que me las pidiera, y yo se lo repetía así continuamente. El era director y estaba muy en su derecho al rechazar mi relato, y yo demostraba un mal genio pueril al enfadarme por ello. Desde entonces me esforcé cuanto pude en no dar muestras de cólera aunque me rechazaran un trabajo, por muy injusta que me pudiera parecer en aquel momento la negativa, y creo que lo conseguí.

primero; sino que me hizo notar errores más que suficientes para que yo acabara convenciéndome de que quizá Merwin no hubiera sido demasiado arbitrario al rechazarla. Disgustado, metí el trabajo dentro de un cajón, y no me acordé de él durante casi dos años.

Este repudio vino en mal momento. Yo estaba cada vez más absorbido en completar mi investigación, escribir la disertación y, sobre todo, buscaba ansiosamente un empleo. No tenía mucho ticmpo para escribir. El rechazo de la obra me había descorazonado y humillado bastante, y, como consecuencia, me pasé cerca de un año sin intentarlo otra vez. Fue la tercera larga retirada de mi carrera de escritor y, hasta la fecha, la última.

No encontraba empleo; el ansiado título de doctor no era, después de todo, un pasaporte hacia la abundancia. Y esto también me humillaba.

Acepté un ofrecimiento del profesor Robert C. Elderfield para un año de investigaciones postdoctorales por su cuenta, por cuatro mil quinientos dólares, trabajando con drogas contra la malária. Acepté, aunque no con mucho entusiasmo, y empecé a trabajar para él el 2 de junio de 1948, al día siguiente de haber conquistado oficialmente mi doctorado... Al menos así disponía de un año más para encontrar empleo.

Al mes siguiente me había sosegado lo suficiente como para pensar en escribir un relato de ciencia ficción: La carrera de la reina encarnada *El 12 de julio quedó terminado y lo presenté a Campbell. Lo aceptó el día 16, y estuve una vez más en la tarea.*

7

LA CARRERA DE LA REINA ENCARNADA

Ahí tienen un rompecabezas. ¿Es un delito traducir al griego un libro de texto de química?

O digámoslo de otro modo: si una de las mayores centrales atómicas del país queda completamente destruida en un experimento no autorizado, ¿ha de haber forzosamente un delincuente cómplice del hecho?

Estos problemas sólo se presentaron con el tiempo, por supuesto. Empezamos con la central atómica... agotada. Quiero decir auténticamente *agotada*. No sé exactamente la magnitud de la potencia fisionadora... pero en dos relampagueantes microsegundos, lo tuvo todo fisionado.

No hubo explosión. No hubo una densidad indebida de rayos gamma. Se trataba simplemente de que las partes móviles de la estructura entera se habían fundido. Todo el edificio principal estaba algo caliente. La atmósfera, en más de dos kilómetros a la redonda, se puso suavemente templada. Quedó tan sólo un edificio muerto, inútil, cuyo reemplazo costó después cien millones de dólares.

Ocurrió a eso de las tres de la madrugada, y hallaron a Elmer Tywood solo en la cámara central de alimentación. Se puede resumir en poco espacio lo que se encontró.

1. Elmer Tywood —doctor miembro de Esto y socio honorario de Aquello en otro tiempo joven colaborador del primitivo Proyecto Manhattan y actualmente profesor activo de Física Nuclear— no era un entrometido. Tenía un Pase Clase-A Sin Restricciones. Pero no se halló dato alguno acerca del objetivo que pudiera haberle guiado allí en aquellos momentos. Una mesa sobre ruedecillas contenía instrumental cuya fabricación no constaba en ninguna parte que se hubiera solicitado jamás. También eso constituía una sola masa fundida... no demasiado caliente para tocarla.

2. Elmer Tywood estaba muerto Se hallaba tendido junto a la mesa; la cara, congestionada, casi negra. No se apreciaba ningún efecto de radiación. No se notaba fuerza externa de ninguna clase. El médico dijo que había sido una apoplejía.

3. En la caja fuerte del despacho de Elmer Tywood encontraron dos artículos desconcertantes: veinte hojas de papel de escribir de 35x45, llenas de algo que parecía cálculos matemáticos, y un volumen tamaño folio en un idioma extranjero, que resultó ser griego. Y el asunto traducido a tal idioma resultó ser química.

El secreto con que se envolvió el desastre fue tan aterrador que todo lo que se refería al mismo quedaba *muerto*. Es la única palabra que puede describirlo. Veintisiete hombres y mujeres, contados todos, incluidos el secretario de Defensa, el secretario de Ciencia y dos o tres más de tan elevada jerarquía que el público en general no los conocía en absoluto, entraron en la central generadora durante el período de investigación. A todos los que habían estado en la central aquella noche, al físico que identificó a Tywood, al médico que lo examinó, los sometieron a un virtual arresto domiciliario.

Ningún periódico conoció la noticia. Ningún locutor de radio o de televisión la supo. Unos pocos miembros del Congreso se enteraron de algún fragmento.

¡Y era muy natural! Cualquier persona, grupo o nación capaces de extraer la energía disponible del equivalente de veinte a cincuenta kilogramos de plutonio sin hacerlo estallar tenía la industria de América y su defensa tan por completo en la palma de la mano que la luz y la vida de ciento sesenta millones de personas se podían apagar entre dos bostezos.

¿Fue Tywood? ¿O Tywood y otros? ¿O simplemente otros, a través de Tywood?

¿Y mi empleo? Yo era el señuelo, o el hombre de paja, si lo prefieren. Alguien ha de rondar por la universidad y obtener información sobre Tywood. Al fin y al cabo, había desaparecido. Podía tratarse de una amnesia, un atraco, un secuestro, un asesinato, una fuga, una demencia, un accidente... Yo podía dedicarme a esta tarea durante cinco años seguidos y coleccionar miradas hoscas y acaso desviar la atención. Sin duda alguna, la cosa no anduvo por estos caminos.

Pero no crean que estuve en el ajo de la cuestión desde el principio y por completo. No era uno de los veintisiete hombres que he mencionado al principio, aunque mi jefe sí lo era. Pero sabía algo, lo suficiente para ponerme en marcha.

El profesor John Keyser se dedicaba también a la física. No llegué hasta él inmediatamente Debía llenar un montón de formalidades rutinarias del modo más concienzudo que supiera No tenía sentido alguno. Pero era muy necesario. El caso es que ahora estaba en la oficina de Keyser.

Las oficinas de los profesores son características. Nadie les quita el polvo sino alguna cansada mujer de la limpieza que entra y sale arrastrando los pies a las ocho de la mañana. Pero, de todos modos, el profesor nunca se fija en el polvo. Montones de libros, no demasiado ordenados. Los más cercanos a la mesa son los que el profesor lee más; las conferencias se las copia de allí. Los que están fuera del alcance de la mano se encuentran donde los dejó, al devolverlos, un estudiante que los pidió prestados. También hay revistas profesionales que parecen baratas y son endiabladamente caras, esperando por allí hasta que quizá algún día alguien las lea. Y abundancia de papeles en la mesa; algunos con frases garabateadas.

Keyser era un hombre mayor, de la generación de Tywood. Tenía la nariz grande y bastante rojiza, y fumaba en pipa. Sus ojos tenían esa mirada campechana y nada rapaz que casa bien con un empleo académico... sea porque esa clase de empleo atrae a esa clase de hombre, sea porque tal tipo de empleo produce tal tipo de hombre.

—¿A qué trabajo se dedica ahora el profesor Tywod? —pregunté.

—Investigaciones físicas.

Respuestas similares rebotan en mi rostro. Unos años atrás solían volverme loco. En esta ocasión, dije, simplemente:

—Eso ya lo sabemos, profesor. Son los detalles lo que busco.

El me guiñó el ojo con aire tolerante:

—Sin duda los detalles no le servirán de mucho, a menos que usted también sea un físico investigador. ¿Importa mucho... dadas las circunstancias?

—Quizá no. Pero ha desaparecido. Si le ha ocurrido algo que se deba... —esbocé muy intencionadamente un gesto de pelea— a un juego sucio, la causa puede nacer del trabajo que estuviera haciendo... A menos que sea un hombre rico y lo hayan eliminado por dinero.

—Los profesores de universidad no suelen ser ricos —objetó Keyser con una risita seca—. La mercancía que expendemos suele ser poco apreciada por abundar muchísimo en el mercado.

Yo pasé por alto la observación, porque sé que mi aspecto me perjudica. En realidad terminé los estudios con la calificación de «muy bueno», traducida al latín para que el presidente de mi colegio pudiera leerla, y en toda mi vida nunca he jugado un partido de rugby. Pero mi aspecto físico parecía decir exactamente lo contrario.

—Entonces, sólo podemos tomar en consideración su trabajo —comenté.

—¿Piensa en espías? ¿En intrigas internacionales?

—¿Por qué no? ¡Ha ocurrido otras veces! Al fin y al cabo, es un físico nuclear, ¿verdad?

—Lo es. Pero también hay otros. También lo soy yo.

—Ah, pero quizá él sepa algo que usted no sabe.

Keyser apretó los dientes. Cogidos por sorpresa, los

profesores se comportan exactamente igual que las demás personas. Keyser replicó, envarado:

—Según recuerdo, Tywood ha publicado documentos sobre el efecto de la viscosidad de los líquidos en las proximidades de la línea de Rayleigh, sobre ecuaciones de campo de órbitas elevadas y sobre el espín en las órbitas de acoplamiento de dos nucleones, pero su trabajo principal versa sobre momentos cuadrupolares. Yo soy bastante competente en estas materias.

—¿Trabaja ahora en momentos cuadrupolares? —quería abstenerme de poner el dedo en la llaga de nadie, y creo que lo conseguí.

—Sí... en cierto modo —casi restañaba los dientes—. Es posible que acabe por llegar a la fase experimental. Parece haber pasado la mayor parte de su vida trabajando en las consecuencias matemáticas de una teoría especial suya propia.

—Como éstas —y le arrojé una hoja.

Era una de las que había en la caja fuerte de Tywood. Lo más probable, sin embargo, era que aquello no significara nada, aunque sólo fuera por haberse encontrado en la caja fuerte de un profesor. Es decir, a veces los profesores ponen cualquier papel en la caja fuerte apremiados por la necesidad del momento, porque el cajón de la mesa donde deberían guardar el papelito en cuestión está lleno de ejercicios de examen sin calificar. Y, por supuesto, después nunca sacan nada. Habíamos encontrado en dicha caja fuerte empolvados frascos de cristales amarillentos con unas etiquetas apenas legibles; unos libritos mimeografiados que databan de la Segunda Guerra Mundial, con la calificación de «Reservados»; una copia de un antiguo anuario del colegio; algunas cartas relativas a un posible empleo de director de investigaciones de la American Electric, con fecha de diez años atrás, y, por supuesto, unos papeles de química en griego.

La hoja suelta también se encontró allí. Estaba enrollada como un diploma académico, con una anilla de goma sujetándola y sin ninguna etiqueta ni ningún título descriptivo. Unas veinte hojas aparecían cubiertas de señales de tinta, meticulosas y diminutas...

Yo tenía una hoja de aquel pliego. No creo que nadie en el mundo tuviera más de una. Y estoy seguro de que ningún hombre, excepto uno, supiera que la pérdida de aquella hoja determinada y la pérdida de la vida de aquel hombre determinado serían dos acontecimientos tan simultáneos como el Gobierno pudiera conseguir.

Por ello le arrojé la hoja a Keyser como si fuese un papel que hubiera encontrado en el campus arrastrado por el viento.

Keyser lo miró con gran atención, y lo volvió del dorso, que estaba en blanco. Sus ojos recorrieron desde la línea superior a la inferior, y después subieron de la inferior a la superior.

—No sé a qué se refiere esto —dijo, las palabras le parecieron ácidas hasta a él.

No respondí nada. Me limité a doblar el papel y me lo volví a guardar en el bolsillo interior de la chaqueta.

Keyser añadió en tono petulante:

—Ustedes los legos se equivocan al pensar que a los científicos les basta con mirar una ecuación y decir: «Ah, sí...» y luego pueden ponerse a escribir un libro sobre ella. La matemática no posee una existencia propia; no es más que un código arbitrario ideado para describir observaciones físicas o conceptos filosóficos. Cada hombre puede adaptarlo a sus necesidades particulares. Por ejemplo, nadie puede mirar un símbolo y estar seguro de lo que significa. Hasta la fecha, la ciencia ha utilizado todas las letras del alfabeto, mayúsculas, minúsculas y en bastardilla, y cada una de ellas simboliza diversas cosas. Ha utilizado letras en negrita, letras góticas y letras griegas, lo mismo mayúsculas que minúsculas; subrayados, superrayados, asteriscos y hasta letras hebreas. Científicos distintos utilizan símbolos diferentes para el mismo concepto e idéntico símbolo para conceptos distintos. De modo que si usted le enseña a uno, quienquiera que sea, una página suelta como ésa, sin darle noticia de la materia investigada ni de la simbología particular empleada, la persona en cuestión no le hallará ningún sentido.

—Pero usted ha dicho que trabajaba en momentos cuadrupolares —le interrumpí—. ¿Y esto no le da ningún sentido? —me di unos golpecitos en el lugar del pecho donde la hoja de papel había ido practicando un agujero en la chaqueta durante dos días.

—No sabría descifrarlo. No he visto ninguna de las relaciones corrientes que esperaba estuvieran implicadas. Al menos no he reconocido ninguna. Aunque, evidentemente, no puedo comprometerme.

Hubo un corto silencio, al cabo del cual, dijo:

—Le daré una indicación. ¿Por qué no consulta a sus alumnos?

Yo enarqué las cejas.

—¿Quiere decir en sus clases?

—¡No, por amor de Dios! —parecía molesto—. ¡Sus alumnos en investigación! ¡Los candidatos al doctorado! Han trabajado con él. Conocen los detalles de su labor mejor que yo y que nadie de esta facultad, y podrían saber de qué se trata.

—Es una buena idea —dije en tono indiferente. Y lo era. No sé por qué, pero a mí no se me hubiera ocurrido jamás. Me imagino que será porque parece muy natural suponer que cualquier profesor ha de saber más que ningún estudiante.

Keyser se cogió la solapa, al mismo tiempo que yo me levantaba para salir.

—Por lo demás —dijo—, me parece que sigue usted una pista equivocada. Se lo digo en confianza, ¿comprende?, y no lo diría jamás si no fuera por lo extraordinario de las circunstancias; pero a Tywood no se le considera una gran figura en la profesión. Ah, sí, es un buen profesor, lo reconozco; pero los documentos que ha publicado sobre investigaciones no han gozado nunca de mucho aprecio. Siempre tendió hacia vagas elucubraciones teóricas, no respaldadas por pruebas experimentales. Ese papel que trae usted constituye, probablemente un ejemplo más. No es posible que nadie quisiera..., quisiera raptarle por una cosa así.

—¿De veras que no? Comprendo. ¿Tiene alguna idea de por qué se ha marchado, o adónde ha ido?

—Nada en concreto —respondió haciendo un puchero con los labios—, pero todo el mundo sabe que está enfermo. Tuvo un ataque hace un par de años que le obligó a dejar las clases por un semestre. Y no se repuso del todo. El costado izquierdo le quedó paralizado durante un tiempo; todavía cojea. Otro ataque le mataría. Y puede sobrevenirle en cualquier momento.

—Entonces, ¿cree que ha muerto?

—No sería imposible.

—Pero ¿dónde está el cadáver, entonces?

—Pues... eso es lo que debe descubrir *usted*, supongo.

Lo era. Y me marché.

Me entrevisté con cada uno de los cuatro alumnos de investigaciones de Tywood en un volumen de caos llamado laboratorio de investigación. Esos laboratorios de investigaciones para estudiantes suelen tener a dos esperanzados trabajando en ellos, es decir, una población flotante de dos, porque cada año, poco más o menos, se van reemplazando.

Por consiguiente, el laboratorio tiene sus pilas de equipo en hileras. En los bancos del aposento se encuentra el instrumental de uso inmediato, y en tres o cuatro cajones más cercanos están los recambios y suplementos de uso más probable. En los cajones más distantes, en los estantes más próximos al techo, en rincones apartados, quedan descoloridos restos de pasadas generaciones de estudiantes..., trastos raros que nunca se utilizan ni nunca se tiran a la basura. Se suele afirmar, por cierto, que ningún estudiante investigador conoció jamás todo lo que contenía su laboratorio.

Los cuatro estudiantes de Tywood estaban preocupados. Aunque tres de ellos lo estaban principalmente por su situación personal. Es decir, por el efecto posible de la ausencia de Tywood en la situación de su «problema». Deseché a los tres mencionados —confío que ahora ya tienen sus diplomas— y llamé al cuarto.

Era el que tenía un aspecto más demacrado y el que se había mostrado menos comunicativo; cosa que yo tomaba por un signo esperanzador.

En este momento estaba sentado muy erguido en la silla de duro respaldo que había a la derecha de la mesa, mientras yo me arrellanaba en un crujiente sillón giratorio y me apartaba el sombrero de la frente. Se llamaba Edwin Howe y, más tarde, *también* consiguió el diploma. Lo sé porque ahora es un tío importante del Departamento de Ciencia.

—Me figuro que usted hace el mismo trabajo que los otros muchachos —dije.

—Todo es trabajo nuclear, en cierto modo.

—¿Pero no es exactamente el mismo?

El movió la cabeza despacio.

—Escogemos aspectos distintos. Ya sabe usted, uno tiene que inclinarse por una cosa muy concreta, de lo contrario no podrá publicar nada. Todos hemos de conquistar nuestros títulos.

Lo dijo exactamente igual que usted o yo diríamos: «Tenemos que ganarnos la vida.» Y acaso sea la expresión equivalente para ellos.

—Muy bien —contesté—. ¿Qué aspecto ha escogido *usted?*

—Yo hago las matemáticas —respondió él—. Quiero decir, con el profesor Tywood.

—¿Qué clase de matemáticas?

El sonrió levemente, envolviéndose en la misma clase de atmósfera que yo había observado en el caso del profesor Keyser aquella mañana. Una especie de atmósfera de «¿Y cree de verdad que yo puedo explicar mis profundos pensamientos a un tontuelo como usted?»

No obstante, lo que dijo en voz alta fue:

—Sería un poco complicado explicarlo.

—Yo le ayudaré —aduje—. ¿Sería algo como eso? —Y le arrojé la hoja de papel.

Este ni siquiera le echó una ojeada general. Se limitó a cogerla al instante y emitió un leve gemido:

—¿De dónde la ha sacado?

—De la caja fuerte de Tywood.

—¿Tiene también las otras?

—Están bien guardadas —contesté, saliendo por la tangente.

El se tranquilizó un poco; sólo un poco.

—No se la habrá enseñado a nadie, ¿verdad que no?

—Se la he enseñado al profesor Keyser.

Howe emitió un sonido descortés con el labio inferior y los incisivos superiores.

—*Ese* jumento. ¿Y qué ha dicho?

Yo puse las palmas de las manos cara arriba, y Howe soltó la carcajada. Luego dijo, con aire distraído:

—Bueno, eso son garabatos que suelo hacer yo.

—¿Y a qué se refieren? Póngalos de modo que yo pueda entenderlos.

Noté un claro titubeo. Y él me dijo:

—Mire. Esto es materia confidencial. Ni siquiera los otros estudiantes de Papá saben nada de ello. Tampoco yo creo saberlo todo. Ya sabe, en este caso no se trata de perseguir un diploma; se trata del Premio Nobel de Papá Tywood, y significará para mí el cargo de profesor auxiliar en el Instituto Tecnológico de California. Esto ha de ser publicado antes de que nadie hable de ello

Yo moví la cabeza muy despacio y hablé dando un acento muy suave a mis palabras:

—No, hijo. Usted está en un error. Tendrá que hablar de esto antes de que se publique, porque Tywood ha desaparecido y quizá haya muerto, o acaso no. Y si ha muerto, quizá lo hayan asesinado. Y cuando el departamento sospecha que se ha cometido un asesinato, todo el mundo habla. De modo que la cosa se le pondrá fea, muchacho, si intenta quedarse algo en secreto.

El truco salió bien. Yo sabía que saldría, porque todo el mundo lee novelas policíacas y se sabe todos los clisés. El estudiante saltó de la silla y fue soltando las palabras como si tuviera el libreto delante.

—Sin duda —dijo—, no sospechará usted que *yo*..., yo sea capaz de una cosa así. Oiga..., oiga, mi carrera...

Le empujé hacia la silla de nuevo con las primeras gotitas de sudor en la frente. Por mi parte, recité el segundo párrafo:

—Yo no sospecho nada de nadie *todavía*. Y si habla, camarada, no se hallará en ningún conflicto.

El muchacho estaba dispuesto.

—Todo lo que voy a decirle ahora es estrictamente confidencial.

Pobre chico. No sabía el sentido de la palabra «estrictamente». No permaneció nunca fuera de la mirada de un agente desde aquel instante hasta que el Gobierno decidió enterrar el caso con el único comentario final de «?» (Sí, entre comillas. Y no bromeo. Hasta la fecha, el caso no está ni abierto ni cerrado. Está simplemente «?».)

El dijo, dubitativo:

—Supongo que usted sabe qué es tiempo de traslación.

Claro que sabía qué era. Mi chico mayor tiene doce años y se empapa de los programas de tele de la tarde hasta que se hincha visiblemente con la bazofia que absorbe por los ojos y los oídos.

—¿Qué me dice del tiempo de traslación? —pregunté.

—En cierto sentido, podemos realizarlo. En realidad es lo que podríamos llamar traslación microtemporal...

Faltó poco para que yo perdiera la paciencia. La verdad es que creo que la perdí. Parecía obvio que trataba de engañarme; y sin ninguna finura. Estoy acostumbrado a que la gente piense que tengo cara de tonto, ¡pero no tanto! Así pues, con voz muy gutural, pregunté:

—¿Quiere usted decirme que Tywood se encuentra en alguna parte del tiempo, lo mismo que Ace Rogers, el Agente del Tiempo Solitario? —(Ese era precisamente el programa favorito de mi chico. Aquella semana Ace Rogers, solito, sin ayuda de nadie, le paraba los pies a Genghis Khan.)

Pero el muchacho puso una cara tan disgustada como debía tenerla yo.

—No —gritó—. Yo no sé dónde está Papá. Si usted me hubiera escuchado, he dicho «traslación microtemporal». No, esto no es un espectáculo de la tele, ni es magia; se da el caso de que esto es ciencia. Por ejemplo, le supongo enterado de la equivalencia materia-energía.

Hice un signo afirmativo malhumorado. Lo sabe todo el mundo, desde lo de Hiroshima, en la penúltima guerra.

—De acuerdo, pues —continuó él—, eso vale como punto de partida. Mire, si coge una masa material y le aplica una traslación temporal (ya sabe, la hace retroceder en el tiempo) usted crea realmente materia en el punto del tiempo al que la envía. Para ello tiene que emplear una cantidad de energía equivalente a la cantidad de materia que ha creado. En otras palabras, para enviar un gramo (o un kilogramo, para el caso) de lo que sea atrás en el tiempo, tiene que desintegrar este gramo, o este kilogramo de materia por completo, para procurarse la energía que se precisa.

—Humm-mm-mm —dije yo—, esto sería crear esa cantidad de materia en el pasado. ¿Y no destruye usted la misma cantidad de materia al quitarla del tiempo presente? ¿No significa eso *crear* la cantidad equivalente de energía?

El parecía tan molesto como un sujeto sentado sobre un abejorro que no estuviera muerto. Por lo visto, nunca se admite que los legos puedan discutir con los científicos.

—Yo trataba de simplificar para que usted pudiera entenderlo —me dijo—. En realidad, es mucho más complicado. Sería muy bonito que pudiéramos utilizar la energía de la desaparición para producir una reaparición, pero eso sería trabajar en un círculo, créame. Las exigencias de la entropía lo impedirían. Para expresarlo de un modo más riguroso, la energía se precisa para vencer la inercia del tiempo y actúa precisamente de tal modo que la energía en ergios necesaria para mandar al pasado una masa, en gramos, es igual a esa masa multiplicada por el cuadrado de la velocidad de la luz en centímetros por segundo. Lo cual resulta ser la ecuación de equivalencia masa-energía de Einstein. Puedo darle la fórmula matemática, ya sabe.

—Lo sé —procuré suavizar y volver a su sitio parte de aquella mal empleada vehemencia—. Pero, todo eso, ¿lo comprobaron experimentalmente? ¿O lo han calculado sobre el papel, nada más?

Evidentemente, lo que importaba era que continuara hablando.

En los ojos del muchacho había esa luz singular que me han dicho que se enciende en los de todo estudioso investigador cuando le piden que hable del problema que le obsesiona. Lo discutirá con cualquiera, hasta con un «simple patán»... que era lo que convenía en aquel momento.

—Vea usted —dijo con el acento del hombre que te comunica la trampa de un negocio sucio—, el origen de toda esa cuestión fue el asunto ese del neutrino. Desde finales de los años treinta están buscando el neutrino, y no lo han encontrado. Es una partícula subatómica sin carga y con una masa mucho menor todavía que la del electrón. Naturalmente, es casi imposible localizarlo, y no lo ha sido todavía. A pesar de lo cual, siguen buscando; porque, suponiendo que exista, las energías de algunas reacciones nucleares no se pueden equilibrar. Así pues, Papá Tywood tuvo la idea, hace unos veinte años, de que una parte de energía iba desapareciendo, en forma de materia, atrás en el tiempo. Nos pusimos a trabajar en ello (o sea, se puso él) y yo he sido el primer estudiante que ha colaborado con él en esta investigación.

»Evidentemente, teníamos que trabajar con cantidades de materia pequeñísimas y... bueno, fue un golpe genial por parte de Papá que se le ocurriera utilizar vestigios de isótopos radiactivos. Ya sabe usted, siguiendo su actividad con contadores, se puede trabajar hasta con unos pocos microgramos. La variación de la actividad con el tiempo debería seguir una ley muy definida y sencilla que no se ha alterado jamás por ninguna condición de laboratorio conocida.

»Bien, nosotros habíamos mandado una motita quince minutos atrás, digamos, y quince minutos antes de que lo hiciéramos (todo estaba dispuesto automáticamente, comprenda usted) la cuenta saltó a casi el doble de lo previsto, descendió al valor normal, y después se desplomó (en el momento que lo mandábamos para atrás) por debajo de lo que normalmente hubiera debido ser. Comprenda, el material se remontó sobre sí mismo en el tiempo, y durante quince minutos lo contamos duplicado...

Yo le interrumpí:

—¿Quiere decir que tenían los mismos átomos existiendo en dos sitios al mismo tiempo?

—Sí —respondió con leve sorpresa—, ¿por qué no? Por eso utilizamos tanta energía: el equivalente para crear dichos átomos —luego siguió precipitadamente—:

Voy a decirle en qué consiste mi trabajo particular. Si se manda quince minutos atrás el material, aparentemente se manda al mismo lugar con respecto a la Tierra, a pesar de que ésta en quince minutos ha recorrido unos veinticinco mil setecientos cincuenta kilómetros alrededor del Sol, y el propio Sol recorre otros millares de kilómetros, etc., etc. Pero hay ciertas menudas discrepancias que yo he analizado y que resultan debidas, posiblemente, a dos causas.

»Primera: existe un efecto de rozamiento (si se puede emplear esta expresión), de manera que la materia se desvía un poco con respecto a la Tierra; dependiendo de cuanto se haga retroceder en el tiempo, y de la naturaleza de dicho material. Por otro lado, parte de la discrepancia sólo se puede explicar presuponiendo que el paso a través del tiempo requiere a su vez cierto tiempo.

—¿Cómo es eso? —exclamé.

—Lo que quiero decir es que parte de la radiactividad se distribuye uniformemente por el tiempo de traslación como si el material sometido a prueba hubiese reaccionado durante la marcha atrás en el tiempo según una cantidad constante. Mis cálculos muestran que... mire, si usted tuviera que ser trasladado para atrás en el tiempo, envejecería un día por cada cien años. O, para expresarlo de otro modo, si usted pudiera estar observando una esfera que registrara el tiempo en el exterior de una «máquina de tiempo», su reloj andaría veinticuatro horas mientras la esfera registradora retrocedería cien años. Esa es una constante universal, creo, porque la velocidad de la luz es asimismo una constante universal. Sea como fuere, ése es mi trabajo.

Al cabo de unos minutos de digerir lo que acababa de escuchar, pregunté:

—¿De dónde sacaban la energía necesaria para sus experimentos?

—Montaron una línea especial de la central generadora. Papá es un pez gordo aquí, y logró que se la concedieran.

—Humm-mm-mm. ¿Cuál fue la mayor cantidad de materia que mandaron hacia el pasado?

—Pues... —y levantó la vista al techo— creo que una vez mandamos para atrás una centésima de miligramo. O sea, diez microgramos.

—¿Intentaron alguna vez enviar algo al futuro?

—Eso no resulta —contestó—. Es imposible. No se pueden cambiar los signos de ese modo, porque la energía requerida se vuelve más que infinita. Es una proposición en un solo sentido.

Yo clavaba la vista en mis uñas.

—¿Cuánta materia podría enviar para atrás en el tiempo si fisionara..., digamos unos cien kilogramos de plutonio? —yo me decía que, en todo caso, los hechos se volvían demasiado evidentes.

La respuesta no tardó en venir:

—En la fisión del plutonio —dijo—, no se convierte en energía más allá de un dos por ciento de la masa. Por consiguiente, cien kilogramos de plutonio, consumidos totalmente, mandarían hacia el pasado uno o dos kilogramos.

—¿Y eso es todo? ¿Podrían controlar esa energía? Quiero decir que un centenar de kilogramos de plutonio significan una explosión mayúscula.

—Todo es relativo —replicó él un tanto pomposo—. Si se coge toda esa energía y se suelta en pequeñas cantidades cada vez, se puede manejar. Si se soltara toda de golpe, pero se utilizase con la misma rapidez con que se libera, también se podría controlar. Al enviar materia hacia el pasado, la energía se puede utilizar más aprisa todavía de lo que se produce incluso mediante la fisión. Teóricamente, por lo menos.

—Pero ¿cómo se desembarazan de ella?

—Se distribuye a través del tiempo, naturalmente. Por supuesto, el tiempo mínimo a través del cual se puede trasladar materia dependería, por tanto, de la masa de materia. De otro modo, uno se expone a tener una densidad de energía demasiado grande con relación al tiempo.

—Muy bien, muchacho —dije yo—. Voy a llamar al cuartel general, y ellos enviarán un agente que le acompañará a casa. Usted se quedará allí un tiempo.

—Pero... ¿por qué?

—No será mucho tiempo.

No fue mucho... y después se lo compensaron.

Yo pasé la tarde en el cuartel general. Teníamos una biblioteca allá..., una biblioteca muy especial. La mañana siguiente a la explosión, dos o tres agentes se habían ido calladamente a las bibliotecas de física y química de la Universidad. Eran expertos en la cuestión. Estos agentes localizaron todos los artículos que Tywood había publicado en todos los periódicos científicos y habían arrancado hasta la última página de los mismos. Por lo demás, no estropearon nada.

Otros hombres repasaron archivos de revistas y listas de libros. Al final se montó en el cuartel general una habitación que representaba una «Tywoodeca» completa. No se había perseguido un objetivo concreto al hacerlo así. Representaba tan sólo un ejemplo de la perfección y la amplitud —la totalidad, diríamos— con que se enfocaba un problema de esta índole.

Yo revolví toda aquella biblioteca. No los documentos científicos. Sabía que no encontraría en ellos nada de lo que buscaba. Pero Tywood había escrito una serie de artículos para una revista veinte años atrás, y ésos sí los leí. Y me tragué toda muestra de correspondencia particular que pudieron reunir.

Después, me limité a sentarme a meditar... y me asusté.

Me acosté a eso de las cuatro de la madrugada y tuve pesadillas.

A pesar de lo cual estaba en el despacho particular del jefe a las nueve de la mañana.

Es un hombre fornido, el jefe, con pelo gris acero, perfectamente alisado. No fuma, pero tiene una caja de cigarros en el despacho y cuando quiere pasar unos segundos sin decir nada, coge uno, lo hace rodar un poco, se lo clava en medio de los labios y lo enciende con mucho cuidado. Por entonces, o ya tiene algo que decir, o no tiene que decir nada en absoluto. Y suelta el cigarro en el cenicero y deja que se consuma solo.

Solía gastar una caja de cigarros cada tres semanas, y todas las Navidades la mitad de los regalos que recibía contenían cajas de cigarros.

Sin embargo, ahora no cogía ninguno. Se limitaba a cerrar las manazas, juntando ambos puños sobre la mesa, y a mirarme con la frente arrugada.

—¿Qué se fragua?

Se lo expliqué. Muy despacio, porque la traslación microtemporal no le sienta bien a nadie, especialmente si uno la llama viaje en el tiempo, como lo hice yo. Como signo de lo seria que estaba la cosa diré que no me preguntó más que una sola vez si estaba loco.

Cuando hube terminado, nos quedamos mirándonos fijamente el uno al otro. Por fin él dijo:

—¿Y usted cree que intentó mandar algo hacia el pasado..., algo entre medio kilo y un kilo... y que así fue como mandó por los aires una central entera?

—Parece una explicación lógica —respondí.

Y le dejé en paz un rato. El meditaba, y yo quería que siguiera haciéndolo. Quería que pensara, si fuera posible, en lo mismo que estaba pensando yo; para que así no tuviera que explicárselo...

Porque me repugnaba tener que explicárselo...

En primer lugar, porque era una locura. Y en segundo, porque era demasiado horrible.

Así pues, guardé silencio, y él continuó pensando, y de vez en cuando sus pensamientos salían a la superficie.

Al cabo de un rato, dijo:

—Suponiendo que el estudiante, Howe, le haya dicho la verdad (y, de paso, será conveniente que compruebe sus cuadernos de notas, que espero habrá depositado usted...)

—Toda el ala de aquel piso está fuera de jurisdicción, señor. Edwards tiene los cuadernos de notas.

—Muy bien —prosiguió el jefe—. Suponiendo que nos contara todo lo que sabe, ¿por qué saltó Tywood de menos de un miligramo a casi medio kilo? —sus ojos descendieron hasta mí, con una mirada dura—. Ahora usted se está concentrando en el aspecto de viaje por el tiempo. Deduzco que para usted ése es el punto crucial y la energía que se precisa no es más que un detalle incidental, puramente incidental.

—Sí, señor —dije en tono sombrío—. Eso pienso, exactamente.

—¿No ha reflexionado que podría equivocarse? ¿Que podría haber invertido la cuestión?

—No le comprendo bien.

—Pues mire, usted dice que ha leído todo lo de Tywood. De acuerdo. Era uno de aquel puñado de científicos de después de la Segunda Guerra Mundial que lucharon contra la bomba atómica; querían un estado universal... Está enterado, ¿no?

Yo asentí.

—Padecía un complejo de culpabilidad —afirmó el jefe con energía—. Había ayudado a producir la bomba y por las noches no podía dormir pensando en lo que había hecho. Alimentó este miedo durante años y años. Y aunque la bomba no se empleó en la Tercera Guerra Mundial, ¿se imagina lo que debía significar para él cada día de incertidumbre? ¿Puede imaginarse el horror que retorcía su alma mientras esperaba que otros tomaran la decisión, hasta que se llegó por fin al Compromiso del Sesenta y Cinco?

»Tenemos un análisis psiquiátrico completo de Tywood y varios otros congéneres suyos, realizado durante la última guerra. ¿Lo sabía usted?

—No, señor.

—Es cierto. Después del sesenta y cinco dejamos de preocuparnos, por supuesto, dado que con el establecimiento del control mundial en materia de energía atómica, la recogida de reservas de bombas atómicas en todos los países y el establecimiento de investigaciones conjuntas entre las varias esferas de influencia del planeta, la mente científica se sintió libre de la mayoría de conflictos éticos que la atormentaban.

»Pero lo que se averiguó por aquellos días era cosa grave. En 1964, Tywood tenía un morboso odio subconsciente contra la idea misma de la energía atómica. Empezó a cometer errores; equivocaciones serias. Llegó el momento en que hubimos de apartarle de toda clase de investigaciones. Y lo mismo sucedió con varios otros, aunque la situación se presentaba mal por aquellos días. Acabábamos de perder la India, si lo recuerda.

Considerando que yo me encontraba en la India en aquellos momentos, había de acordarme. Pero seguía sin ver adónde se dirigía.

—Bueno —prosiguió—, ¿qué pasaría si alguna reminiscencia de aquella actitud quedó enterrada en el subconsciente de Tywood hasta el final? ¿No ve usted que ese viaje por el tiempo es un arma de doble filo? ¿Por qué mandar una cantidad de cualquier sustancia hacia el pasado, al fin y al cabo? ¿Por el gusto de realizar una demostración? Habría demostrado su teoría lo mismo si sólo enviaba una fracción de miligramo. Supongo que con ello bastaba para que le dieran el Premio Nobel.

»Pero había *una* cosa que podía lograr con medio kilo de materia, y no con un miligramo, y esta cosa era dejar *agotada una central generadora.* De modo que esto es lo que debió de proponerse. Había descubierto una manera de consumir cantidades inconcebibles de energía. Mandando al pasado cuarenta kilogramos de polvo podía destruir todo el plutonio existente en el mundo; podía agotar la energía atómica por un período indefinido.

Yo no estaba nada impresionado, pero traté de que no se notara demasiado. Y me limité a decir:

—¿Le cree capaz de imaginarse que podría salir incólume de la aventura más de una vez?

»La suposición se funda en el hecho de que no era un hombre normal. ¿Cómo sabe si era capaz de imaginarse que sí podría? Además, podría haber detrás de él otros hombres (con menos ciencia y más cerebro) perfectamente dispuestos a seguir adelante a partir de este punto.

»¿Se ha localizado ya a alguno de tales hombres? ¿Hay pruebas de que existan?

Una corta espera, y su mano fue hacia la caja de cigarros. Su mirada examinaba atentamente el que había cogido y lo volvía ora de esta punta, ora de la otra. Un poco más de espera. Yo tenía mucha paciencia.

Luego lo soltó decididamente, sin encenderlo.

—No —dijo. Me miró fijamente; me contempló de hito en hito como si quisiera penetrarme con la mirada y dijo—: Entonces, ¿todavía no le convence la suposición?

Yo levanté los hombros.

—Bueno... No me parece acertada.

—¿Tiene una idea propia?

—Sí. Pero no me decido a hablar de ella. Si me equivoco, soy el hombre más equivocado que haya existido en el mundo; pero si acierto, soy el más acertado.

—Escucho —dijo él, llevando la mano debajo de la mesa.

Era el cierre hermético. La habitación estaba acorazada, perfectamente aislada para el sonido y para toda clase de radiaciones, excepto en caso de explosión nuclear. Y con la disimulada señal aparecida fuera en la mesa de su secretaria, ni el presidente de Estados Unidos habría podido interrumpirnos.

Yo me arrellané en el asiento y dije:

—Jefe, ¿recuerda por casualidad cómo conoció a su esposa? ¿Fue por una cosa sin importancia?

Debió considerar mi pregunta un *non sequitur*. ¿Qué otra cosa podía parecerle? Pero ahora me daba rienda suelta, y tendría sus buenos motivos, supongo. De modo que se limitó a sonreír y respondió:

—Yo estornudé, y ella se volvió. Era en la esquina de una calle.

—¿Por qué motivo estaba usted en aquella esquina en aquel momento? ¿Por qué estaba ella? ¿Recuerda qué le hizo estornudar? ¿Dónde cogió el resfriado? ¿O de dónde vino la motita de polvo? Imagine el sinfín de factores que hubieron de coincidir en el lugar y el momento precisos para que usted conociera a su esposa.

—Supongo que nos habríamos conocido en otro momento, si no nos hubiéramos encontrado entonces.

—No *sabe* si se habrían conocido. ¿Cómo sabe a quién *no* ha conocido nunca porque en una ocasión en que podía volverse a mirar atrás no se volvió; porque en una ocasión en que habría podido llegar tarde no llegó tarde? La vida de usted se bifurca en cada instante, y usted emprende por una de las bifurcaciones casi al azar; y lo mismo hacen las demás personas. Empiece veinte años atrás y las bifurcaciones se separan más y más con el transcurso del tiempo.

»Usted estornudó y conoció a una chica: aquélla y no otra. Como consecuencia, usted tomó ciertas decisiones, y la chica también las tomó; y las tomó asimismo la chica a quien usted no conoció y también el hombre que la conoció a ella, y la gente que conocieron todos ustedes en lo sucesivo. Y su familia y la familia de aquella muchacha... y sus hijos.

»A causa de haber estornudado usted hace veinte años, quizá hayan fallecido cinco personas, o cincuenta. o quinientas que podrían estar vivas; o acaso estén vivas unas personas que estarían muertas. Lleve el ejemplo doscientos años atrás, o dos mil años atrás, y un estornudo (incluso de una persona que no figure en ningún libro de historia) podría significar que ninguno de los que vivimos ahora estuviera en este mundo.

El jefe se rascó el pescuezo.

—Sí, ondas que se ensanchan. Leí un cuento una vez ..

—También lo leí yo. No es una idea nueva..., pero me gustaría que la meditara un poco, porque quiero leerle un artículo del profesor Elmer Tywood en una revista de hace veinte años. Era inmediatamente antes de la última guerra.

Tenía copias de la película en el bolsillo, y la blanca pared servía de magnífica pantalla, para lo cual estaba destinada precisamente. El jefe hizo ademán de volverse cara a ella; pero yo lo detuve con un gesto.

—No, señor —le dije—. Quiero leérselo yo. Quiero que usted escuche.

El se recostó de nuevo.

—El artículo —proseguí— se titula: *¡El primer gran fracaso del hombre!* Recuerde, esto era inmediatamente antes de la guerra, cuando la amarga desilusión que produjo el fracaso final de las Naciones Unidas estaba en su punto álgido. Lo que le leeré son unos extractos de la primera parte del artículo. Dicen así:

«...Que el Hombre, con su progreso técnico, no haya sabido solucionar los grandes problemas sociológicos de la actualidad es la segunda gran tragedia que le ha sobrevenido a la raza. La primera, y acaso la mayor, consistió en que, en otro tiempo, estos mismos grandes problemas sociológicos *sí fueron* solucionados; y sin embargo aquellas soluciones no resultaron permanentes, porque entonces no existía la perfección técnica que poseemos hoy.

»Era como tener pan sin mantequilla, o mantequilla sin pan. Nunca ambas cosas a la vez...

»Pensemos en el mundo helénico, del que arrancan en realidad toda nuestra filosofía, nuestras matemáticas, nuestro arte, nuestra ética, nuestra literatura..., toda nuestra cultura... En los días de Pericles, Grecia, como nuestro propio mundo en microcosmos, era una sorprendente amalgama de ideologías contradictorias y maneras de vida conflictivas. Pero luego vino Roma, que adoptó la cultura, e impuso, por la fuerza, la paz. No cabe duda, la *Pax Romana* sólo duró doscientos años; pero desde entonces no ha existido ningún período semejante...

»La guerra quedó abolida. El nacionalismo no existía. El ciudadano romano lo era de todo el Imperio. Pablo de Tarso y Flavio Josefo eran ciudadanos romanos. Españoles, norteafricanos, ilirios vistieron la púrpura. Existía la esclavitud, pero era una esclavitud indiscriminada, impuesta como castigo, en la que se caía como sanción por el fracaso económico, traída por las diversas fortunas de la guerra. Nadie era esclavo *natural*... por culpa del color de su piel o de su lugar de nacimiento.

»La tolerancia religiosa era completa. Si se hizo una excepción muy pronto en el caso de los cristianos fue porque ellos se negaban a aceptar ese principio de tolerancia; porque se empeñaban en que sólo ellos sabían la verdad... un principio que la civilizada Roma aborrecía...

»Con toda la cultura occidental bajo una sola *polis*, con el cáncer de los particularismos religiosos y nacionales ausente, con una civilización elevada entronizada..., ¿cómo no supo el Hombre conservar lo conquistado?

»Fue porque, tecnológicamente, el antiguo helenismo continuaba atrasado; porque sin una civilización de máquinas, el precio del ocio —y por ende de la civilización y la cultura— de unos pocos era la esclavitud de muchos. Porque la civilización no encontraba los medios para traer comodidad y bienestar para *toda* la población.

»Por ello las clases oprimidas se volvieron hacia el otro mundo, y hacia religiones que menospreciaban los beneficios materiales de éste..., de modo que fue imposible cultivar la ciencia, en su verdadero sentido, durante más de mil años. Más adelante, a medida que el ímpetu inicial del helenismo se desvanecía, al Imperio le faltó la fuerza técnica para derrotar a los bárbaros. En realidad no fue hasta después del año 1500 cuando la guerra se convirtió suficientemente en función de los recursos industriales de una nación para permitir que la gente establecida en un país pudiera derrotar fácilmente a los nómadas y las tribus invasoras...

»Imaginen, pues, si los griegos antiguos hubiesen aprendido unos atisbos nada más de la química y la física modernas. Imaginen si el crecimiento del Imperio hubiera ido acompañado del crecimiento de la ciencia, la técnica y la industria. Imaginen un Imperio en el que las máquinas hubieran sustituido a los esclavos, en el que todos los hombres hubieran gozado de una parte decente de los bienes del mundo, en el que la legión se hubiera convertido en la columna acorazada contra la cual ningún bárbaro pudiera levantarse. Imaginen un Imperio que, por consiguiente, se hubiera extendido por todo el mundo, *sin* prejuicios nacionales ni religiosos.

»Un Imperio de todos los hombres..., todos hermanos..., eventualmente todos libres...

»Si la Historia se pudiese cambiar; si aquel primer gran fracaso se hubiera podido impedir...

Y en este punto me detuve.

—¿Entonces? —preguntó el jefe.

—Entonces —respondí— me parece que no es nada difícil relacionar todo eso con el hecho de que Tywood volase una central entera en su ansiedad por enviar algo al pasado, mientras en la caja fuerte de su oficina encontrábamos capítulos de un libro de química traducido al griego.

La cara del jefe iba cambiando, mientras meditaba. Después comentó en tono espeso:

—Pero no pasó nada.

—Lo sé. Pero, oiga, el alumno de Tywood me ha dicho que se tarda un día en retroceder un siglo en el tiempo. Suponiendo que el objetivo perseguido fuese la Grecia antigua, hemos de retroceder veinte siglos, y, por tanto, necesitamos veinte días.

—Pero ¿se puede detener el proceso?

—*Yo* no lo sé. Tywood quizá lo supiera. Pero ha muerto.

La enormidad de aquel asunto se presentó ante mí, de repente, de un modo mucho más vivo y claro que la noche anterior...

Virtualmente, toda la humanidad se hallaba sentenciada a muerte. Y al paso que esto se reducía a una horrible abstracción, había un hecho concreto que la convertía en una realidad insoportable: el hecho de que yo me incluía también en ella. Y mi esposa, y mi hijo.

Además, se trataba de una muerte sin existencia anterior. Una cesación de la vida, nada más. El final de un aliento. El desvanecimiento de un sueño. El correr de una sombra hacia el no-espacio y el no-tiempo eternos. La verdad era que aquello no sería morir; sería, simplemente, no haber nacido nunca.

¿O acaso existiría yo? ¿Existiría yo..., mi individualidad..., mi ego..., mi alma, si quieren llamarlo así? ¿Otra vida? ¿En otras circunstancias?

Nada de eso lo pensé con palabras entonces. Pero si en aquella situación un nudo frío en el estómago pudiera traducirse en palabras, sonaría de un modo parecido, creo.

El jefe siguió, vigorosamente, por el camino de mis pensamientos.

—Entonces, disponemos de unas dos semanas y media. No hay tiempo que perder. Vamos.

Sonreí con la mitad de los labios nada más.

—¿Qué haremos? ¿Perseguir el libro?

—No —replicó él fríamente—, pero hay dos cursos de acción que debemos seguir. Primero, es posible que usted se haya equivocado por completo. Todo ese razonamiento circunstancial puede resultar una falsa orientación, que quizá nos hayan puesto delante ex profeso para encubrir la auténtica verdad. Hay que comprobarlo.

»En segundo lugar, es posible que acierte..., pero ha de haber alguna manera de detener el libro, distinta a la de perseguirlo con una máquina de tiempo, quiero decir. En tal caso, hemos de descubrir cuál es.

—Sólo querría decir, señor, que si es una falsa pista, sólo un loco la consideraría verosímil. De modo que, supongamos que estoy en lo cierto, y supongamos que no hay manera de detener el proceso.

—Entonces, joven, voy a estar muy ocupado durante dos semanas y media, y le aconsejo que usted también lo esté. El tiempo se nos pasará más aprisa de este modo.

Naturalmente, tenía razón.

—¿Por dónde empezamos? —pregunté.

—Lo primero que necesitamos es una lista de todos los subordinados y subordinadas de Tywood que cobran un sueldo del Gobierno.

—¿Por qué?

—Razonemos. Es su especialidad, ya sabe. Tywood no sabía griego, creo que podemos suponerlo sin temor a equivocarnos; entonces, la traducción ha debido hacerla otra persona. No es probable que nadie hiciera un trabajo así de balde, y tampoco lo es que Tywood lo pagara de sus fondos particulares... y menos con un salario de profesor.

—Es posible —señalé— que le interesara un secreto más riguroso que el que permite recurrir a un empleado del Gobierno.

—¿Por qué? ¿Qué peligro corría? ¿Es delito traducir al griego un libro de química? ¿Quién deduciría de este simple hecho una trama como la que usted ha descrito?

Tardamos media hora en dar con el nombre de Mycroft James Boulder, anotado como «Informador», y descubrir que en el Catálogo de la Universidad se le mencionaba como profesor auxiliar de Filosofía, y comprobar por teléfono que entre los diversos méritos que le adornaban figuraba el de conocer a la perfección el griego ático.

Lo cual fue una coincidencia... porque cuando el jefe levantaba la mano hacia el sombrero, el teletipo de intercomunicación de los despachos dio un chasquidito y resultó que Mycroft James se hallaba en la antesala, después de dos horas de insistir continuamente en que quería ver al jefe.

Este volvió a dejar el sombrero y abrió la puerta del despacho.

El profesor Mycroft James Boulder era un hombre gris. Tenía el cabello cano y los ojos grises. Vestía, además, traje gris.

Pero, sobre todo, tenía una expresión gris; gris por una tensión que parecía retorcer todas las líneas de su delgado semblante.

Boulder dijo mansamente:

—Hace tres días que solicito audiencia con un hombre responsable. Y no puedo llegar a un nivel más alto que el de usted.

—Acaso el mío sea suficientemente elevado —respondió el jefe—. ¿Qué le ocurre?

—Interesa muchísimo que me concedan una entrevista con el profesor Tywood.

—¿Sabe dónde está?

—Estoy completamente seguro que está bajo custodia del Gobierno.

—¿Por qué?

—Porque sé que planeaba un experimento que implicaba el quebrantamiento de las normas de seguridad. Los acontecimientos ocurridos, por lo que yo sé y puedo colegir, fluyen naturalmente de la suposición de que las normas de seguridad han sido, efectivamente, quebrantadas. He de suponer, pues, que al menos se ha intentado el experimento. Debo descubrir si ha concluido felizmente.

—Profesor Boulder —dijo el jefe—, creo que usted sabe leer griego.

—Sí, sé... —respondió en tono frío.

—Y ha traducido textos químicos para el profesor Tywood cobrando con dinero del Gobierno.

—Sí... en calidad de asesor legalmente empleado.

—Sin embargo, tal traducción, dadas las circunstancias, constituye un delito, porque le hace a usted cómplice del delito de Tywood.

—¿Puede establecer alguna relación?

—¿Y usted puede no establecerla? ¿O no está enterado de las ideas de Tywood sobre un viaje por el tiempo?, o... ¿cómo lo llaman ustedes...? ¿Traslación microtemporal?

—¿Ah? —Boulder sonrió levemente—. De modo que se lo ha explicado.

—No, no me lo explicó —replicó ásperamente el jefe—. El profesor Tywood ha muerto.

—¿Qué? —a continuación añadió—: No le creo.

—Falleció de apoplejía. Mire esto.

Tenía una fotografía de las tomadas la primera noche de la caja fuerte de la pared. La faz de Tywood aparecía alterada, pero reconocible... Estaba tendido en el suelo, y muerto.

La respiración de Boulder se entrecortó. Estuvo mirando la fotografía tres largos minutos, según el reloj eléctrico de la pared.

—¿Dónde está eso? —preguntó.

—Es la central atómica.

—¿Había terminado su experimento?

El jefe se encogió de hombros.

—No podemos saberlo. Cuando lo encontramos había perecido ya.

Boulder tenía los labios apretados y descoloridos.

—Hay que determinarlo como sea. Es preciso nombrar una comisión de científicos, y, si es necesario, hay que repetir el experimento...

El jefe se limitó a mirarle y cogió un cigarro. No le había visto pasar nunca tanto rato... y cuando lo dejó consumido, dijo:

—Hace veinte años, Tywood escribió un artículo para una revista...

—¡Ah! —el profesor curvó los labios—. ¿Esto es lo que les ha dado la pista? Pueden pasarlo por alto. Ese hombre no es más que un científico físico y no sabe nada ni de historia ni de sociología. Son sueños de colegial, nada más.

—Entonces usted no cree que enviando la traducción que hizo hacia el pasado se pueda inaugurar un Siglo de Oro, ¿verdad que no?

—Claro que no. ¿Cree usted que se pueden inculcar

los acontecimientos y progresos de dos mil años de trabajo lento a una sociedad que no esté preparada para ellos? ¿Piensa usted que un gran invento o un gran principio científico nace hecho y derecho en la mente de un genio divorciado de su medio ambiente cultural? Newton retrasó veinte años la publicación de la ley de la gravitación universal porque la cifra entonces en boga del diámetro de la Tierra ofrecía un error de un diez por ciento. Arquímedes estuvo a punto de inventar el cálculo infinitesimal; pero no llegó a hacerlo porque no conocía las cifras arábigas, inventadas por algún hindú anónimo, o por un grupo de hindúes.

»Para el caso, la simple existencia de una sociedad esclavista en la Grecia y la Roma antiguas significa que las máquinas no podían atraer demasiada atención, puesto que los esclavos resultaban mucho más baratos y más adaptables. Y apenas se podía esperar que los hombres de verdadero nivel intelectual gastaran sus energías en ingenios ideados para trabajos manuales. El mismo Arquímedes, el mayor ingeniero de la Antigüedad, se negó a publicar ninguno de sus inventos prácticos; sólo las abstracciones matemáticas. Y cuando un joven le preguntó a Platón para qué servía la geometría, le expulsaron inmediatamente de la Academia como a hombre de alma mezquina, no-filosófica.

»La ciencia no progresa dando un gran salto hacia delante, sino que avanza lentamente en las direcciones que le permiten las grandes fuerzas que moldean la sociedad y que, a su vez, son moldeadas por ésta. Ningún gran hombre avanza sino a hombros de la sociedad que le rodea...

En este punto, el jefe le interrumpió:

—Entonces, ¿y si nos explicara qué papel representó usted en el trabajo de Tywood? Aceptaremos su palabra de que la historia no se puede cambiar.

—Oh, sí se puede; aunque no a propósito... Mire usted, cuando Tywood requirió mis servicios por primera vez para que tradujese algunos fragmentos de libros de texto al griego, yo acepté por el dinero que con ello ganaría. Pero él quería la traducción sobre pergamino; se empeñaba en que utilizara la terminología del griego antiguo (el lenguaje de Platón, para emplear sus propias palabras) independientemente del giro que tuviera que dar al significado literal de los párrafos, y lo quería escrito a mano, en rollos.

»Sentí curiosidad. Yo también encontré ese artículo de revista. Me resultaba difícil sacar las conclusiones obvias, dado que las conquistas de la ciencia moderna sobrepasan las especulaciones de la filosofía en tantísimos aspectos. Pero con el tiempo supe la verdad, y entonces comprendí que la teoría de Tywood de cambiar el curso de la historia era demasiado infantil. Hay veinte millones de variables para cada instante del tiempo, y ningún sistema matemático (ninguna psicohistoria matemática, si se me permite acuñar una frase) se ha desarrollado todavía lo suficiente como para manejar ese océano de funciones variables.

»En resumen, cualquier variación de los acontecimientos de dos mil años atrás cambiaría toda la historia subsiguiente, pero *no de una manera predictible.*

El jefe sugirió con falso sosiego:

—Lo mismo que la chinita que inicia el alud, ¿no?

—Exacto. Veo que tiene cierta idea de la situación. He meditado profundamente semanas y semanas antes de entrar en acción, y me he dado cuenta de que debía actuar..., *debía* actuar.

Se oyó un bramido bajo. El jefe se había puesto en pie y el sillón se caía para atrás. El jefe rodeó la mesa; tenía ya una mano en la garganta de Boulder. Yo daba un paso para detenerle; pero él me apartó con un gesto...

Sólo apretaba un poco la corbata. Boulder podía seguir respirando. Se había puesto muy pálido, y mientras el jefe estuvo hablando, él se limitó a esto: a respirar. El jefe dijo:

—Claro, veo perfectamente cómo decidió que debía actuar. Sé que algunos de ustedes, filósofos débiles mentales, creen que es preciso arreglar el mundo. Quieren echar el dado otra vez para ver qué sale. Quizá ni siquiera les importe si seguirán vivos en la nueva decoración, o que nadie pueda saber qué han hecho ustedes.

Pero han de crear a pesar de todo. Han de darle otra oportunidad a Dios, por decirlo de algún modo.

»Quizá sea que, sencillamente, quiero vivir; pero el mundo podría ser peor. Podría ser peor de veinte millones de maneras distintas. Un sujeto llamado Wilder escribió una vez una obra teatral titulada *La piel de nuestros dientes*. Quizá la haya leído usted. Sostenía la tesis de que la humanidad ha sobrevivido por eso precisamente, por la piel de los dientes. No, no voy a hacerle un discurso sobre la Era Glaciar que casi nos barre. No sé bastante. Ni siquiera le hablaré de la victoria de los griegos en Maratón, ni de la derrota de los árabes en Tours, ni de los mogoles retrocediendo en el último instante, sin haber sido derrotados siquiera... porque no soy historiador.

»Pero coja el siglo veinte. Los alemanes fueron detenidos en el Marne dos veces durante la Primera Guerra Mundial. Lo de Dunkerque sucedió en la Segunda Guerra Mundial, y fuera como fuese, los alemanes fueron detenidos en Moscú y Stalingrado. En la última guerra habríamos podido utilizar la bomba atómica, y no la empleamos, y cuando parecía que ambos bandos iban a emplearla se produjo el Gran Compromiso..., precisamente porque el general Bruce se retrasó al despegar del aeropuerto de Ceilán el tiempo suficiente para recibir el mensaje directamente. Uno después de otro, así por este estilo, golpes de buena suerte a lo largo de toda la historia. Por cada «si», condicional, que no se produjo y que nos habría elevado a la cumbre en caso de haberse producido, hubo veinte «sis» que no se produjeron y que nos habrían llevado al desastre en caso de producirse.

»Ustedes han apostado a esta posibilidad contra veinte; han apostado todas las vidas de la Tierra. Y han hecho la apuesta en firme, además, porque Tywood envió *realmente* el texto en cuestión al pasado.

La última frase la pronunció muy lenta y marcada, al mismo tiempo que abría la mano, de modo que Boulder pudiera caer y derrumbarse sobre la silla.

Pero Boulder se puso a reír.

—¡So tonto! —exclamó con amargura—. ¡Cuán cerca puede estar del blanco, y por qué gran distancia puede errarlo! Entonces Tywood ¿envió su libro al pasado? ¿Está seguro?

—En el lugar del suceso no se encontró ningún texto de química en griego —dijo sombrío el jefe—. Y habían desaparecido millones de calorías de energía. Lo cual no cambia el hecho, sin embargo, de que disponemos de dos semanas y media para... para divertirle a usted de lo lindo.

—Bah, tonterías. No me salga con dramatismos estúpidos, por favor. Escúcheme, e intente comprender. Hubo en otro tiempo unos filósofos griegos, llamados Leucipo y Demócrito, que elaboraron una teoría atómica. Decían que toda materia está compuesta de átomos. Las clases de átomos eran distintas y no podían cambiar de carácter, y por las distintas combinaciones entre unos y otros formaban las diversas sustancias que se encuentran en la naturaleza. Esa teoría no era fruto de experimentos ni de la observación. Surgió, por lo que fuese, ya completa y ultimada.

»El poeta didáctico romano Lucrecio, en su *De Rerum Natura —De la naturaleza de las cosas—*, elaboró más aún dicha teoría, de forma que logró darle, en toda su extensión, un carácter asombrosamente moderno.

»En la época helenística, Hero construyó una máquina de vapor, y las armas de guerra casi llegaron a mecanizarse. A dicho período se le ha dado el nombre de Edad Mecánica Abortada, porque terminó perdiéndose en la nada, pues, por lo que fuere, ni creció fuera de su entorno social y económico ni encajó en él. La ciencia alejandrina fue un fenómeno raro y bastante inexplicable.

»También se puede mencionar la antigua leyenda romana sobre los libros de la Sibila que contenían informaciones misteriosas, recibidas directamente de los dioses...

»En otras palabras, caballeros, si bien ustedes tienen razón al pensar que cualquier cambio en el curso de los acontecimientos pasados, por pequeño que sea, tendría unas consecuencias incalculables, y si bien yo también creo que aciertan al suponer que cualquier cambio producido al azar tendría muchas más probabilidades de empeorar la situación que de mejorarla, debo hacerles notar que, no obstante, se equivocan por completo en sus conclusiones finales.

»*Porque ESTE es el mundo resultante de que FUERA enviado, hacia el pasado, el texto griego de química.*

»Esta ha sido una carrera de la Reina Encarnada, si se acuerdan ustedes de *A través del espejo*. En el país de la Reina Encarnada, uno tenía que correr tan aprisa como pudiera para continuar, simplemente, en el mismo sitio. ¡Así ha sucedido en este caso! Tywood pudo pensar que estaba creando un mundo nuevo, pero fui yo quien preparó las traducciones, y tuve buen cuidado de que sólo se incluyeran aquellos trozos que dieran cuenta de los raros fragmentos de conocimiento que los antiguos consiguieron, al parecer, de ninguna parte.

»Y la única intención que me animaba, con tanto correr y correr, era la de quedarme en el mismo sitio.

Pasaron tres semanas; tres meses; tres años. No sucedió nada. Cuando no sucede nada, uno no tiene ninguna prueba. Abandonamos todo intento de explicación, y terminamos, el jefe y yo, por dudar nosotros mismos de todo aquello.

El caso no quedó cerrado. A Boulder no se le podía considerar un criminal sin tenerle al mismo tiempo como un salvador del mundo, y viceversa. Se le ignoró. Y al final el caso no quedó resuelto, ni cerrado, sino simplemente puesto en un archivo para él solo, bajo la denominación de «?», y lo enterraron en el sótano más profundo de Washington.

Ahora el jefe está en Washington, y es un pez gordo. Yo soy jefe regional de la Oficina.

En cambio, Boulder sigue de profesor auxiliar. En la Universidad se asciende muy despacio.

La carrera de la reina encarnada, *mi relato número cincuenta y ocho, fue el primero que escribió el* doctor *Asimov.*

En setiembre empecé otro relato, Madre Tierra, *y se lo presenté a Campbell el 12 de octubre de 1948. Después de una revisión relativamente pequeña del final, también lo aceptó.*

8

MADRE TIERRA

—Pero ¿está completamente seguro? ¿Está seguro de que, aunque uno sea historiador profesional, puede distinguir siempre entre victoria y derrota?

Gustav Stein, que se había desahogado con esa burlona pregunta, formulada con una amplia sonrisa debajo de un mostacho gris del que acababa de apartar un vaso vacío, no era historiador.

Pero su compañero sí lo era, y aceptó la cariñosa embestida sonriendo a su vez.

Para la Tierra, el apartamento de Stein era realmente de lujo. Claro que le faltaba la vacía intimidad de los Mundos Exteriores, puesto que delante de su ventana se extendía hacia lo lejos un fenómeno que sólo se daba en el planeta donde él nació: una ciudad. Una gran ciudad, llena de gente cuyos hombros rozaban unos con otros, cuyos sudores se mezclaban...

El apartamento tampoco estaba equipado con su propia central de energía y su propio suministro de cosas necesarias. Carecía incluso del cupo más elemental de robots positrónicos. En resumen, le faltaba la dignidad de bastarse a sí mismo, y, como la mayoría de las cosas de la Tierra, era simplemente parte de una comunidad, una unidad pendiente de un grupo, una porción de una turba.

Pero Stein era terrícola de nacimiento y estaba acostumbrado a ello. Además, al fin y al cabo, según los niveles de la Tierra, el apartamento seguía siendo de lujo.

Pero mirando al exterior por las mismas ventanas ante las cuales se extendía la ciudad, uno podía ver las estrellas y, entre ellas, los Mundos Exteriores, en los que no había ciudades, sino únicamente jardines; donde los céspedes eran fajas de esmeralda, donde todos los seres humanos eran reyes y adonde esperaban, muy en serio y muy en vano, ir todos los terrícolas buenos algún día.

Exceptuando a unos cuantos que estaban mejor enterados: como Gustav Stein.

Las tardes de los viernes con Edward Field pertenecían a esa clase de ritual que se entroniza con la edad y la vida sosegada. Un ritual que les partía la semana agradablemente a un par de solterones maduros y les proporcionaba un motivo inocuo para entretenerse con el jerez y las estrellas. Un ritual que los apartaba de lo desagradable de la vida y, sobre todo, les permitía hablar.

Especialmente Field, como conferenciante, erudito y hombre de pocos medios, citaba capítulos y versos de su todavía incompleta *Historia del Imperio Terrestre*.

—Espero el último acto —explicaba—. Entonces la titularé *Ocaso y caída del Imperio*, y la publicaré.

—Siendo así, debes de confiar que el último acto llegará pronto.

—En cierto sentido, ha llegado ya. Lo que ocurre, sencillamente, es que vale más esperar a que todos reconozcan ese hecho. Mire, so escéptico, cuando un Imperio, o un Sistema Económico o una Institución Social caen, se producen tres momentos, tres tiempos.

Field hizo una pausa para lograr el pleno efecto y aguardó pacientemente a que Stein dijera:

—¿Cuáles son esos tres tiempos?

—Primero —Field enderezó el índice derecho— viene el tiempo en que aparece un pequeño nudo que señala el camino inexorable hacia el final. No se ve ni se reconoce hasta que el final ha llegado ya, y entonces el nudo originario se hace visible para la mirada retrospectiva.

—¿Y puede decirme cuál es ese pequeño nudo?

—Creo que sí, pues cuento ya con la ventaja de siglo y medio de visión retrospectiva. Vino cuando la colonia del sector Sirio, Aurora, obtuvo por primera vez el permiso del Gobierno Central de la Tierra para introducir robots positrónicos en su vida comunal. Evidentemente, volviendo la vista hacia aquel momento, quedaba despejado el camino hacia una sociedad completamente mecanizada, fundada en el trabajo de los robots y no en el de los hombres. Y es esta mecanización la que ha constituido y seguirá constituyendo el factor decisivo en la lucha entre los Mundos Exteriores y la Tierra.

—¿De veras? —murmuró el fisiólogo—. Cuán infernalmente listos son ustedes los historiadores. ¿Cuál y cuándo fue la segunda vez que el Imperio cayó?

—El segundo momento en el tiempo —Field dobló suavemente el dedo medio— llega cuando ante los ojos del experto se levanta una señal tan grande y clara que se puede distinguir sin ayuda de la perspectiva. Y este momento ha pasado también al establecer los Mundos Exteriores, por primera vez, un cupo de inmigración contra la Tierra. El hecho de que la Tierra fuese incapaz de impedir una acción tan claramente perjudicial para ella fue un grito que todos pudieron oír, y eso tuvo lugar hace cincuenta años.

—Mejor. ¿Y el tercer momento?

—¿El tercer momento? —ahora le tocó el turno al dedo anular—. Ese es el menos importante. Es cuando el mensaje se convierte en una pared con un enorme «FIN» garabateado en ella. Entonces lo único que se requiere para conocer que ha llegado el final no es perspectiva ni entrenamiento, sino simplemente la facultad de escuchar una videograbación.

—Supongo que el tercer momento en el tiempo no ha llegado todavía.

—No, evidentemente; si hubiera llegado no tendría que preguntarlo. Sin embargo, puede llegar pronto; por ejemplo, si estalla una guerra.

—¿Cree que estallará?

Field no quiso comprometerse.
—Los tiempos están inseguros y se extiende por la Tierra una oleada de sentimentalismo fútil por el problema de la inmigración. Si estallara una guerra, la Tierra sería derrotada rápida y definitivamente, y se erigiría el muro.
—¿Está seguro? ¿Está completamente seguro de que uno, aunque sea historiador profesional, sabe distinguir siempre entre victoria y derrota?
Field sonrió. Y dijo:
—Es posible que usted sepa algo que yo no sé. Por ejemplo, ahora se habla de una cosa llamada el «Proyecto Pacífico».
—No lo había oído mentar nunca —Stein volvió a llenar los dos vasos—. Hablemos de otras cuestiones.
Levantó el vaso hacia la ancha ventana, de modo que las estrellas lejanas se reflejaran con un fulgor rosado movedizo en el transparente líquido, y brindó:
—Para que terminen felizmente todos los contratiempos de la Tierra.
Field levantó el suyo.
—Por el Proyecto Pacífico.
Stein bebió un sorbito y dijo:
—Estamos brindando por dos cosas distintas.
—¿De veras?

Es muy difícil describir ninguno de los Mundos Exteriores a un indígena de la Tierra, pues lo que se precisa no es tanto la descripción de un mundo sino la de un estado mental. Los Mundos Exteriores —unos cincuenta, que empezaron por ser colonias, pasaron luego a dominios y más tarde a naciones— difieren muchísimo unos de otros en un sentido físico. Pero el estado de espíritu es el mismo en todos ellos.
Es un fenómeno que nace de un mundo en principio no apto para el género humano, y sin embargo poblado por la flor y nata de los difíciles, los diferentes, los osados, los extraviados.
Para expresarlo con una sola palabra, es el universo de la «individualidad».

Tenemos, por ejemplo, el mundo de Aurora, a tres parsecs de la Tierra. Fue el primer planeta colonizado fuera del Sistema Solar y representó el alba de los viajes interestelares. De ahí su nombre.

En un principio, acaso, tenía aire y agua; pero según los raseros terrestres era rocoso y estéril. La vida vegetal que existía allí, alimentada por un pigmento verde amarillento sin ninguna relación con la clorofila y sin la eficacia de ésta, daba a las regiones relativamente fértiles un aspecto bilioso, decididamente desagradable para los ojos no habituados. No existía vida animal alguna que superara la fase unicelular y la correspondiente a las bacterias. Nada peligroso, naturalmente, puesto que los dos sistemas biológicos, el de la Tierra y el de Aurora, no guardaban ninguna relación química entre sí.

Muy lentamente, Aurora se convirtió en una especie de mosaico con parcelitas pequeñas intercaladas. Primero vinieron los cereales y los árboles frutales; luego, arbustos, flores y hierbas. Siguieron los rebaños de ganado. Y, como si conviniera evitar una copia demasiado fiel del planeta metrópoli, vinieron también robots positrónicos a construir edificios, cultivar campos, establecer las unidades de energía. En resumen, a realizar el trabajo y a convertir el planeta en verde y humano.

Teníamos ahí el lujo de un mundo nuevo y con unos recursos minerales ilimitados. Había un exceso incalculable de energía atómica distribuida en nueve fundaciones y a disposición tan sólo de miles, o, como máximo, millones de seres a quienes servir, y no a miles de millones. Se produjo el vasto florecimiento de la ciencia física en mundos donde había espacio para cultivarla.

Tomemos como ejemplo el hogar de Franklin Maynard, quien vivía, acompañado de su esposa, sus tres hijos y veintisiete robots, en una finca que distaba más de sesenta y cinco kilómetros de su vecino más cercano. Sin embargo, por onda-comunitaria, podía, si así lo deseaba, compartir la sala de estar de cualquiera de los setenta y cinco millones de habitantes de Aurora... con cada uno en particular, y con todos simultáneamente.

Maynard conocía centímetro a centímetro su valle.

Sabía dónde terminaba, bruscamente, dejando el puesto a los despeñaderos inhóspitos, a cuyas indeseables pendientes se aferraban agoreramente las angulosas y afiladas hojas de la aliaga indígena... como por odio a la materia, más suave, que le había usurpado el puesto bajo el sol.

Maynard no tenía que salir de aquel valle. Era diputado de la Reunión y miembro del Comité de Agentes Extranjeros, pero podía resolver todos los asuntos, salvo los más esenciales, por onda-comunitaria, sin tener que sacrificar siquiera aquella preciosa intimidad que gozaba de una forma que ningún terrícola podía comprender.

Hasta el asunto actual se podía llevar a cabo por onda-comunitaria. Por ejemplo, el hombre que estaba sentado con él allí en la sala de estar era Charles Hijkman, el cual se hallaba en realidad en su propia sala de estar de una isla en medio de un lago artificial poblado por cincuenta variedades de peces y que se encontraba a más de cuarenta kilómetros de allí.

El enlace era una ilusión, por supuesto. Si Maynard hubiera querido estirar un brazo, habría podido palpar la invisible pared.

Hasta los robots estaban habituados a la paradoja, y cuando Hijkman levantó la mano para coger un cigarrillo, el robot de Maynard no hizo ningún movimiento por satisfacer el deseo, aunque hubo de transcurrir medio minuto antes de que pudiera satisfacerlo el del propio Hijkman.

Los dos hombres conversaban como mundo-exteriorícolas que eran; es decir, secamente y con sílabas demasiado cortadas para tener un acento amable, aunque, en verdad, tampoco lo tenían hostil. Simplemente, les faltaba algo indefinible, esa crema —aunque agria y escasa a veces— de la sociabilidad humana que tanto se inculca a los habitantes de los hormigueros de la Tierra.

Maynard decía:

—Hace tiempo que necesito una comunión particular, Hijkman. Mis deberes en la Reunión de este año...

—Perfecto. Queda entendido. Puede empezar ahora, por supuesto. En realidad me interesa más aún porque me han hablado de la superior calidad de sus terrenos y paisajes. ¿Es cierto que alimentan el ganado con hierba importada?

—Me temo que aquí hay una pequeña exageración. En realidad algunas de mis mejores lecheras se alimentan de importaciones de la Tierra en la época del parto; pero alimentarlas así continuamente sería prohibitivamente caro, me temo. Sin embargo, producen una leche de calidad extraordinaria. ¿Puedo tomarme la libertad de enviarle la producción de un día?

—Sería extremadamente amable —Hijkman inclinó la cabeza con aire grave—. Habrá de aceptar unos salmones míos a cambio.

Para un ojo terrestre, los dos hombres podrían haber parecido muy semejantes. Ambos eran altos, aunque no fuera de lo común para Aurora, donde la talla normal de un hombre adulto es de metro ochenta y cinco a metro ochenta y siete. Ambos eran rubios y de músculos fuertes, con unos rasgos fisonómicos agudos, pronunciados. Aunque ninguno de los dos estaba por debajo de los cuarenta, todavía llevaban sus respectivos años con toda gallardía.

Hasta aquí, el preámbulo. Entonces, sin cambiar de tono, Maynard enfocó el objetivo auténtico de su llamada.

—El Comité, ya sabe usted —dijo—, en la actualidad se ocupa preferentemente de Moreanu y sus conservadores. Nosotros, los independientes, quisiéramos tratarlos con mano firme. Pero antes de emprender semejante camino con la calma y la seguridad necesarias, me gustaría formularle unas preguntas.

—¿Y por qué a mí?

—Porque usted es el físico más importante de Aurora.

La modestia es una actitud antinatural, una actitud que sólo con grandes dificultades se inculca a los niños. En una sociedad individualista representa una virtud inútil; por consiguiente, Hijkman estaba libre de semejante lastre. Se limitó pues a inclinar la cabeza con objetivo asentimiento a las últimas palabras de Maynard.

—Y —continuó éste— porque es uno de los nuestros. Usted es independiente.

—Estoy afiliado al partido. Pago las cuotas, pero no despliego gran actividad.

—De todos modos, es hombre de confianza. Bueno, pues, dígame, ¿ha oído hablar del Proyecto Pacífico?

—¿El Proyecto Pacífico? —había en sus palabras una delicada interrogación.

—Se trata de algo que está ocurriendo en la Tierra Pacífico es el nombre de un océano de la Tierra; pero, muy probablemente, el nombre en sí no signifique nada.

—No tenía la menor noticia.

—No me extraña. Pocos la tienen, ni siquiera en la misma Tierra. Ah, por cierto, nuestra comunión, ésta de ahora, se realiza vía rayo-cerrado y no debe divulgarse nada.

—Comprendo.

—Sea lo que fuere el Proyecto Pacífico (y nuestros agentes se muestran extremadamente vagos), cabe suponer que representa una amenaza. Mucha de esa gente que en la Tierra pasan por científicos parece relacionada con él. Y también muchos políticos de los más radicales y alocados de aquel planeta.

—Humm. Tiempo atrás hubo una cosa a la que llamaron Proyecto Manhattan.

—Sí —alentó Maynard—. ¿Qué sabe de aquello?

—Bah, es una cosa antigua. Se me ha ocurrido por la analogía de las denominaciones. El Proyecto Manhattan data de antes de los viajes extraterrestres Hubo una guerrita de nada en la Edad Oscura, y ése es el nombre que dieron a un grupo de científicos que desarrollaron la energía atómica.

—¡Ah! —la mano de Maynard se cerró en un puño—. ¿Y qué piensa entonces que puede salir del Proyecto Pacífico?

Hijkman reflexionó. Luego, en voz baja, preguntó:

—¿Cree que los de la Tierra planean una guerra?

En el semblante de Maynard apareció una repentina expresión de disgusto.

—Seis mil millones de personas. O mejor, seis mil millones de semimonos acumulados en un solo sistema, a punto de estallar, enfrentándose con unos millones, en total, de los nuestros. ¿No le parece una situación peligrosa?

—¡Bah, números!

—De acuerdo. ¿Estamos a salvo, a pesar de los números? Dígamelo. Yo soy gobernador, nada más; en cambio usted es físico. ¿Tiene la Tierra una posibilidad, sea como fuere, de ganar una guerra?

Hijkman permaneció solemnemente sentado en su silla y reflexionó con calma. Luego dijo:

—Razonemos. Hay tres grandes clases de métodos mediante los cuales un individuo o un grupo pueden lograr sus fines contra una oposición. Por orden de menor a mayor sutileza, a estas tres clases las podríamos denominar física, biológica y psicológica.

»Bien, la física podemos eliminarla sin reparo. La Tierra no tiene una base industrial. No posee la técnica necesaria. Cuenta con recursos muy limitados. En la actualidad ni siquiera tiene un científico físico de gran talla. De modo que es absolutamente imposible que los terrícolas puedan idear ningún recurso físico-químico que no conozcamos ya los de los Mundos Exteriores. Siempre, por supuesto, que las condiciones del problema impliquen un enfrentamiento de la Tierra, ella sola, contra uno de los Mundos Exteriores, o contra todos. Doy por descontado que ninguno de los Mundos Exteriores se aliaría con la Tierra para atacarnos a nosotros.

—Por supuesto que no. Ni pensar en tal cosa. Bórresela de la mente.

—Entonces, no se puede concebir el empleo, por sorpresa, de armas físicas corrientes. Sería inútil seguir discutiendo este punto.

—Siendo así, ¿qué opina de su segunda clase: la biológica?

Hijkman enarcó las cejas poco a poco.

—Vea, aquí no pisamos un terreno tan firme. Me dicen que en la Tierra hay algunos biólogos muy competentes. Claro, como yo soy físico y no biólogo, no estoy en condiciones de juzgar por mí mismo. De todos modos, creo que en ciertos campos limitados son bastante expertos. En ciencia agrícola, por supuesto, para poner un ejemplo patente. Y en bacteriología. Humm...

—Sí, ¿qué sucedería en una guerra bacteriológica?

—¡Es una idea! Aunque no, no, perfectamente inconcebible. Un mundo rebosante y reducido como la Tierra no puede permitirse el lujo de luchar con gérmenes contra un amplio enrejado de cincuenta mundos dispersos. Los terrícolas estarían muchísimo más expuestos a epidemias, es decir, a una réplica de la misma clase. En realidad, yo diría que, dadas las condiciones de vida que disfrutamos aquí en Aurora, y en los otros Mundos Exteriores, no se desarrollaría de verdad ninguna enfermedad contagiosa. No, Maynard. Puede consultar a un bacteriólogo; pero creo que le dirá lo mismo.

—¿Y la tercera clase? —inquirió Maynard.

—¿La psicológica? Mire, ésa es impredecible. Sin embargo, los Mundos Exteriores son comunidades inteligentes y cuerdas, no manejables por la propaganda ordinaria, ni por ningún emocionalismo insano. Veamos, me preguntaba...

—¿Qué?

—¿Y si el Proyecto Pacífico no fuese sino eso, precisamente? Quiero decir, un enorme montaje para mantenernos en un estado de ansiedad. Un proyecto ultrasecreto, pero del que se filtra algo de la manera más conveniente y en el momento oportuno, a fin de que los Mundos Exteriores cedan algo ante la Tierra, simplemente como medida de precaución...

Hubo un silencio prolongado.

—¡Imposible! —estalló, colérico, Maynard.

—*Usted* reacciona como se pretendía. *Usted* titubea. Pero no insisto demasiado en la interpretación. Es sólo una idea.

Hubo un silencio más prolongado aún, y luego Hijkman volvió a tomar la palabra:

—¿Quiere preguntarme algo más?

Maynard salió, con un sobresalto, de una especie de divagación.

—No... no...

La onda cesó, y apareció una pared donde un momento antes se veía el espacio libre.

Despacio, con terca incredulidad, Franklin Maynard movía la cabeza.

Ernest Keilin subía las escaleras, encariñado con todos los siglos pasados. Era un edificio antiguo, preñado de historia. En otro tiempo albergó el Parlamento del Hombre, y de él salieron palabras que retumbaron por las estrellas.

Era un edificio alto. Se remontaba, se extendía, se erguía. Se elevaba hacia las estrellas; hacia unas estrellas que ahora se habían alejado.

Ya no albergaba el Parlamento de la Tierra, que había sido trasladado a un edificio más moderno, neoclásico, un edificio que imitaba muy imperfectamente los estilismos arquitectónicos de la antigua Era Preatómica.

No obstante, el viejo edificio conservaba su pomposo nombre. Oficialmente, seguía siendo la Casa Estelar, aunque en la actualidad sólo daba cobijo a los funcionarios de una burocracia reducida.

Keilin bajó en el duodécimo piso y el ascensor descendió, rápidamente, a su espalda. El luminoso rótulo pregonaba suave, calladamente: «Oficina de Información». Keilin entregó una carta a la recepcionista. Aguardó. Al cabo de un rato cruzaba la puerta que decía: «L. Z. Cellioni — Secretario de Información».

Cellioni era bajo y moreno. Tenía el cabello abundante y negro; llevaba un delgado bigotito negro. Cuando sonreía, mostraba unos dientes de una blancura asombrosa, y muy regulares... por lo que solía hacerlo a menudo.

Estaba sonriendo en este instante, mientras se levantaba y alargaba la mano. Keilin la estrechó; aceptó una silla y después un cigarro.

—Estoy muy contento de verle, señor Keilin —dijo Cellioni—. Ha sido muy amable cogiendo el avión en Nueva York para venir aquí al poco rato de haberle avisado.

Keilin torció las comisuras de los labios y dibujó

un leve gesto con una mano, como quitándole importancia a todo aquello.

—Y ahora —continuó Cellioni— creo que le gustaría que le explicara el motivo de la llamada.

—No rechazaría una explicación, en modo alguno —contestó Keilin.

—Por desgracia, es difícil saber exactamente cómo hacerlo. Como secretario de Información me encuentro en una situación difícil. Debo salvaguardar la seguridad y el bienestar de la Tierra y, al mismo tiempo, acatar nuestra tradicional libertad de prensa. Natural y afortunadamente, no tenemos censura; pero también es natural que en ciertas ocasiones uno desee que la hubiera.

—¿Se refiere esto a mí? —preguntó Keilin—. Lo de la censura, quiero decir.

Cellioni no contestó directamente. Lo que hizo fue volver a sonreír, con una sonrisa lenta y desprovista de jovialidad.

—Usted, señor Keilin, dispone de uno de los programas de video preferidos del público y más influyentes. Por ello el gobierno siente un interés especial por usted.

—El tiempo es mío —replicó Keilin tozudamente—. Lo pago. Pago impuestos por los beneficios que me reporta. Me atengo a todas las disposiciones vigentes sobre temas prohibidos. De modo que no veo qué interés puede sentir el gobierno por mí.

—Oh, me ha interpretado mal. Ha sido culpa mía, supongo, por no expresarme con bastante claridad. Usted no ha cometido ningún delito ni faltado a ninguna ley. Sus dotes de periodista merecen toda mi admiración. A lo que me refiero es a su actitud de comentarista en ciertas ocasiones.

—¿Con respecto a qué?

—Con respecto —respondió Cellioni, con repentina aspereza en los delgados labios— a nuestra política acerca de los Mundos Exteriores.

—Mi actitud de comentarista representa lo que siento y creo, señor secretario.

—Lo admito. Tiene derecho a sentir y creer por su cuenta. Sin embargo, es poco juicioso propagar ciertos sentimientos y creencias casi todas las noches a un público de cincuenta millones de personas.

—Poco juicioso, según usted, quizá. Pero legal, según todo el mundo.

—A veces es necesario anteponer el bien del país a una interpretación estricta y egoísta de la legalidad.

Keilin golpeó el suelo dos veces y frunció el ceño con aire sombrío.

—Oiga —dijo—, hable claro. ¿Qué quiere?

El secretario de Información extendió las manos hacia delante.

—En una palabra... ¡cooperación! De veras, señor Keilin, no podemos permitir que debilite la voluntad del pueblo. ¿Se da cuenta de la situación de la Tierra? ¡Seis mil millones de habitantes y una reserva de víveres en descenso! ¡Es insoportable! La única solución consiste en emigrar. Ningún terrícola patriota puede dejar de ver la justicia de nuestra posición. Ningún ser humano razonable, de cualquier parte que sea, puede dejar de ver cuán justa es.

—Estoy de acuerdo con la premisa que sienta usted de que el problema de la población es grave —replicó Keilin—, pero la emigración no es la única manera de solucionarlo. En realidad, la emigración es el método más seguro de precipitar el desastre.

—¿De veras? ¿Por qué lo dice?

—Porque los Mundos Exteriores no aceptarán emigrantes, y ustedes sólo pueden obligarlos mediante la guerra. *Pero nosotros no podemos ganar una guerra.*

—Dígame —adujo Cellioni mansamente—, *¿ha tratado* alguna vez de emigrar? Creo que reúne las condiciones precisas. Es bastante alto, color del cabello más bien claro, inteligente...

Keilin se sonrojó. Y objetó secamente:

—Padezco fiebre del heno.

—Bien —dijo el secretario sonriendo—, entonces ha de tener buenos motivos para estar en desacuerdo con su política genética y racista.

Keilin replicó acaloradamente:

—No me dejaré influir por motivos personales. Censuraría la política de aquellas gentes si poseyera las cualidades óptimas para emigrar. Pero mi censura no cambiaría nada. La política se la dictan ellos y pueden imponerla. Además, es una política que admite ciertas justificaciones, aunque sea equivocada. El género humano se dirige de nuevo hacia los Mundos Exteriores, y a ellos (los que llegaron allá primero) les gustaría eliminar ciertos defectos del mecanismo humano que el tiempo ha puesto de manifiesto. Un paciente de fiebre del heno es un caso feo, genéticamente hablando. Un predispuesto al cáncer lo es más todavía. Sus prejuicios contra el color de la piel y del cabello son insensatos, por supuesto, pero puedo afirmar que les interesa la uniformidad, la homogeneidad. En cuanto a la Tierra, podemos hacer mucho incluso sin la ayuda de los Mundos Exteriores.

—¿Qué, por ejemplo?

—Habría que introducir robots positrónicos y cultivo hidropónico, y (sobre todo) hay que implantar el control de la natalidad. Un control de nacimientos inteligente, fundado en principios psiquiátricos firmes ideado para eliminar las tendencias psicóticas, las enfermedades congénitas...

—Como se hace en los Mundos Exteriores...

—De ningún modo. Yo no he mencionado principios racistas. Hablo solamente de enfermedades mentales y físicas comunes a todos los grupos étnicos y raciales. Y, sobre todo, el número de nacimientos se ha de mantener por debajo del de defunciones hasta que se haya alcanzado cierto equilibrio.

Cellioni dijo con aire sombrío:

—Nos faltan las técnicas industriales y los recursos necesarios para introducir una tecnología robot-hidropónica en algo menos de cinco siglos. Además, las tradiciones de la Tierra, así como los códigos éticos en vigor prohíben el trabajo de los robots y los alimentos artificiales. Pero más que nada, prohíben que se mate a niños no nacidos. Ea, vamos, Keilin, no podemos permitir que siga propagando estas teorías por la televisión. No logra su propósito; distrae la atención; debilita las voluntades.

Keilin le interrumpió irritado:

—Señor secretario, ¿quiere una guerra?

—¿Si yo *quiero* una guerra? ¡Vaya pregunta descarada!

—Entonces, ¿cuáles son los directores de la política del gobierno que sí la quieren? Por ejemplo, ¿quién es el responsable del rumor intencionado del Proyecto Pacífico?

—¿El Proyecto Pacífico? ¿Dónde le han hablado de tal cosa?

—Me reservo mis fuentes de información.

—Entonces, se lo diré yo. Le habló de este Proyecto Pacífico Moreanu, de Aurora, en su reciente viaje a la Tierra. Sabemos más de lo que se figura sobre usted, señor Keilin.

—Lo creo, pero no reconozco haber recibido ninguna información de Moreanu. ¿Por qué se imagina que podía conseguir informaciones de tal fuente? ¿Será porque permitieron deliberadamente que alguien le contara a él esa patraña?

—¿Una patraña?

—Sí. Creo que el Proyecto Pacífico es un engaño. Una trampa destinada a inspirar confianza. Creo que el gobierno se propone dejar filtrar el pretendido secreto a fin de reforzar su política bélica. Es un truco que forma parte de una guerra de nervios sobre los terrícolas, y que acabará por acarrear la ruina de la misma Tierra. Y comunicaré esta teoría mía a la gente.

—No se la comunicará, señor Keilin —dijo Cellioni en tono sosegado.

—Sí se la comunicaré.

—Señor Keilin, su amigo Ion Moreanu está pasando apuros en Aurora, quizá por un exceso de amistad con usted. Cuide de no pasarlos usted iguales por exceso de amistad con él.

—No me preocupa —el periodista soltó una carcajada breve, se puso en pie y se dirigió hacia la puerta.. Y sonrió gentilmente cuando la halló bloqueada por dos hombrones—. ¿Quiere decir que estoy bajo arresto desde este mismo momento?

—Exacto —respondió Cellioni.
—¿De qué se me acusa?
—Bueno, más tarde lo pensaremos.
Keilin salió... escoltado.

En Aurora los acontecimientos eran como imágenes en un espejo —aunque muy aumentadas— de lo narrado anteriormente.

El Comité de Agentes Extranjeros de la Reunión llevaba varios días en asamblea... Lo estaba desde el día en que Ion Moreanu y su Partido Conservador llevaron a cabo el gran reto por conseguir un voto de retirada de la confianza. El hecho de haber fracasado se debía en parte a la mejor dirección general de los independientes, y en parte, también, a la actividad de este mismo Comité de Agentes Exteriores.

Las pruebas se acumulaban desde hacía varios meses, y cuando el voto de confianza resultó favorable, por un margen notable, a los independientes, el Comité pudo arremeter según sus propios medios.

Moreanu fue citado en su propia casa y colocado bajo arresto domiciliario. Aunque este procedimiento no era legal, dadas las circunstancias —hecho que Moreanu señaló con gran vehemencia— se llevó a cabo con todo éxito y sin novedad alguna.

A Moreanu le interrogaron durante tres días seguidos, con acentos corteses y tonos ecuánimes que apenas se desviaban de una tranquila curiosidad. Los siete inquisidores del Comité se turnaban para el interrogatorio, y a Moreanu sólo se le concedían intervalos de diez minutos de descanso durante las horas que el Comité permanecía reunido.

Al cabo de tres días manifestó los efectos. Estaba ronco de tanto pedir un careo con sus acusadores, cansado de insistir en que se le notificase la naturaleza exacta de las acusaciones, y con las cuerdas vocales destrozadas de tanto gritar que el procedimiento era ilegal.

El Comité acabó por leerle unas declaraciones...
—¿Es esto cierto o no? ¿Es esto cierto o no?

Moreanu no podía hacer más que mover la cabeza con fatiga mientras le envolvían en la tela de araña.

Negó la competencia de las pruebas, y le informaron llanamente de que aquel interrogatorio lo realizaba un Comité Investigador y no era un juicio...

El presidente dio, por fin, unos mazazos. Era un hombre recio, de voluntad de hierro. Habló durante una hora, resumiendo los resultados de la investigación; aunque sólo citaremos una breve parte de lo que dijo:

—Si usted simplemente hubiera conspirado con otros en Aurora —empezó—, podríamos comprenderle y hasta perdonarle. Sería una falta que compartiría con muchos hombres ambiciosos de la historia. Pero no se trata de eso, en modo alguno. Lo que nos horroriza y nos despoja de compasión es su afán por asociarse con los restos infrahumanos, ignorantes y plagados de enfermedades de la Tierra.

»Usted, el acusado, se encuentra aquí bajo una pesada acumulación de pruebas que demuestran que ha conspirado con los peores elementos de la mestiza población de la Tierra...

Al presidente le interrumpió un angustiado grito de Moreanu:

—Pero ¡el motivo! ¿Qué motivo pueden atribuirme para...?

Al acusado lo derribaron, de un empujón, sobre la silla. El presidente hizo una mueca despectiva y se desvió de la lenta gravedad del discurso que tenía preparado, para improvisar un poco.

—No le corresponde a este Comité —objetó— averiguar los motivos que le impulsaran. Hemos puesto sobre el tapete los hechos concretos. El Comité tiene realmente pruebas... —hizo una pausa para mirar a la fila de miembros, a su derecha y a su izquierda, y luego continuó—: Creo poder decir que el Comité tiene pruebas que indican la intención de usted de utilizar potencial humano terrícola para dar un golpe que le erigiese en dictador de Aurora. Pero como no se ha hecho uso de tales pruebas, no me adentraré por este campo, excepto para decir que un acto así no sería incompatible con su carácter, tal como se ha manifestado en el curso de los interrogatorios.

El presidente volvió al discurso preparado:

—Los que estamos aquí presentes hemos oído algo, creo, de un plan denominado «Proyecto Pacífico», que, según se rumorea, representa un intento que quiere llevar a cabo la Tierra para recuperar los dominios que perdió.

»No sería necesario hacer resaltar aquí que tal intento ha de estar condenado al fracaso. Y sin embargo, no es inconcebible que sufriéramos una derrota. Una sola cosa puede hacernos tambalear, y es una debilidad interna insospechada. La genética es todavía, después de todo, una ciencia imperfecta. Incluso con veinte generaciones detrás de nosotros, pueden surgir en puntos dispersos rasgos indeseables, cada uno de los cuales representa una mella en el escudo de acero de la fuerza de Aurora.

»*Ese* es el Proyecto Pacífico: el empleo de nuestros propios criminales y traidores contra nosotros; y si pueden encontrarlos en nuestros concejos internos, hasta es posible que los terrícolas triunfen.

»El Comité de Agentes Extranjeros existe para combatir esa amenaza. En el acusado tocamos los bordes de la telaraña. Debemos continuar...

Por lo menos, el discurso sí continuó.

Cuando hubo terminado, Moreanu, pálido, con ojos que le salían de las órbitas, dio un puñetazo:

—¡Pido la palabra!

—El acusado puede hablar —dijo el presidente.

Moreanu se puso en pie y paseó la mirada por la sala largos segundos. La sala, adecuada para un público de setenta y cinco millones, por onda comunitaria, aparecía desierta. Sólo estaban los inquisidores, el equipo legal, los secretarios oficiales... Y con él, en carne y hueso, sus guardianes.

Le habría salido mejor con un público. Si no, ¿a quién podía apelar? Su mirada se apartaba con desaliento de cada una de las caras en que se iba posando; pero no encontraba nada mejor.

—En primer lugar —dijo—, niego la legalidad de esta

reunión. Me han rehusado mis derechos constitucionales de personalidad e intimidad. He sido juzgado por un grupo sin la categoría de tribunal, compuesto por individuos convencidos por adelantado de que soy culpable. Se me ha negado la adecuada oportunidad de defenderme. En realidad, se me ha tratado desde el principio como a un criminal declarado ya culpable y que sólo espera la sentencia.

»Niego en absoluto y sin la menor reserva haber participado en ninguna actividad perjudicial para el Estado o tendente a subvertir ninguna de sus instituciones fundamentales.

»Acuso vigorosamente y sin reserva a este Comité de utilizar de modo deliberado su poder para ganar batallas políticas. No soy culpable de traición, sino de desacuerdo. Estoy en desacuerdo con una política dedicada a la destrucción de la mayor parte de la raza humana por motivos triviales e inhumanos.

»En lugar de destrucción, debemos asistencia a esos hombres condenados a una vida dura y desdichada solamente porque fueron nuestros antepasados y no los suyos los primeros en llegar a los Mundos Exteriores. Con nuestra tecnología y nuestros recursos, pueden crear y desarrollar de nuevo...

La voz del presidente se levantó por encima del vehemente discurso de Moreanu:

—Se está saliendo del tema. El Comité está muy dispuesto a escuchar todos los alegatos que formule usted en su propia defensa; pero un sermón sobre los derechos de los terrícolas queda fuera del campo legítimo de la discusión.

La audiencia se dio por formalmente terminada. Fue una gran victoria política para los independientes. De los miembros del Comité, sólo Franklin Maynard no quedaba satisfecho del todo. Le seguía atormentando una pequeña duda, insistente.

Se preguntaba...

¿Debía probar una última vez? ¿Debía hablar una vez, una sola vez más, con aquel monito raro que era el embajador de la Tierra? Tomó una rápida decisión y la puso en práctica al instante. Sólo una pausa para procurarse un testigo; pues incluso tratándose de él, de Maynard, una comunión privada con un terrícola podía resultar peligrosa.

Luiz Moreno, embajador de la Tierra en Aurora, tenía, si no vamos a puntualizar demasiado sobre el caso, una desdichada figura de hombre. Lo cual no se debía, precisamente, a la casualidad. En conjunto, los diplomáticos de la Tierra en el extranjero solían ser o negros, o bajos, o mustios, o débiles... o las cuatro cosas a la vez.

Era una manera de protegerse, porque los Mundos Exteriores ejercían una fuerte atracción sobre todos los terrícolas. Los diplomáticos acostumbrados a la fascinación de Aurora, por ejemplo, no podían por menos que sentir una fortísima renuencia a volver a la Tierra. Peor y más peligroso resultaba todavía el hecho de que la estancia en aquellos otros mundos significaba contraer una simpatía creciente por aquellos semidioses de las estrellas y un extrañamiento cada vez mayor con respecto a los terrícolas, que parecían todos habitantes de barrios bajos.

A menos, por supuesto, que el embajador se sintiera rechazado. A menos que se sintiera un tanto despreciado. En este caso no se podía soñar en otro servidor más fiel de la Tierra, en nadie menos asequible al soborno.

El embajador de la Tierra sólo medía un metro y medio, poquísimo más; era calvo y tenía la frente inclinada hacia atrás, un rosáceo simulacro de barba y los ojos enrojecidos. Sufría un leve resfriado cuyos ocasionales productos se limpiaba con un pañuelo. Y sin embargo, a pesar de todo lo dicho, era un intelectual.

Para Franklin Maynard, ver y escuchar al terrícola era un verdadero sufrimiento. Sentía náuseas cada vez que le oía toser, y se estremecía de asco cada vez que le veía limpiarse la nariz. No obstante, le dijo:

—Su Excelencia, nos hemos puesto en comunicación a petición mía porque deseo informarle de que la

Reunión ha decidido pedir al gobierno de usted que le retire del cargo que ahora ocupa.

—Ha sido usted muy amable, consejero. Ya sospechaba algo. ¿Y por qué motivo?

—El motivo no entra en los límites de nuestra conversación. Creo que un Estado soberano tiene derecho a decidir por sí mismo si un diplomático extranjero es *persona grata* o no. Además, no creo que necesite que le ilustren sobre este punto.

—Muy bien, pues —el embajador hizo una pausa para manejar el pañuelo y murmurar unas palabras de excusa—. ¿Eso es todo?

—Todo, no —respondió Maynard—. Hay una cosa que me gustaría mencionar. ¡Quédese!

Las enrojecidas ventanillas de la nariz del embajador se dilataron y encendieron un poco más, pero su dueño sonrió y dijo:

—Es un honor.

—El mundo de ustedes, Excelencia —dijo Maynard con aire severo—, despliega en estos últimos tiempos cierta beligerancia que nosotros, los de Aurora, encontramos muy molesta e innecesaria. Confío que usted verá en el regreso a la Tierra una excelente oportunidad para utilizar su influencia contra nuevas manifestaciones como la ocurrida recientemente en Nueva York, donde dos arturianos fueron atropellados por una turba. La próxima vez acaso no nos demos por satisfechos con el pago de una indemnización.

—Aquello fue un desbordamiento emocional, consejero Maynard. Espero que no considerará que unos cuantos muchachos gritando por las calles sean una auténtica manifestación de beligerancia.

—Tal actitud viene respaldada por los actos de su gobierno en muchos sentidos. El reciente arresto de Ernest Keilin, por ejemplo.

—Que es un asunto puramente interno —replicó sosegadamente el embajador.

—Pero que no demuestra un espíritu razonable con respecto a los Mundos Exteriores. Keilin era uno de los pocos terrícolas que hasta hace poco podía hacer oír la voz de dichos mundos. Era bastante inteligente para comprender que ningún derecho divino protege al hombre inferior por el simple hecho de que sea inferior.

El embajador se inmutó:

—No me interesan las teorías aurorianas sobre diferencias raciales.

—Un momento. Su gobierno debe darse cuenta de que la mayor parte de sus planes se han desbaratado con el arresto de Moreanu, el agente de usted. Ponga de relieve el hecho de que nosotros, los de Aurora, estamos ahora mucho mejor informados que antes de la mencionada detención. Con ello quizá el gobierno de ustedes se modere un poco.

—¿Es Moreanu un agente *mío?* Vaya, consejero, si me retiran la confianza, me marcharé. Pero, sin duda, la pérdida de la inmunidad diplomática no afecta a mi inmunidad personal, de hombre honrado, sobre acusaciones de espionaje.

—¿No es ése su trabajo?

—¿Acaso los aurorianos dan por descontado que espionaje y diplomacia son lo mismo? A mi gobierno le gustará saberlo. Tomaremos las debidas precauciones.

—Entonces, ¿usted defiende a Moreanu? ¿Niega que haya trabajado para la Tierra?

—Yo sólo me defiendo a mí. En cuanto a Moreanu, no soy tan estúpido como para decir nada.

—¿Por qué estúpido?

—¿El hecho de defenderle no significaría una nueva condena contra él? Ni lo acuso, ni lo defiendo. La querella que su gobierno tenga con Moreanu, lo mismo que la del mío con Keilin (a quien usted defiende con vehemencia más que sospechosa), es un asunto interno. Y ahora me voy.

La comunión se rompió, y casi instantáneamente la pared se desvaneció otra vez. Hijkman estaba mirando pensativamente a Maynard.

—¿Qué piensa de él? —preguntó éste.

—Pienso que es una deshonra que esa parodia de ser humano pise el suelo de Aurora.

—Estoy de acuerdo con usted; y, sin embargo..., sin embargo...

—¿Qué?

—Casi me siento dispuesto a mirarlo como al amo y a vernos a nosotros como danzando al son de su música. ¿Está enterado de lo de Moreanu?

—Por supuesto.

—Bueno, le condenarán, lo enviarán a un asteroide. Su partido será disuelto. A primera vista, todo el mundo diría que tales actos representan una gran derrota para la Tierra.

—¿Queda alguna duda en la mente de usted sobre si lo es o no?

—No estoy seguro. Hond, el presidente del Comité, insistió en airear su teoría de que Proyecto Pacífico era el nombre que la Tierra daba a un ardid para utilizar traidores internos en los Mundos Exteriores. Pero yo no soy de ese parecer. No estoy seguro de que los hechos concuerden con tal idea. Por ejemplo, ¿de dónde sacamos las pruebas contra Moreanu?

—No sabría decirlo, en verdad.

—De nuestros agentes, en primer lugar. Pero ¿cómo las consiguieron ellos? Las pruebas eran *demasiado* convincentes. Moreanu hubiera podido protegerse mejor...

Maynard titubeaba. Parecía intentar sonrojarse, sin conseguirlo.

—Bueno, para decirlo en pocas palabras, yo creo que fue el embajador terrestre quien, de uno u otro modo, nos regaló la mayor parte de las pruebas. Creo que se aprovechó de la simpatía de Moreanu por la Tierra primero para atraérselo y después para traicionarle.

—¿Por qué?

—No lo sé. Para asegurar la guerra, quizá... con este Proyecto Pacífico aguardándonos.

—No lo creo.

—Lo comprendo. No tengo pruebas. Sólo sospechas. El Comité tampoco me creería. He creído que quizá una última conversación con el embajador pudiera revelar algo; pero su simple presencia despierta todas mis antipatías, y me he pasado la mayor parte del tiempo procurando apartarlo de mi vista.

—Ea, se está volviendo emocional, amigo mío. Es

una debilidad desagradable. Me han dicho que ha sido nombrado delegado para la Reunión Interplanetaria de Hespero. Le felicito.

—Gracias —respondió Maynard distraídamente.

Luiz Moreno, ex embajador en Aurora, había regresado a la Tierra muy a gusto. Estaba lejos de los panoramas artificiales que parecían desprovistos de vida propia, existentes sólo en virtud de la enérgica voluntad de sus poseedores. Lejos de aquellos hombres y mujeres demasiado bellos y de sus pensativos y omnipresentes robots.

Había regresado al zumbar de la vida, al ruido de pisadas, al roce de unos hombros con otros, al sentir en la cara el aliento de otra persona.

No es que pudiera experimentar todas estas sensaciones por entero. Los primeros días habían transcurrido en animadas conferencias con los jefes del gobierno de la Tierra.

En realidad, hasta al cabo de una semana no llegó el momento en que pudo considerarse verdaderamente relajado.

Se hallaba en una de las más raras pertenencias del lujo terrestre: un jardín en la azotea. Con él estaba Gustav Stein, el desconocido psicólogo que, a pesar de todo, era uno de los primeros promotores del plan conocido por la opinión pública con el nombre de Proyecto Pacífico.

—Las pruebas confirmatorias —decía Moreno con satisfacción casi horripilante— concuerdan todas hasta el momento, ¿verdad?

—Hasta el momento. *Sólo* hasta el momento. Tenemos que recorrer un largo camino.

—Pero continuarán saliendo bien. Alguien que haya vivido en Aurora cerca de un año como yo, no puede dudar de que vamos por buen camino.

—Humm-mm-mm. A pesar de todo, yo sólo me guiaré por los informes de laboratorio.

—Y hará muy bien —tenía el cuerpecito casi tieso de regocijo interior—. Un día será distinto. Stein, usted no ha conocido a esa gente, a los de los Mundos Exteriores. Acaso haya topado con los turistas, en sus hoteles especiales, o corriendo por las calles en sus coches cerrados, equipados con las más puras atmósferas particulares, de aire acondicionado, para sus bien educadas narices; observando los panoramas a través de un periscopio móvil y apartándose con un estremecimiento ante el contacto de un terrícola.

»Pero no los ha conocido en su propio mundo, seguros en su enfermiza y corrompida grandeza. Vaya allá, Stein, a que le desprecien, una temporada. Vaya a enterarse de lo bien que podrá competir con sus cuidados céspedes al sentirse dulcemente pisoteado.

»Y sin embargo, cuando tiré de las cuerdas adecuadas, Ion Moreanu cayó... Ion Moreanu, el único entre todos ellos capaz de comprender el funcionamiento de la mente de otro hombre. Es la crisis que acabamos de vencer. Ahora se nos presenta un camino fácil y despejado.

»En cuanto a Keilin —dijo de pronto, más para sí mismo que para Stein—, ya pueden soltarlo. En lo sucesivo ya no podrá decir casi nada que nos ponga en el menor peligro. Tengo una idea. La Conferencia Interplanetaria se inaugura en Hespero antes de un mes. Podríamos enviarle a redactar el informe de la reunión. Con ello daremos una prueba fehaciente de buena amistad... y le tendremos fuera durante el verano. Creo que lo podemos disponer así.

Lo dispusieron.

Hespero era el menor de todos los Mundos Exteriores, el último colonizado, el más distante de la Tierra. De ahí le venía el nombre. En un sentido físico, no era el más dotado para una gran reunión diplomática, puesto que no contaba con buenas instalaciones. Por ejemplo, la red de ondas-comunitarias no se podía ampliar lo suficiente como para satisfacer a todos los delegados, secretarios y administradores necesarios en una reunión a la que estaban convocados cincuenta planetas. Por ello se habían preparado reuniones personales en edificios requisados para este fin.

Sin embargo, el hecho de haber elegido aquel punto

de reunión encerraba un simbolismo que no se le escapaba a nadie. Entre todos los mundos, Hespero era el más alejado de la Tierra. Si bien la distancia espacial —cien parsecs o más— era lo de menos. Lo importante era que Hespero no lo habían colonizado terrícolas, sino habitantes de Fauno, un Mundo Exterior.

Pertenecía, por tanto, a la segunda generación, y no tenía «Madre Tierra». Para ellos la Tierra no era más que una vaga abuela, perdida entre las estrellas.

Como de costumbre en tales reuniones, en las asambleas generales se hace muy poca labor verdadera. El tiempo de las mismas se reserva para pregonar lo que se desea hacer llegar a los oídos de los ciudadanos de las respectivas naciones. Las verdaderas negociaciones tienen lugar en los pasillos y en las mesas de los comedores, y más de un conflicto insoluble se ha reblandecido con la sopa y se ha disipado con las avellanas.

Sin embargo, en este caso particular se presentaban dificultades también particulares. La onda-comunitaria no prevalecía en todas partes ni lo invadía todo tanto como en Aurora, pero sí ocupaba un lugar destacado en todos los mundos. Por ello los grandes y majestuosos personajes experimentaban cierta sensación de ultraje y merma al verse obligados a acercarse unos a otros en carne y hueso, sin la reconfortante intimidad de una pared invisible que los separase, sin la cálida seguridad de saber que tenían el interruptor al alcance de la mano.

Se enfrentaban unos a otros con desazonado embarazo y procuraban no verse comiendo; procuraban no encogerse ante un contacto involuntario. Hasta el servicio robot estaba racionado.

Ernest Keilin, el único representante de televisión acreditado de la Tierra, se daba cuenta de algunas de estas cuestiones sólo de la manera vaga con que las describimos aquí. No podía tener una visión interior más clara. Tampoco habría podido tenerla nadie criado en una sociedad donde los seres humanos sólo existen en plural y donde a una casa le basta con estar desierta para suscitar temores.

De modo que las tensiones más sutiles se le escapaban en el banquete oficial dado por el gobierno hesperiano durante la tercera semana de la conferencia. Sin embargo, otras tensiones no se le pasaban por alto.

Después de la comida, la reunión, como es natural, se dividió en grupitos. Keilin se unió al de Franklin Maynard, de Aurora. Como delegado del mundo mayor era, por derecho propio, el más noticiable.

Maynard hablaba despreocupadamente entre sorbo y sorbo al cóctel que tenía en la mano. Si la carne le hormigueaba un poco por la proximidad de otras personas, disimulaba magistralmente esta sensación.

—La Tierra —decía— es fundamentalmente impotente contra nosotros, siempre que evitemos aventuras militares impredecibles. Y si queremos evitar dichas aventuras tenemos que estar unidos en el terreno económico. Hagamos que la Tierra se dé cuenta de la medida en que su economía depende de nosotros, por los materiales que sólo nosotros podemos suministrarle, y no se hablará más de espacio vital. Y si estamos unidos, la Tierra nunca osará atacar. Trocará sus estériles afanes por motores atómicos... o no, como prefiera.

Y se volvió para mirar a Keilin con cierta altanería, con lo cual éste se sintió espoleado y replicó:

—Pero los productos manufacturados de ustedes, consejero (o sea, los que envían a la Tierra), no nos los *regalan*. Los intercambian por productos agrícolas.

Maynard sonrió con una sonrisa fina como la seda.

—Sí, creo que el delegado de Tethys se ha referido extensamente a este hecho. Entre nosotros prevalece la fantasía de que únicamente las semillas terrestres crecen bien...

Le interrumpió sosegadamente otro asistente, que dijo:

—Mire, yo no soy de Tethys, pero lo que usted dice no es una fantasía. Yo cultivo centeno en Rhea, y nunca he logrado imitar el pan de la Tierra Sencillamente, no tiene el mismo gusto —se dirigió a todos los oyentes en general—: Es más, hace cinco años importé media docena de terrestres con visado de trabajadores agrícolas para que vigilaran a los robots. Ya sabe, es gente que hace maravillas con el suelo. Donde ellos escupen, el maíz crece hasta una altura de cuatro metros y medio. Su intervención mejoró un poco el problema. El empleo de simientes terrestres también contribuyó. Pero aunque uno cultive cereales venidos de la Tierra, los nacidos aquí ya no dan buena simiente para el año próximo.

—¿Ha hecho analizar sus tierras por nuestro departamento de agricultura? —preguntó Maynard.

Ahora le tocó al rheano el turno de mostrarse altanero:

—No las hay mejores en todo el sector. Y el centeno es de máxima calidad. Envié un quintal métrico a la Tierra para su control alimentario, y me lo devolvieron con las mejores calificaciones —se rascaba el mentón con aire pensativo—. De lo que hablaba antes era del sabor. No parece tener el preciso...

Maynard quiso quitarle importancia:

—Uno puede prescindir del buen sabor, temporalmente. Tendrán que venir a buscarnos aceptando nuestras condiciones, esas hordas de hombrecillos de la Tierra. Nosotros sólo renunciaríamos a ese misterioso gusto; en cambio ellos tendrían que renunciar a los motores atómicos, la maquinaria agrícola y los vehículos. En verdad, no sería mala idea intentar prescindir de esos sabores terrestres que tanto le preocupan a usted. Apreciemos en cambio el de los productos cultivados en nuestro suelo... que podría resistir muy bien la comparación, si le diésemos oportunidad.

—¿Ah, sí? —el rheano sonreía—. Estoy viendo que usted fuma tabaco terrestre.

—Una costumbre que puedo dejar, si tengo que hacerlo.

—Probablemente, dejando de fumar. Yo no utilizaría tabaco de los Mundos Exteriores para nada, como no sea para matar mosquitos.

El hombre soltó una carcajada, quizá demasiado sonora, y se apartó del grupo. Maynard le siguió con la mirada, molesto.

A Keilin el pequeño inciso sobre centeno y tabaco le causó cierta satisfacción. Miraba a aquellas personalidades como una imagen reducida de ciertas realidades galactopolíticas. Tethys y Rhea eran los planetas mayores del sur galáctico, así como Aurora era el mayor del norte. Los tres planetas eran igualmente racistas y exclusivistas. Sobre la Tierra, tenían opiniones similares y perfectamente compatibles. A primera vista uno habría pensado que no les quedaba campo para la discordia.

Pero Aurora era el Mundo Exterior más antiguo, el más adelantado, el más fuerte en el terreno militar... y, por lo tanto, aspiraba a una especie de jefatura moral de los otros mundos. Lo cual bastaba para despertar oposiciones, y Rhea y Tethys servían de puntos focales para aquellos que no reconocían el caudillaje de Aurora.

Keilin se sentía sombríamente satisfecho de tal situación. Si la Tierra sabía inclinar su peso de modo adecuado, primero en una dirección, luego en otra, podía acabar produciendo una grieta, hasta quizá una fragmentación...

Keilin fijaba la mirada en Maynard con cautela, casi furtivamente, y se preguntaba qué efecto tendría la escena anterior en el debate del día siguiente. El auroriano se estaba mostrando ya más callado de lo que exigía la buena educación.

Un momento después, un subsecretario, o un funcionario de segunda categoría, se abrió paso entre los grupos de invitados y llamó a Maynard con el ademán. Los ojos de Keilin siguieron al auroriano, que se retiraba con el recién llegado, vieron cómo le escuchaba muy atento, cómo profería un asombrado «¿Qué?» perfectamente inconfundible para el ojo, aunque se produjera demasiado lejos para ser percibido por el oído, y luego vio cómo cogía un papel que el otro le entregaba.

En consecuencia, la sesión del día siguiente se desarrolló de un modo completamente distinto a como Keilin habría profetizado.

Keilin descubrió los detalles en los teleprogramas de la noche. Al parecer, el gobierno terrestre había enviado una nota a todos los gobiernos que tomaban parte en la conferencia, advirtiéndoles lisa y llanamente que cualquier pacto entre ellos sobre cuestiones militares o económicas se consideraría un gesto hostil hacia la Tierra y sería objeto de las contramedidas adecuadas. La nota denunciaba a los tres planetas, Aurora, Tethys y Rhea, por igual. La nota los acusaba de estar tramando una conspiración imperialista contra la Tierra, etc., etc., etc.

—¡Tontos! —exclamaba Keilin rechinando los dientes, faltándole poco para dar cabezazos contra la pared de puro enojado—. ¡Tontos! ¡Tontos! ¡Tontos! —y la voz se fue perdiendo, siempre murmurando esta sola y única palabra.

A la próxima sesión de la conferencia concurrió, desde muy temprano, una enfurecida colección de delegados empeñados sólo en triturar y desmenuzar en la nada todo desacuerdo que pudiera subsistir entre ellos. Al final de la asamblea, todos los asuntos concernientes al comercio entre la Tierra y los Mundos Exteriores habían quedado en manos de una comisión plenipotenciaria.

Ni la misma Aurora habría podido prometerse una victoria tan completa y fácil, y Keilin, de regreso a la Tierra, anhelaba que su voz pudiera elevarse en los estudios de televisión, para poder vocear su disgusto.

Sin embargo, en la Tierra, algunos sonreían.

De regreso a la Tierra la voz de Keilin fue bajando y ahogándose cada vez más... perdida en un clamor, mucho más potente, que reclamaba acción.

La popularidad de Keilin disminuía en la misma proporción que aumentaban las restricciones comerciales. Poco a poco, los Mundos Exteriores iban apretando el nudo. Primero instituyeron la estricta aplicación de un sistema nuevo de licencias de exportación. Después prohibieron que se exportara a la Tierra toda materia susceptible de ser empleada en un «esfuerzo bélico». Y, finalmente, echaron mano de una interpretación amplísima respecto a qué se pudiera considerar utilizable para el mencionado «esfuerzo».

Los artículos importados de lujo —y los de primera necesidad también— desaparecieron, o alcanzaron precios fuera de las posibilidades de la gran mayoría de la población.

De modo que la gente desfilaba, las voces se elevaban en gritos, las banderas ondeaban bajo el sol... y las piedras volaban contra los consulados...

Keilin gritaba furiosamente y temía volverse loco.

Hasta que, de súbito, Luiz Moreno, por propio impulso, se ofreció para aparecer en el programa de Keilin y someterse a un interrogatorio sin limitación alguna, en su calidad de ex embajador en Aurora y actual ministro sin cartera.

Para Keilin aquello era casi como volver a nacer. Conocía a Moreno, y sabía que no era tonto. Con Moreno en el programa, tenía asegurado un público como nunca lo hubiera tenido. Y si Moreno contestaba a sus preguntas, acaso pudiera desvanecer ciertos temores y despejar ciertas confusiones. El mero hecho de que Moreno deseara utilizar su programa —el *suyo*— como caja de resonancia pudiera muy bien significar que quizá se hubiesen pronunciado ya por una política exterior más flexible y sensata. Quizá Maynard hubiera acertado, y la presión estuviera obrando efecto y actuando de la manera prevista.

La lista de preguntas, por supuesto, se la habían presentado a Moreno por adelantado; pero el ex embajador había indicado que las contestaría todas, así como también las adicionales que se considerasen necesarias.

El caso parecía ideal. Demasiado ideal quizá, dada la situación, pero sólo un tonto malvado habría podido pararse en minucias.

Hubo la preparación y la introducción adecuadas... y cuando estuvieron uno frente al otro, con la mesita entre ambos, la aguja encarnada que señalaba el número de televisores sincronizados con aquel canal sobrepasaba bien los cien millones. Y había un promedio de 2,7 oyentes por aparato. Venía el momento de entrar en materia; la presentación oficial.

Keilin se frotaba la barbilla lentamente, mientras esperaba la señal.

Luego empezó:

P. —Secretario Moreno, la cuestión que interesa a

toda la Tierra por el momento se refiere a la posibilidad de una guerra. ¿Qué le parece si empezamos por ella? ¿Cree usted que habrá guerra?

R. —Si la Tierra es el único planeta que tomamos en consideración, yo digo: No, decididamente, no. En su historia, la Tierra ha tenido demasiadas guerras, y ha aprendido muchísimas veces cuán poco se puede ganar con la guerra.

P. —Usted ha dicho: «Si la Tierra es el único planeta que tomamos en consideración...» ¿Da a entender, pues, que factores que están fuera de nuestro control la provocarán?

R. —Yo no digo «la provocarán»; pero sí digo «podrían provocarla». Naturalmente, no puedo hablar en nombre de los Mundos Exteriores. No puedo simular que esté al corriente de sus motivaciones y sus intenciones en este momento de la historia de la Galaxia. *Es posible* que se decidan por la guerra. Confío que no lo harán. No obstante, si eligieran la guerra, nosotros nos defenderíamos. En todo caso, *nosotros* no atacaremos nunca; *nosotros* no seremos quienes iniciemos una acción bélica.

P. —¿Acierto, pues, si digo que, a criterio de usted, no existen diferencias fundamentales entre la Tierra y los Mundos Exteriores que no se puedan resolver mediante negociaciones?

R. —Claro que acierta. Si los Mundos Exteriores desearan de verdad una solución, no podría seguir existiendo ningún desacuerdo entre ellos y nosotros.

P. —¿Va incluido ahí el problema de la inmigración?

R. —Decididamente. Nuestra actitud en esta materia es clara y no admite reproche. En la situación actual, doscientos millones de seres humanos ocupan el noventa y cinco por ciento del terreno disponible en el universo. Seis mil millones (o sea, el noventa y siete por ciento de toda la humanidad) se amontonan en el otro cinco por ciento. Tal situación es obviamente injusta y, peor todavía, inestable. Sin embargo, la Tierra, ante tamaña injusticia, siempre ha estado dispuesta a tratar este problema admitiendo soluciones progresivas. Nosotros aceptaríamos cupos razonables y razonables restricciones. No obstante, los Mundos Exteriores se han negado a discutir esta cuestión. En el transcurso de diez lustros, han rechazado todos los esfuerzos de la Tierra por abrir negociaciones.

P. —Si continúa esta actitud de los Mundos Exteriores, ¿cree usted que *entonces* habrá guerra?

R. —No puedo creer que esta actitud continúe. Nuestro gobierno no cesará de confiar en que los Mundos Exteriores acaben por reconsiderar su actitud en esta cuestión; en que su sentido de la justicia y el derecho no ha muerto, sino que está dormido únicamente.

P. —Señor secretario, pasemos a otro tema. ¿Piensa que la Comisión de los Mundos Unidos, instituida recientemente por los Mundos Exteriores para dirigir el comercio con la Tierra, representa un peligro para la paz?

R. —En el sentido de que los actos de dicha Comisión indican un deseo por parte de los Mundos Exteriores de aislar a la Tierra y debilitarla económicamente, puedo decir que sí lo representa.

P. —¿A qué actos se refiere, señor?

R. —A los de restringir el comercio interestelar con la Tierra hasta el punto de que, en valores de crédito, el total asciende ahora a menos del diez por ciento de lo que ascendía hace tres meses.

P. —Pero ¿es que estas restricciones representan de verdad un peligro económico para la Tierra? Por ejemplo, ¿no es cierto que el comercio con los Mundos Exteriores representa una parte insignificante del total del comercio terrestre? ¿Y no es cierto que lo que importamos de los Mundos Exteriores llega sólo, en el mejor de los casos, a una pequeñísima minoría de la población?

R. —Las preguntas de usted encierran ahora una profunda falacia, muy corriente entre nuestros aislacionistas. En valores de crédito, es cierto que el comercio interestelar sólo representa el cinco por ciento de nuestro comercio total; pero la verdad es que importamos el noventa y cinco por ciento de nuestros motores atómicos. También importamos el ochenta por ciento de nuestro torio, el sesenta y cinco por ciento de nuestro cesio, y el sesenta por ciento del molibdeno y el estaño. La lista se podría prolongar casi indefinidamente, y se ve con toda claridad que ese cinco por ciento es un porcentaje muy importante, vital. Además, si un gran fabricante recibe un cargamento de moldeadores de acero de Rhea, no se sigue de ahí que el beneficio recaiga sólo sobre él. Todo hombre de la Tierra que utilice herramientas de acero u objetos manufacturados con aparatos de acero sale beneficiado.

P. —¿Pero no es cierto que las restricciones actuales en el comercio interestelar de la Tierra han reducido nuestras exportaciones de ganado y cereales casi a la nada? ¿Y no lo es que, lejos de perjudicar a la Tierra, ello significa una bendición para nuestro propio pueblo hambriento?

R. —He aquí otra falacia grave. Es cierto que la provisión de víveres de la Tierra es trágicamente insuficiente. El gobierno será el último en negarlo. Pero nuestras exportaciones de alimentos no significan una merma seria de tal provisión. Se exporta menos de un quinto del uno por ciento de nuestros alimentos, y a cambio obtenemos, por ejemplo, fertilizantes y maquinaria agrícola, lo cual compensa con grandes creces dicha pequeña pérdida, aumentando la eficiencia agrícola. Por consiguiente, al comprarnos menos alimentos, los Mundos Exteriores se han lanzado, en efecto, a recortar nuestra ya insuficiente provisión de alimentos.

P. —¿Está dispuesto a reconocer, pues, secretario Moreno, que al menos parte de la culpa de esta situación hay que achacársela a la misma Tierra? En otras palabras, llegamos a mi siguiente pregunta: ¿No fue un error diplomático de primera magnitud el hecho de que el gobierno publicase aquella inflamada nota denunciando las intenciones de los Mundos Exteriores antes de que éstas se hubiesen manifestado palmariamente en la Conferencia Interplanetaria?

R. —Yo creo que estas intenciones estaban muy claras en aquel momento.

P. —Usted perdone, señor; pero yo estaba presente en la conferencia. Por la fecha en que se publicó la nota, los delegados de los Mundos Exteriores se encontraban casi en un punto muerto. Los de Rhea y Tethys se oponían resueltamente a toda acción económica contra la Tierra, y había grandes probabilidades de que Aurora y su bloque hubieran salido derrotados. La nota de la Tierra abortó inmediatamente tal posibilidad.

R. —Bueno, ¿qué es lo que pregunta usted, señor Keilin?

P. —En vista de mis declaraciones, ¿cree usted que la nota de la Tierra fue un error diplomático criminal que ahora sólo se puede remediar con una política inteligente de conciliación?

R. —Utiliza usted un lenguaje muy fuerte. Sin embargo, no puedo contestar a su pregunta directamente, porque no estoy de acuerdo con la premisa fundamental que sienta usted. No creo que los delegados de los Mundos Exteriores pudieran actuar de la manera que usted dice. En primer lugar, es bien sabido que los Mundos Exteriores se jactan con gran arrogancia de que el porcentaje de demencias, psicosis y hasta desajustes menores de la personalidad son una lacra que está desapareciendo en su sociedad. Uno de los argumentos más poderosos que esgrimen contra la Tierra es el de que nosotros tenemos más psiquiatras que fontaneros, y con todo estamos en apuros por falta de los primeros. Los delegados de la conferencia representaban lo mejor de esa sociedad tan estable. Y ahora, ¿quiere usted que crea que esos semidioses habrían cambiado de opinión por un puntillo momentáneo, y habrían instaurado un cambio importante en la política de cincuenta mundos? No los creo capaces de una actitud tan pueril y perversa, y por ello debo insistir en que toda medida que tomaran se fundaba, no en ninguna nota de la Tierra, sino en motivaciones que calan mucho más hondo.

P. —Pero yo vi el efecto que producía en ellos con mis propios ojos, señor. Recuerde, se los hería con un lenguaje que ellos consideraban insolente por parte de un pueblo inferior. No puede caber duda, señor, de que, en conjunto, los hombres del Mundo Exterior son personas notablemente centradas, a pesar del sarcasmo de usted; aunque su actitud respecto a la Tierra represente un punto débil en esta estabilidad.

R. —¿Me está haciendo preguntas, o está defendiendo los puntos de vista y la política racista de los Mundos Exteriores?

P. —Bien, aceptando su parecer de que la nota de la Tierra no causó ningún daño, ¿qué beneficio podía reportar? ¿Por qué había que enviarla?

R. —Yo creo que era justo que presentásemos nuestro punto de vista sobre el problema ante el tribunal de la opinión pública galáctica. Creo que hemos agotado el tema. ¿Qué pregunta quiere hacerme ahora? Es la última, ¿verdad?

P. —Lo es. Se ha dicho recientemente que el gobierno terrestre tomará medidas severas contra los que intervengan en actividades de contrabando ¿Está ello en consonancia con el punto de vista del gobierno de que la disminución de las relaciones comerciales va en detrimento del bienestar de la Tierra?

R. —Lo que nos importa ante todo es la paz y no nuestro bienestar inmediato. Los Mundos Exteriores han adoptado ciertas restricciones comerciales. Nosotros no estamos conformes con ellas y las consideramos una gran injusticia. A pesar de todo, las observaremos, para que ningún planeta pueda decir que hemos dado el menor pretexto para las hostilidades. Por ejemplo, me cabe el privilegio de anunciar aquí, por primera vez, que durante el mes pasado cinco naves que viajaban con una matrícula terrestre falsa fueron detenidas cuando se dedicaban a introducir en la Tierra material de los Mundos Exteriores. Sus géneros fueron confiscados y su tripulación encarcelada. He ahí una prueba fehaciente de nuestras buenas intenciones.

P. —¿Naves de los Mundos Exteriores?

R. —Sí. Pero que viajaban bajo matrícula terrestre falsa; recuérdelo.

P. —¿Y los hombres encarcelados son ciudadanos de los Mundos Exteriores?

R. —Eso creo. De todos modos, no sólo faltaban a nuestras leyes, sino también a las de sus patrias, con lo cual hipotecaban doblemente sus derechos interplanetarios. Y creo que la entrevista debería terminar aquí.

P. —Pero esto...

Y en este punto fue donde la emisión terminó bruscamente. El final de la última frase de Keilin no lo oyó nadie, excepto Moreno. Dijo:

—...Significa la guerra.

Pero Luiz Moreno ya no estaba en las ondas. Por lo cual, mientras se ponía los guantes, sonrió y, con un sentido tremendo, encogió los hombros en un pequeño gesto de indiferencia.

Aquel levantamiento de hombros no tuvo testigos.

La Reunión de Aurora seguía en curso. Franklin Maynard se había retirado un momento, completamente agotado. Se hallaba frente a su hijo, a quien veía por primera vez con uniforme.

—Al menos tú estás seguro de lo que sucederá, ¿verdad que sí?

En la respuesta del joven no había ningún cansancio, ninguna aprensión, nada que no fuera una satisfacción completa.

—¡Así es, papá!

—Entonces, ¿no te inquieta nada? ¿No crees que nos han manejado para llevarnos a este punto?

—¿Y a quién le importa si nos han manejado? Es el funeral de la Tierra.

Maynard movió la cabeza.

—Pero ¿no te das cuenta de que nos han situado en mal terreno? Los ciudadanos de los Mundos Exteriores que tienen detenidos faltaron a la ley. La Tierra está en su derecho.

—Espero que no harás afirmaciones semejantes en la Reunión, papá —replicó el joven, frunciendo el ceño—. Yo no veo que la Tierra tenga ninguna justificación. De acuerdo, y si hacían contrabando, ¿qué? Era solamente porque algunos mundoexterioranos están dispuestos a pagar precios de estraperlo por los comestibles terrestres. Si en la Tierra tuvieran seso, volverían la vista hacia otra parte, y todo el mundo saldría ganando. Bastante ruido arman afirmando que necesitan nuestro comercio. Entonces, ¿por qué no hacen algo por conseguirlo? En todo caso, no veo por qué habríamos de dejar a unos buenos aurorianos, ni a otros ciudadanos de los Mundos Exteriores, en manos de aquellos hombres-mono. Puesto que no quieren soltarlos por las buenas, les obligaremos. De otro modo, la próxima vez ninguno de nosotros estaría a salvo.

—En fin, veo que has adoptado la opinión general.

—Es mi propia opinión. Si además es la general es porque tiene lógica. La Tierra *quiere* una guerra. Bueno, la tendrán.

—Pero ¿por qué quieren guerra, eh? ¿Por qué nos fuerzan la mano? Toda nuestra política económica de los meses pasados iba dirigida a obligarles a cambiar de actitud, sin guerra.

Maynard hablaba consigo mismo, pero su hijo le replicó con el argumento definitivo:

—No me importa por qué motivo quieren la guerra. Ahora la *tienen*, y los aplastaremos.

Maynard regresó a la Reunión, pero mientras el ronroneo del debate volvía a llenar la sala, él pensaba, con una punzada de resquemor, que aquel año no habría alfalfa terrestre. Lo lamentaba por la leche. En verdad, hasta la ternera parecía algo menos sabrosa...

La votación tuvo lugar a primeras horas de la mañana. Aurora declaró la guerra. La mayoría de mundos de su bloque se le unieron al amanecer.

Más tarde, los libros de historia bautizarían aquella contienda con el nombre de «La Guerra de las Tres Semanas». Durante la primera semana, fuerzas aurorianas ocuparon varios asteroides transplutonianos; y en el comienzo de la segunda semana el grueso de la flota de la Tierra quedó poco menos que completamente destruido en una batalla librada en la órbita de Saturno ante una flota de Aurora que no llegaba a una cuarta parte de aquélla, numéricamente.

Las declaraciones de guerra de los Mundos Exteriores que hasta entonces habían permanecido neutrales siguieron como las explosiones de una traca.

Dos horas antes de cumplirse los veintiún días de hostilidades, la Tierra se rindió.

Las negociaciones de las cláusulas de paz tuvieron lugar entre los Mundos Exteriores. A la Tierra no se le reservaba otra actividad que la de firmar. Las condiciones de paz fueron desacostumbradas, acaso únicas, y, bajo la fuerza de una humillación sin precedentes, todas las hordas de la Tierra quedaron sumidas a la vez y repentinamente en un silencio nacido de una cólera y una vergüenza demasiado grandes para ser expresadas en palabras.

Las repetidas condiciones fueron quizá mejor comentadas por una voz en la televisión auroriana dos días después de haber sido publicadas. Podemos citar parte del comentario:

«...Ni en el interior de la Tierra ni en su superficie hay nada que nosotros, los de los Mundos Exteriores, podamos necesitar o querer. Todo lo que valía algo en la Tierra salió de ella siglos atrás en las personas de nuestros antepasados.

»Ellos nos llaman hijos de la Madre Tierra; pero la denominación es falsa, porque nosotros descendemos de una Madre Tierra que ya no existe, una Madre que nos trajimos con nosotros. La Tierra de hoy tiene con nosotros, a lo sumo, un parentesco de primos; nada más.

»¿Necesitamos sus recursos? Diablos, no los tienen ni para ellos mismos. ¿Podemos utilizar su industria o su ciencia? Están casi difuntos porque les faltan las nuestras. ¿Podemos utilizar su potencial humano? Diez hombres de los suyos no valen ni como un solo robot. ¿Queremos siquiera la dudosa gloria de gobernarlos? No existe tal gloria. Como inferiores impotentes e incompetentes que son respecto a nosotros, sólo representarían un lastre. Consumirían unos alimentos, un trabajo y una capacidad administrativa que mejor será aprovechar para nosotros mismos.

»De modo que no tienen nada que darnos, salvo el espacio que ocupan en nuestros pensamientos. No tienen nada de qué libertarnos sino de ellos mismos. No pueden beneficiarnos con nada sino con su ausencia.

»Por este motivo se han redactado las cláusulas de paz tal como se ha hecho. No les deseamos ningún mal; de modo que allá se las compongan con su sistema solar. Que vivan allí, en paz. Que se forjen un destino a su manera, y no les estorbaremos ni con el menor asomo de nuestra presencia. Pero nosotros, por nuestra parte, también queremos paz. Forjaremos nuestro futuro a nuestro modo. De manera que no queremos *su* presencia. Y con este objetivo ante la vista, una flota de los Mundos Exteriores patrullará los límites de su sistema, y estableceremos bases de los Mundos Exteriores en sus asteroides más periféricos, para asegurarnos de que no se aventuren por nuestro territorio.

»No habrá comercio, ni relaciones diplomáticas, ni viajes, ni comunicaciones. Quedan proscritos, desterrados, herméticamente sellados. Aquí nosotros tenemos un universo nuevo, una segunda creación del Hombre, un Hombre superior...

»Ellos nos preguntan: "¿Qué será de la Tierra?" Nosotros contestamos: "Es un problema que la Tierra misma deberá resolver. El crecimiento de la población se puede controlar. Los recursos se pueden explotar eficientemente. Los sistemas económicos se pueden revisar. Lo sabemos, porque lo hemos llevado a cabo. Si ellos no lo saben, que sigan los pasos del dinosaurio y dejen espacio libre."

»¡Sí, que dejen espacio libre, en lugar de estar pidiendo siempre espacio!»

De este modo una cortina impenetrable fue envolviendo lentamente el Sistema Solar. Las estrellas del firmamento de la Tierra volvieron a ser estrellas nada más, como en los fenecidos días pretéritos en que la primera nave atravesó la barrera de la velocidad de la luz.

El gobierno que había hecho la guerra y la paz dimitió; pero lo cierto es que no había nadie para ocupar su puesto. Los diputados eligieron a Luiz Moreno —ex embajador en Aurora, ex ministro sin cartera— como presidente provisional, y la Tierra en conjunto estaba demasiado atontada para declararse de acuerdo, o en desacuerdo. Sólo se notaba un alivio generalizado al ver que existía alguien dispuesto a cargar con la tarea de tratar de guiar los destinos de un mundo encarcelado.

Muy pocos se daban cuenta de cuán cuidadosamente se había preparado este final, ni de a través de qué esmerados cálculos se hallaba Moreno en el sillón de la presidencia.

Ernest Keilin decía desamparado desde la pantalla de la televisión:

—Ahora somos únicamente nosotros mismos. Para nosotros no hay universo, ni hay pasado: sólo la Tierra y el futuro.

Aquella noche volvió a tener noticias de Moreno, y antes de la mañana salió hacia la capital.

La presencia de Moreno parecía incongruente con las líneas rígidamente formales de la mansión presidencial. Volvía a estar resfriado y hablaba con voz ronca.

Keilin lo miraba con hostilidad; un odio casi devorador en el que notaba cómo los dedos se le retorcían en los primeros gestos de un estrangulamiento. Quizá no debía haber venido... Bueno, ¿qué importaba?, la orden era sobradamente clara. Si no hubiese venido voluntariamente, le habrían traído a la fuerza.

El nuevo presidente le miró con ojo penetrante.

—Tendrá que cambiar de actitud hacia mí, Keilin. Sé que me mira como a un Enterrador de la Tierra (¿no es ésta la frase que empleó anoche?), pero tiene que escucharme sosegadamente un rato. En su estado actual de rabia contenida, dudo que pueda oírme.

—Oiré todo lo que usted diga, señor presidente.

—Bueno... las formalidades externas, al menos. Esto

resulta esperanzador. ¿O acaso cree que he instalado en esta sala un video-rastreador?

Keilin se limitó a enarcar las cejas.

Moreno dijo:

—No, no lo instalé. Estamos completamente solos. *Hemos* de estar solos; de lo contrario, ¿cómo podría decirle sin peligro que todo está dispuesto para que usted salga elegido presidente bajo una constitución que estamos preparando ahora? Eh, ¿qué le parece?

Luego sonrió ante la blanca sorpresa de la faz de Keilin.

—¡Ah, no lo cree! Bien, ya no puede hacer nada para impedirlo. Antes de una hora será cosa pública, ¿comprende?

—¿Yo voy a ser presidente? —Keilin pugnaba con una voz extraña, ronca. Después, con algo más de firmeza, añadió—: Usted está loco.

—No, yo no. Los de allá fuera lo están. Los de los Mundos Exteriores —los ojos, el semblante, la voz de Moreno adquirieron una vehemencia maligna, de tal modo que uno olvidaba que fuese un monito con aspecto de hombre eternamente resfriado. Uno ya no se fijaba en la arrugada y huidiza frente. Uno olvidaba la calva cabeza y el traje mal cortado. Sólo quedaba la brillante y luminosa mirada de sus ojos y el filo cortante de su voz. *Eso* sí se notaba.

Keilin alargó la mano en busca de una silla, a ciegas, mientras Moreno se le acercaba y hablaba con creciente pasión.

—Sí —decía—. Aquéllos de allá, entre las estrellas; los semidioses; los majestuosos superhombres; la raza superior, hermosa y fuerte. *Ellos* están locos. Aunque sólo nosotros, los de la Tierra, lo sabemos.

»Usted ha oído hablar del Proyecto Pacífico. Lo sé. Lo denunció a Cellioni en cierta ocasión y lo llamó un engaño. No lo es. Y casi nada de dicho proyecto permanece en secreto. En realidad, su único secreto consiste en que no había nada secreto.

»Usted no es tonto, Keilin. Sencillamente, nunca se detuvo a analizar los hechos desde el principio hasta el fin. Y sin embargo, estaba sobre la pista. Usted lo percibía bien. ¿Qué fue lo que me dijo aquella vez, cuando me entrevistó en su programa? Algo acerca de que la actitud del mundoexteriorano con respecto al hombre de la Tierra era el único punto flaco de la estabilidad del primero. Eso fue, ¿verdad? ¿O algo por el estilo? Muy bien, pues, ¡estupendo! Entonces tenía usted en la mente el primer tercio del Proyecto Pacífico, y no era ningún secreto, al fin y al cabo, ¿verdad que no?

»Pregúnteselo, Keilin, ¿cuál era la actitud del auroriano típico hacia el terrícola típico? ¿Un sentimiento de superioridad? Es la primera idea que se le ocurre a uno, supongo. Pero, dígame, Keilin, si se sentía superior, *realmente* superior, ¿había de sentir la necesidad de llamar a cada momento la atención sobre este hecho? ¿Qué clase de superioridad es la que tiene que ser apuntalada continuamente con frases tales como "hombres mono", "infrahumanos", "semianimales de la Tierra", etc., etc.? Esa no es la tranquila seguridad interna de quien se siente superior. ¿Malgasta usted epítetos con las lombrices de tierra? No, aquí hay otra cosa.

»Bien, enfoquemos la cuestión desde otro ángulo. ¿Por qué los turistas de los Mundos Exteriores se alojan en hoteles especiales, viajan en coches cerrados y se atienen a leyes rígidas, aunque no escritas, contra toda relación social con nosotros? ¿Tienen miedo a la polución? Es raro que no teman comer nuestros víveres, beber nuestro vino y fumar nuestro tabaco.

»Vea usted, Keilin, en los Mundos Exteriores no hay psiquiatras. Los superhombres están demasiado bien centrados; o al menos eso dicen ellos. En cambio aquí en la Tierra, ya es proverbial, tenemos más psiquiatras que fontaneros, y cada uno cuenta con mucha clientela. De modo que somos nosotros, y no ellos, quienes sabemos la verdad sobre este complejo de superioridad de los Mundos Exteriores, los que sabemos que se trata de una simple y alocada reacción contra un abrumador sentimiento de *culpa*.

»¿No cree que puede ser eso? Mueve la cabeza como si disintiera. ¿No ve que un puñado de hombres que se aferran a una Galaxia mientras miles de millones perecen por falta de espacio, *ha de experimentar* en el subconsciente una sensación de culpa, adopte la forma que adopte? Y como no quieren compartir el botín, ¿no ve usted que el único recurso que tienen para justificarse consiste en tratar de convencerse de que, al fin y al cabo, los terrestres somos inferiores, que no merecemos la Galaxia, que allá se ha creado una raza nueva de hombres y que nosotros no somos más que los enfermizos restos de una raza antigua que debería extinguirse como el dinosaurio, por obra y gracia de las leyes inexorables de la naturaleza?

»Ah, si pudieran convencerse de eso, ya no se sentirían culpables, sino simplemente superiores. Sólo que no ocurre así; nunca. La idea de la superioridad necesita un cultivo constante, una repetición, un refuerzo constantes. Y ni aun así convence del todo.

»Lo mejor de todo sería que pudiesen fingir que la Tierra y su población no existen siquiera. Por ello, si usted visita la Tierra, evite a los terrestres, y así no le causarán la incomodidad que le provocaría no verles bastante inferiores. A veces, en lugar de inferiores le parecerían desdichados, y nada más. O peor todavía, hasta podrían parecerle inteligentes... como lo parecía yo, por ejemplo, en Aurora.

»Alguna que otra vez surgía un mundoexteriorano como Moreanu capaz de reconocer el sentimiento de culpa como tal, y sin miedo a expresarlo en voz alta. Moreanu hablaba del deber que tenían los Mundos Exteriores con la Tierra... con lo cual representaba un peligro para nosotros. Porque si los demás le hubiesen escuchado y hubiesen ofrecido a la Tierra una ayuda simbólica, en sus mentes se habría aliviado el sentimiento de culpa, aun sin prestar una ayuda permanente a la Tierra. De modo que Moreanu fue eliminado a través de nuestras maniobras, dejando el camino libre a los inflexibles, a los que se negaban a reconocer la culpa y cuya acción, por consiguiente, se podía predecir y manipular.

»Por ejemplo, les envías una nota arrogante y ellos responden automáticamente con un embargo inútil, que sólo sirve para proporcionarnos el pretexto ideal para declarar la guerra. Luego pierdes la guerra rápidamente, y los enojados superhombres te aíslan. Se acabó la comunicación, se acabó el contacto Ya no existes y ya no les molestas. ¿No es así de sencillo? ¿No ha salido de maravilla?

Por fin Keilin pudo hablar:

—¿Quiere decir que todo esto lo había planeado de antemano? —preguntó—. ¿Provocó *usted* la guerra intencionadamente con objeto de aislar la Tierra de la Galaxia? ¿Envió a los hombres de la Flota Metropolitana a una muerte segura porque quería que nos derrotasen? Vaya, usted es un monstruo, un... un...

Moreno arrugó la frente.

—Sosiéguese, por favor. Ni la cosa fue tan sencilla como se imagina, ni yo soy un monstruo. ¿Piensa acaso que la guerra bastaba con... provocarla, sencillamente? Había que alimentarla con suavidad, de la manera precisa, y encaminarla hacia el final adecuado. Si nosotros hubiésemos dado el primer paso, si hubiéramos sido los agresores, si de una u otra forma hubiésemos echado la culpa sobre nuestros hombros... entonces los Mundos Exteriores habrían ocupado la Tierra y la habrían desmenuzado. Vea usted, si *nosotros* hubiéramos cometido un crimen contra *ellos*, ya no se sentirían culpables. Por otra parte, si hubiésemos librado una guerra larga, o hubiéramos causado grandes destrozos, ellos lograrían descargarse de la culpa.

»Pero no lo hicimos. Nos limitamos, tan sólo, a encarcelar a unos contrabandistas de Aurora, obrando de acuerdo con nuestros derechos. Ellos tuvieron que declararnos la guerra por este motivo, porque sólo así podían proteger su superioridad, la cual a su vez los protegía contra los horrores de la culpa. Y nosotros perdimos en seguida. Apenas murió ningún auroriano. El sentimiento de culpa se fortaleció y dio como fruto, exactamente, el tratado de paz que nuestros psiquiatras habían previsto.

»En cuanto a lo de enviar hombres a la muerte, es algo que ocurre en todas las guerras... y una necesidad. Era preciso librar una batalla y, naturalmente, hubo bajas.

—Pero ¿por qué? —interrumpió Keilin—. ¿Por qué? *¿Por qué?* ¿Por qué cree usted que toda esa palabrería tiene algún sentido? ¿Qué hemos ganado? ¿Qué beneficio podemos sacar jamás de la situación presente?

—¿Ganar? ¿Me pregunta qué hemos ganado? Ea, pues, hemos ganado el Universo. ¿Qué ha sido lo que nos ha retenido hasta ahora? *Usted sabe* qué necesitaba la Tierra estos siglos pasados. Usted mismo se lo subrayó muy certeramente a Cellioni. Necesitamos una sociedad de robots positrónicos y una tecnología sobre la energía atómica. Necesitamos cultivos químicos y el control de la natalidad. Bien, ¿qué impedía todo esto, eh? Sólo la costumbre de siglos, que decía que los robots eran malos porque quitaban el trabajo a los seres humanos, que el control de la natalidad significaba asesinar niños aún no nacidos, etc., etc. Y, lo peor, siempre había la válvula de seguridad de la emigración, bien realmente permitida, bien como una esperanza próxima.

»En cambio ahora no podemos emigrar. Estamos *clavados* aquí. Peor todavía, hemos sufrido una derrota a manos de un puñado de hombres de las estrellas, y hemos tenido que aceptar, a la fuerza, un tratado de paz humillante. ¿Qué terrícola no arderá subconscientemente de ganas de revancha? El sentido de conservación se ha doblegado muchas veces bajo ese tremendo afán de "saldar las cuentas".

»Y ésta es la segunda parte del Proyecto Pacífico: reconocer el motivo de la revancha. Así de sencillo.

»Pero ¿cómo sabemos que sucede verdaderamente así? Porque se ha demostrado docenas de veces en el transcurso de la historia. Derrota a una nación, pero no la aplastes por completo, y al cabo de una generación, de dos, o de tres, será más fuerte que antes. ¿Por qué? Porque en el ínterin habrá hecho sacrificios para posibilitar la revancha que no habría hecho por una simple conquista.

»¡Piénselo! Roma derrotó a Cartago sin grandes dificultades la primera vez; pero estuvo a punto de ser vencida la segunda. Cada vez que Napoleón derrotaba a una coalición europea sentaba las bases para otra, a la que ya le costaba un poquitín más derrotar, hasta que la octava le aplastó a él. Se necesitaron cuatro años para derrotar al Kaiser Guillermo de la medieval Alemania, y seis años, mucho más peligrosos, para detener a su sucesor, Hitler.

»¡Ahí lo tiene! Hasta ahora, la Tierra sólo necesitaba cambiar de estilo de vida para conseguir un bienestar y una dicha mayores. Un objetivo secundario como ése podía esperar siempre. En cambio, ahora tiene que cambiar para tomarse la revancha, y esto no admite demoras. Yo quiero el cambio por el cambio mismo.

»Sólo que... no soy el hombre indicado para ponerme en cabeza. Estoy manchado por el fracaso del año pasado, y así continuaré hasta que, mucho después de que mis huesos se hayan convertido en polvo, la Tierra sepa la verdad. En cambio usted..., *usted* y otros como usted han luchado siempre en favor de la marcha hacia la modernización. *Usted* tomará las riendas. La tarea puede requerir cien años. Los nietos de hombres que no han nacido todavía quizá sean los primeros que vean la tarea completada. Pero usted la habrá visto empezar, al menos.

»¡Eh! ¿Qué dice?

Keilin estaba manoseando, mentalmente, el sueño. Le parecía ver, en una caliginosa distancia, una Tierra nueva, renacida. Pero el cambio de actitud era demasiado radical. No podía realizarse todavía, en aquel instante. Por ello movió la cabeza y dijo:

—¿Qué le hace pensar que los Mundos Exteriores tolerarán este cambio, suponiendo que lo que me cuenta sea verdad? Nos vigilarán de cerca, estoy seguro, y notarán un peligro cada vez mayor, hasta que decidan ponerle fin. ¿Me lo negará?

Moreno echó la cabeza atrás y soltó una carcajada silenciosa. Luego exclamó:

—Pero todavía nos queda la tercera parte del Proyecto Pacífico; una última, sutil e irónica tercera parte...

»Los mundoexterioranos llaman a los hombres de la Tierra heces infrahumanas de una gran raza; pero los hombres de la *Tierra* somos *nosotros*. ¿Se da cuenta de lo que significa esto? Vivimos en un planeta en el que, durante mil millones de años, la vida (esta vida que ha culminado en el género humano) se ha ido adaptando. No existe ni un solo trocito microscópico del hombre, ni la menor función de su mente que no tengan como razón de ser alguna diminuta faceta de la composición física de la Tierra, o de la composición biológica de otras formas vitales terrestres, o de la composición sociológica de la comunidad que le rodea.

»*En la forma actual del hombre,* ningún otro planeta puede sustituir a la Tierra.

»Los mundoexterioranos existen tal como son únicamente porque se trasplantaron unos pedazos de la Tierra. Allá hemos llevado tierra de labor, plantas, animales, hombres. Se mantienen rodeados de una geología artificial, nacida en la Tierra, que contiene, por ejemplo, aquellos vestigios de cobalto, zinc y cobre que la química humana necesita. Se rodean de bacterias y algas nacidas en la Tierra, poseedoras de la facultad de asimilar los mencionados vestigios inorgánicos de la manera precisa y en la cantidad exactamente adecuada.

»Y mantienen esta situación mediante importaciones continuas (importaciones de lujo, las llaman) de la Tierra.

»Pero los Mundos Exteriores, aun contando con suelo terrestre depositado sobre una capa de roca, no pueden impedir que las lluvias sigan cayendo y los ríos sigan corriendo; de manera que se produce una mezcla, inevitable, si bien lenta, con el suelo indígena; una inevitable contaminación de las bacterias del suelo terrestre con las bacterias indígenas; y la exposición, en todo caso, a una atmósfera diferente y a unas radiaciones solares distintas. Y las bacterias terrestres desaparecen o cambian. Y entonces cambia la vida vegetal. Y luego cambia la vida animal.

»No se trata de un cambio brusco, claro. La vida vegetal no se volvería venenosa o no nutritiva en un día, ni en un año, ni en un decenio. Pero los hombres de los Mundos Exteriores ya notan la falta o el cambio de esos vestigios de compuestos que producen ese elemento tan tremendamente alusivo que llamamos "aroma" o "sabor". El cambio ha llegado hasta aquí.

»Pero llegará más lejos. ¿Sabe usted, por ejemplo,

que en Aurora casi la mitad de las especies indígenas de bacterias tienen el protoplasma fundado en la química del fluorocarbono, y no en la del hidrocarbono? ¿Puede imaginarse la extrañeza esencial de un medio ambiente así?

»Bueno, pues, desde hace dos decenios, los bacteriólogos y fisiólogos de la Tierra han estudiado varias formas de la vida de los Mundos Exteriores (la única parte del Proyecto Pacífico que ha permanecido auténticamente secreta) y la vida terrestre trasplantada empieza a mostrar ya ciertos cambios a nivel subcelular. *Incluso entre los seres humanos.*

»Y ahí está la ironía del caso. Los mundoexterioranos, con su racismo rígido y su política genética inflexible eliminan inexorablemente de su seno a todo niño que presente signos de adaptación a su respectivo planeta y que se aparte en algún aspecto de la norma general. Sostienen (y *deben* hacerlo, como resultado de sus propios procesos de pensamiento) un criterio artificial de humanidad "sana", fundada en la química terrestre y no en la suya propia.

»Pero ahora que han separado de ellos a la Tierra; ahora que no les llegará ni un ápice de suelo y de vida terrestres, un cambio se acumulará sobre otro. Vendrán las enfermedades, aumentará la mortalidad, las anormalidades infantiles se harán más frecuentes...

—¿Y luego? —preguntó Keilin, súbitamente interesado.

—¿Luego? Bueno, ellos son científicos físicos... y nos dejan a nosotros las ciencias inferiores, tales como la biología. Pero no pueden abandonar su sensación de superioridad ni su modelo arbitrario de perfección humana. No descubrirán el cambio hasta que ya sea demasiado tarde para combatirlo. No todas las mutaciones son claramente visibles, y se producirá una revuelta creciente contra las normas de aquellas rígidas sociedades mundoexterioranas. Vendrá un siglo de revuelta física y social creciente que impedirá toda interferencia suya contra nosotros.

»Dispondremos de un siglo para reconstruirnos y revitalizarnos, y al final de ese período nos enfrentaremos con una Galaxia exterior agonizante o transformada. En el primer caso, edificaremos un segundo Imperio Terrestre, más sabiamente y con más conocimiento de causa que el primero; un imperio fundado en una Tierra fuerte y modernizada.

»En el segundo caso, nos enfrentaremos con diez, veinte, o quizá los cincuenta Mundos Exteriores, cada uno con una variedad de hombre ligeramente distinta. Cincuenta especies humanoides, ya no unidas todas contra nosotros, cada una más y más adaptada a su propio planeta, cada una con suficiente tendencia al atavismo de amar a la Tierra, de mirarla como la gran primera Madre.

»Y el racismo habrá muerto; porque entonces la variedad, y no la uniformidad, será la característica fundamental del género humano. Cada especie de hombre tendrá un mundo propio, que no podrá ser sustituido por ningún otro, y en el que cualquier otro tipo no se adaptaría. Y se podrán colonizar más mundos en los que originar nuevas variedades todavía, hasta que de la gran mezcla intelectual la Madre Tierra pueda hacer nacer no un Imperio Terrestre, sino un Imperio *Galáctico.*»

Keilin dijo, hechizado:

—Usted lo prevé todo con tal seguridad...

—Nada es *auténticamente* seguro; pero las mentes más destacadas de la Tierra están de acuerdo en esto. Pueden surgir por el camino obstáculos en los que tropezar; pero apartarlos será la gran aventura que habrán de ultimar nuestros tataranietos. De *nuestra* aventura, una fase ha concluido felizmente y otra se está iniciando. Unase a nosotros, Keilin.

Poco a poco, Keilin empezaba a pensar que quizá Moreno no fuese un monstruo, después de todo...

Lo que más me interesa de Madre Tierra *es que parece mostrar claras premoniciones de las novelas* Las cuevas de acero *y* El sol desnudo, *que escribiría yo en los años cincuenta.*

Un detalle del relato que no sé explicar es el de haber puesto dos personajes cuyos nombres son Moreno, el de uno, y Moreanu, el del otro. No tengo la menor idea de por qué utilicé dos apellidos tan similares. El hecho no encerraba ningún significado, se lo aseguro; sólo descuido. También había un Maynard.

Fuera como fuese, al leer y releer el original, nunca me fijé en el pequeño defecto. En cambio sí lo advertí apenas vi el cuento en letra impresa. Tampoco tengo la menor idea de por qué no lo vio Campbell y no cambió los nombres.

Apenas vendida Madre Tierra *empecé un nuevo relato de la serie* Fundación *titulado* And Now You Don't. *Este sería el último. Lo mismo que* El Mulo, *tenía una extensión de cincuenta mil palabras, y no lo terminé hasta el 29 de marzo de 1949. Lo presenté a Campbell al día siguiente, y lo aceptó al momento. A dos centavos la palabra, me valió un cheque de mil dólares, el primero de cuatro cifras que cobraba.*

Apareció como un serial en tres partes en los números de noviembre y diciembre de 1949 y enero de 1950 de Astounding, *y llenó los dos tercios últimos de mi libro* Segunda Fundación.

Sin embargo, por aquellas fechas se estaba produciendo un gran cambio en el campo de la ciencia ficción. La bomba atómica había alterado este género, transformándolo de un despreciado campo de cuentos locos en una literatura de espantosa percepción. Una literatura que iba ganando, poco a poco, lectores y estimación. Estaban a punto de salir nuevas revistas, y las grandes casas editoriales empezaban a pensar en publicar colecciones regulares de novelas de ciencia ficción, en tela (que hasta entonces habían sido el dominio de casas pequeñas, especializadas, no más prósperas que las revistas, ni más prometedoras como fuente de ingresos).

La cuestión de las novelas mencionadas interesaba particularmente a Doubleday & Company Inc. (aunque, por supuesto, entonces yo no lo sabía). El 5 de febrero, mientras trabajaba en el último relato de la serie Fundación, asistí a una reunión del Hydra Club, grupo de profesionales de la ciencia ficción que vivían en Nueva York. Allí conocí a un editor de Doubleday, Walter I. Bradbury. Era precisamente quien trataba de montar una colección de ciencia ficción para Doubleday, y manifestó cierto interés por El Mulo.

Sin embargo, yo presté poca atención al caso. La idea de publicar un libro, un libro de verdad en lugar de relatos para revistas, me resultaba tan exótica que no lograba metérmela en la cabeza.

Pero Fred Pohl sí pudo. Había estado en el Ejército, destacado en Italia, y había ascendido hasta la graduación de sargento. Una vez licenciado, volvió a su oficio de agente literario. Yo le había contado, muy indignado, cómo Merwin rehusó mi relato Envejece conmigo, de modo que cuando Bradbury siguió buscando, Pohl le sugirió que echase un vistazo a este cuento mío.

Bradbury manifestó interés y, después de considerable pugna, Pohl consiguió arrebatarme el relato. («No vale nada», repetía yo continuamente; pues nunca me repuse del doble repudio sufrido.)

No obstante, el 24 de marzo de 1949 recibí aviso de que Bradbury se quedarían con Envejece conmigo a condición de que lo ampliase hasta setenta mil palabras. Más aún, me pagaba una opción de 250 dólares, que quedarían en mi bolsillo aunque la revisión no resultara satisfactoria. Era la primera vez que me pagaban algo por adelantado, y yo estaba aturdido.

El 6 de abril empecé la revisión, y el 25 de mayo de 1949 la terminé, cambiando el título por el de Un guijarro en el cielo. El 29 de mayo, Doubleday aceptó la obra, y yo tuve que hacerme a la idea de que iba a publicarse un libro mío.

Pero simultáneamente, mientras luchaba con esta idea, se producía otro cambio.

Quedaba todavía el problema del empleo. Mientras trabajaba para el profesor Elderfield, seguía buscando un *puesto para cuando aquel trabajo temporal llegase a su fin, en mayo de 1949. Y no cosechaba éxito ninguno.*

El 13 de enero de 1949, el profesor William C. Boyd, de la Facultad de Medicina de la Universidad de Boston, visitaba Nueva York, y nos conocimos.

El profesor Boyd era un asiduo lector de ciencia ficción, y mis cuentos le habían gustado. Habíamos sostenido correspondencia durante un par de años y nos habíamos hecho bastante amigos. Me dijo, pues, que se creaba un puesto en el departamento de bioquímica de la Facultad y me preguntó si podía interesarme. Claro *que me interesaba, pero Boston está a doble distancia de Nueva York que Filadelfia, y a mí me costaba alejarme otra vez de la gran ciudad.*

De modo que rechacé el ofrecimiento, aunque no de una manera muy tajante.

Y continué buscando empleo... y continué fracasando.

Por ello reconsideré mi actitud acerca del empleo en la Facultad de Medicina de la Universidad de Boston y escribí una carta al profesor Boyd diciéndole que quizá sí me interesase, al fin y al cabo.

El 9 de marzo de 1949 fui a Boston por primera vez en mi vida (en coche-cama... pero no dormí). Al día siguiente conocí al profesor Burnham S. Walker, jefe del departamento de bioquímica, quien me ofreció un empleo en la Facultad a cinco mil dólares anuales. Yo no vi más salida al dilema de encontrar empleo que la de aceptar.

¿Debía aceptar? ¿No había ninguna posibilidad de que me ganase la vida como escritor?

¿Cómo podía llegar honradamente a una decisión afirmativa? A mediados de 1949, hacía exactamente once años que escribía. En todo este tiempo, mis ganancias totales habían ascendido a 7.821'75 dólares, con un promedio de algo más de 710 dólares anuales, o sea, 13'70 por semana. En mis años mejores, como por ejemplo, el séptimo (desde mediados de 1944 a mediados de 1945, cuando vendí cuatro relatos, incluido El Mulo)*, había ganado 1.600 dólares y entre el décimo y el undécimo juntos, había ganado 3.300. Parecía, pues, que ni siquiera en años buenos podía contar con mucho más de treinta dólares semanales; y con eso no había bastante.*

Naturalmente, ahora que iba a publicar un libro... Pero los libros eran incógnitas. Además, la venta del libro había llegado demasiado tarde. Por la fecha en que Bradbury aceptó Un guijarro en el cielo, *ya estaba ligado al nuevo empleo, y dos días después, el 1 de junio de 1949, salía para Boston.*

Aquí debo poner punto, porque los múltiples cambios lo pusieron también a la primera fase de mi carrera de escritor.

Me había separado de Campbell, y esta vez para siempre. Le veía de vez en cuando, y nos escribíamos; pero aquella costumbre de las visitas casi semanales no se reanudaría nunca más. Aunque escribí para él y seguí publicando en Astounding, *aparecieron nuevas revistas, como* The Magazine of Fantasy and Science Fiction *en 1949,* Galaxy Science Fiction, *en 1950, y otras. Mi mercado se ensanchó, y el precio por palabra subió más todavía, a tres centavos e incluso a cuatro centavos por palabra.*

La aparición de mi primer libro, Un guijarro en el cielo, *el 19 de enero de 1950, introdujo una nueva dimensión en la imagen que me hacía de mi mismo, en mi prestigio en el campo, y en mis ganancias. Siguieron otros libros; unos, novelas nuevas; otros, colecciones de los relatos antiguos.*

Mi puesto en la Facultad de Medicina de la Universidad de Boston me llevó a publicar cosas no pertenecientes a la ciencia ficción. El primer intento fue un libro para estudiantes de Medicina titulado Biochemistry and Human Metabolism. *Este libro lo empecé en 1950 en colaboración con los profesores Walker y Boyd. Se hicieron tres ediciones, y aunque más bien fue un fracaso, me permitió descubrir que me gustaba tanto escribir no-ficción como ciencia ficción y me ayudó a iniciar una fase nueva de mi carrera de escritor.*

Tomando en cuenta todo esto, no es de extrañar que mis ingresos como escritor empezaran a aumentar rápidamente casi al mismo tiempo que llegaba a Boston. En 1952 ganaba mucho más dinero como escritor que como profesor, y la diferencia aumentó —en favor del escritor— con el paso de los años. En 1957 había decidido (aunque todavía con cierta sorpresa por mi parte) que había sido escritor desde el principio, y que no era otra cosa.

El 1 de julio de 1958, renuncié a mi salario y mis trabajos, aunque, de acuerdo con la Facultad, conservé mi título de profesor auxiliar de Bioquímica. Un título que he conservado hasta el día de hoy. Doy alguna que otra conferencia en la Facultad, cuando me lo piden, y también en otras partes, si me solicitan (cobrando mis honorarios). Por lo demás, me convertí en un escritor profesional e independiente.

Ahora escribir me resulta fácil, y todavía más satisfactorio. Dedico a la tarea unas setenta horas semanales, si se cuentan los trabajos subsidiarios de lectura de pruebas, confección de índices, indagaciones, etc., etc. Salgo a un promedio de siete u ocho libros por año, y éste, The Early Asimov, *es el que hace el número 125.*

Y, sin embargo, debo reconocer que desde 1949 no he vivido nada parecido al auténtico interés, la animación de aquellos primeros once «años de Campbell», cuando sólo escribía en mis ratos de ocio, y a veces ni siquiera entonces, cuando toda presentación de un relato significaba una ansiedad insoportable, cuando cada vez que me rechazaban uno me sentía profundamente desdichado, y cada vez que me lo aceptaban me sentía en éxtasis, y cada cheque de cincuenta dólares era la fortuna de un Creso.

Y el 11 de julio de 1971, John Campbell, a la edad, todavía temprana, de sesenta y un años, falleció; a las siete y media de la tarde, mientras miraba la televisión, tranquila y pacíficamente, sin sentir ningún dolor.

No hay manera de expresar cuánto significaba para mí y cuánto hizo por mí, excepto, quizá, escribiendo este libro que evoca una vez más aquellos días de un cuarto de siglo atrás.

INDICE